GIANRICO CAROFIGLIO

Am Abgrund aller Dinge

Isabella

GOLDMANN
Lesen erleben

Buch

Enrico Vallesi arbeitet als Ghostwriter und Lektor. Seinen Heimatort Bari hat er seit dreißig Jahren nicht mehr besucht, und zu den Menschen von früher hat er keinerlei Kontakt mehr. Doch dann liest er eines Tages zufällig in der Zeitung, dass ein gewisser Salvatore bei einem Überfall im Zentrum von Bari erschossen wurde. Und damit kommen lange verdrängte Erinnerungen hoch. Enrico merkt, dass der Zeitpunkt gekommen ist, sich endlich mit seiner Vergangenheit zu beschäftigen. Enrico war ein verschlossener Jugendlicher, der mit sechzehn Jahren beschloss, Ungerechtigkeiten nicht mehr hilflos ausgeliefert sein zu wollen. Salvatore, ein älterer Mitschüler, bot ihm damals eine geheime Ausbildung zum Schläger an, die äußerst brutal ablief. Von nun an führte Enrico eine Art Doppelleben: zu Hause der angepasste Schüler, bei Salvatore der hartgesottene Kämpfer. Und eines Tages nahm Salvatore ihn auf eine Mission mit, die alles verändern sollte …

Autor

Gianrico Carofiglio wurde 1961 in Bari geboren und arbeitete in seiner Heimatstadt viele Jahre als Antimafia-Staatsanwalt. 2007 war er als Berater des italienischen Parlaments für den Bereich organisierte Kriminalität tätig. Von 2008 bis 2013 war Gianrico Carofiglio Mitglied des italienischen Senats. Berühmt gemacht haben ihn vor allem seine Romane um den Anwalt Guido Guerrieri. Carofiglios Bücher feierten sensationelle Erfolge, wurden bisher in 27 Sprachen übersetzt und mit zahlreichen literarischen Preisen geehrt.

Mehr von Gianrico Carofiglio bei Goldmann:

Reise in die Nacht. Roman
In freiem Fall. Roman
Das Gesetz der Ehre. Roman
Eine Nacht in Bari
Die Vergangenheit ist ein gefährliches Land. Roman
Die Illusion der Weisheit. Erzählungen
In ihrer dunkelsten Stunde. Roman
In der Brandung. Roman
Eine Frage der Würde. Roman
(alle auch als E-Book erhältlich)

Gianrico Carofiglio

Am Abgrund aller Dinge

Roman

Aus dem Italienischen
von Verena von Koskull

GOLDMANN

Die Originalausgabe erschien 2013
unter dem Titel »Il bordo vertiginoso delle cose«
bei Rizzoli, RCS Libri S.p.A., Milano

1. Auflage
Taschenbuchausgabe November 2016

Umschlaggestaltung: UNO Werbeagentur, München
Umschlagmotiv: © Wojciech Zwolinski / Trevillion Images;
FinePic®, München
Redaktion: Christina Neiske
AG · Herstellung: Str.
Druck und Bindung: GGP Media GmbH, Pößneck
Printed in Germany
ISBN: 978-3-442-47357-1
www.goldmann-verlag.de

Vorrede

Wie jeden Morgen betrittst du die übliche Bar, um zu frühstücken. Seit du allein lebst – eine ganze Weile schon –, kannst du das zu Hause nicht mehr. Zu Abend essen ja, manchmal auch zu Mittag. Aber Frühstücken irgendwie nicht. Also gehst du jeden Morgen in die Bar. Mal stellst du dich an den Tresen, mal lässt du es gemütlicher angehen und setzt dich an ein Tischchen. Da bist du nicht festgelegt, es kommt ganz darauf an, wie du dich fühlst – oder wie du dich *nicht* fühlst –, aufs Wetter, darauf, ob du was zu tun hast oder nicht, auf den Zufall. Keine Ahnung, wieso du dich mal hinsetzt und mal nicht.

Heute setzt du dich hin, und auf dem Tischchen liegt eine Zeitung. Während du auf Kaffee und Croissant wartest, blätterst du sie abwesend durch und überfliegst die Schlagzeilen. Apropos Zufall: Zwei Seiten kleben zusammen. Sie lassen sich einfach nicht trennen, und du willst schon aufgeben, als sie sich schließlich doch voneinander lösen und du dich in der Rubrik *Unglücksfälle und Verbrechen* befindest. Die Festnahme eines Stadtrats; das Resümee in einem Mordfall, bei dem der Tatverdächtige der Lebensgefährte des Opfers ist; und dann ist da die Nachricht von einem versuchten Überfall auf einen Geldtransporter, der mit dem Eintreffen der Carabinieri, einem Schusswechsel, der Tötung eines der Täter sowie der Verhaftung zweier weiterer endete. Normalerweise liest du solche Meldungen nicht.

Diese allerdings schon, denn die Überschrift hat dich neugierig gemacht. *Angst im Zentrum von Bari.*

Der getötete Täter war fünfzig Jahre alt und wegen terroristischer Straftaten in den Achtzigern und zahlreicher Raubüberfälle vorbestraft. Die Rückfallquote dieser Art Straftäter sei sehr hoch, erklärt der Verfasser des Artikels, dessen pedantischer Unterton dich irgendwie nervt. Viele, die erst nach langen Haftstrafen freikommen, werden sofort wieder rückfällig. Weil sie Geld brauchen, natürlich. Aber nicht nur deshalb. Der Hauptgrund ist, dass sie es gern tun, es macht ihnen *Spaß*. Professionelle Räuber lieben ihre Arbeit und können nicht ohne den Adrenalinkick. In gewissem Sinne sind sie nicht anders als die, die mit dem Motorrad zweihundert Sachen fahren, Fallschirm springen oder sich in die Stromschnellen eines Flusses stürzen.

Du liest weiter, ohne auf die Namen der Täter zu achten. Du bist schon zwei oder drei Zeilen weiter, als dir aufgeht, dass du noch einmal zurückmusst. Wie bei etwas flüchtig im Vorbeigehen Gesehenem. Man nimmt ein Bild wahr, dessen Sinn oder Zusammenhang man erst ein paar Augenblicke später begreift. Die Verarbeitung hinkt hinter der Wahrnehmung her. Also gehst du noch einmal zurück und liest den Namen des getöteten Räubers, und erst lange Sekunden später merkst du, dass du den Atem anhältst. Mit gebannter Verstörung liest du das Stück zu Ende, sprichst es im Kopf Wort für Wort mit, damit dir nicht der kleinste Hintersinn entgeht. Aber es gibt keinen Hintersinn, abgesehen von diesem Vor- und Nachnamen.

Du verlässt die Bar, und alles um dich herum erscheint dir auf einmal fremd. Dabei lebst du schon seit Jahren hier.

Du überlegst, dass du an diesem Morgen wohl nicht arbeiten kannst.

1

Zum Bahnhof ist es nicht weit. Zwanzig Minuten, wenn man zügig geht. Doch seit du in der Bar warst, sind mindestens zwei Stunden vergangen. Ist dir gar nicht aufgefallen, aber bei einem Blick auf die Uhr stellst du fest, dass es schon halb zwölf ist, was bedeutet, dass du unmöglich auf direktem Weg von San Jacopino zum Bahnhof gelangt sein kannst. Du hast nicht den leisesten Schimmer, was in diesen gut zwei Stunden passiert ist; du hast nicht die leiseste Ahnung, welche Straßen du genommen hast oder was dir durch den Kopf gegangen ist. Flüchtige Materie, noch flüchtiger als sonst.

Dennoch betrittst du zielstrebig den Bahnhof. An den Fahrkartenschaltern ist kaum etwas los, und vielleicht hat das, was dann passiert – etwas an einem Bahnfahrkartenschalter recht Naheliegendes –, auch etwas damit zu tun. Du kaufst eine Fahrkarte. Hätte dort die übliche Schlange gestanden – die übliche? Seit Jahren hast du dir am Bahnhof keine Fahrkarte mehr gekauft, was weißt du schon, was *üblich* ist? –, hättest du womöglich kehrtgemacht, und es wäre nichts passiert.

Aber da ist keine Schlange. So viel zum Zufall.

Der Zug fährt um 13:30 Uhr, genug Zeit, um noch einmal nach Hause zu gehen und ein paar Sachen zusammenzupacken. Während du losgehst, das Ticket in der Hand, als könnte dich jeden Moment jemand danach fragen, fühlst du dich seltsam erleichtert. Als hättest du das Richtige getan: das Notwendige. Als hätte es nichts mit dem Zufall zu tun und als wäre alles –

frühstücken gehen und sich ans Tischchen zu setzen, statt am Tresen zu stehen; auf diesem Tischchen eine Zeitung vorzufinden; diese Zeitung durchzublättern und unbedingt die beiden aneinanderklebenden Seiten trennen zu wollen; diese Meldung und diesen Namen zu lesen – ein wohlüberlegt zusammengesetztes Mosaik.

Ein wohlüberlegter Plan.

Du sagst dir, dass du diese Reise schon viel zu lange aufgeschoben hast, ohne dir dessen bewusst zu sein. Ein ziemlich scharfsinniger Gedanke, findest du; eine Eingebung. Seit Ewigkeiten die erste wirkliche Eingebung, die erste wirkliche Erkenntnis über dich selbst.

Zum Glück ist nicht mehr viel Zeit bis zur Abfahrt, und so bleibt dir keine Zeit für dein übliches entschlussloses, nervtötendes Kofferpackritual. Heute greifst du dir zielstrebig vier Hemden, vier Unterhosen, vier Paar Strümpfe und vier T-Shirts aus dem Schrank, dazu eine Zahnbürste plus Zahnpasta und so weiter, den Computer, ein Buch, stopfst alles in die Reisetasche und machst sie zu. Die Schnelligkeit und Klarheit machen dir gute Laune.

Zumindest den Vorteil hat dein Job, denkst du. Wenn du eines Morgens weshalb auch immer spontan beschließt wegzufahren, machst du's einfach, sofern dir keine Abgabe im Nacken sitzt.

Ehrlich gesagt hat dein Job auch eine ganze Reihe nicht unerheblicher Nachteile, aber an die willst du an diesem Morgen nicht denken.

Du bist schon in der Tür, als dir einfällt, dass Mai ist. Du machst kehrt, öffnest den Schrank, durchwühlst die Sommerklamotten und ziehst eine Badehose hervor. Vielleicht brauchst du sie. Vielleicht hält diese Reise noch Überraschungen parat.

Hoffentlich.

2

Die Strecke Florenz-Bologna hat weniger als vierzig Minuten gedauert.

Der Bahnhof von Bologna ist genau wie immer. Das heißt, er ist nicht genau wie immer, aber er gibt einem das immer gleiche Gefühl. Ein Durchgangsort, ein Angelpunkt, ein Ort, an dem man auf der Schiene bleibt oder davon abkommt und im Graben landet.

Du sitzt im Zug, der dich nach Bari bringt. Ein schöner Zug, sauber und erstaunlich wohlriechend. Oder vielleicht, sagst du dir, ist es die Dame neben dir, die diesen zarten Geruch nach Seife und Puder verströmt. Sie sieht ganz unscheinbar aus, aber offenbar duftet sie. Geruch war schon immer ein diskriminierendes Element. Angenehm zu riechen ist ein mitunter geradezu entscheidendes Plus. Mal ehrlich: In manchen wegweisenden Momenten deines Lebens *war es* entscheidend. Du überlegst, dass das ein guter Aufhänger für eine Erzählung wäre, eine Liste der Düfte, die mit den wegweisenden Momenten deines Lebens verknüpft sind. Bisweilen passiert es dir noch, dass du überlegst, was ein guter Aufhänger für eine Erzählung oder einen Roman sein könnte. Aber die Ideen sind schneller wieder weg, als du sie notieren könntest – außerdem trägst du schon seit Ewigkeiten kein Notizbuch mehr bei dir. Sie flattern einfach davon, ohne noch Schmerz oder Traurigkeit zu hinterlassen. Nur einen Hauch Wehmut.

Einen Hauch.

Du lehnst dich zurück und denkst, dass dir die Vorstellung, nichts tun zu müssen, gefällt. Wenn du dich langweilst, kannst du dein Buch herausholen, aber im Augenblick willst du nur diesem kaum hörbaren Knistern der Seele lauschen. Dich auf etwas konzentrieren und den Gedanken freien Lauf lassen.

Und so geschieht es. Der Gedankenfluss rauscht dahin – zu anderen Zeiten hättest du gesagt: der Bewusstseinsfluss, aber diese Zeiten liegen weit zurück. So weit, dass du dich hin und wieder fragst, ob es sie je gegeben hat. Die nächste Frage lautet: Wieso stellst du dir dauernd so alberne Fragen?

Die Dame neben dir, die nach Seife und Puder duftet (inzwischen bist du dir sicher: Sie ist es, die duftet, und nicht der Zug), hat ein Sandwich gegessen und ein paar Schlucke Wasser getrunken. Jetzt holt sie ein Buch und einen Bleistift aus der Tasche und beginnt zu lesen. Ab und zu unterstreicht sie eine Stelle oder vermerkt etwas am Seitenrand. Die Neugier herauszufinden, was die Menschen, denen du begegnest, lesen, ist dir geblieben, und so verdrehst du möglichst unauffällig den Kopf, um zu sehen, welches Buch deine Nachbarin in der Hand hält. Du zuckst überrascht zusammen. Es ist *Tonio Kröger*, die Erzählung kennst du gut. Du hast sie vor Jahren in deiner Jugend gelesen, in der Phase, in der du alles verschlungen hast, was Thomas Mann je geschrieben hat. Lange Zeit hast du behauptet, er sei dein Lieblingsschriftsteller, und gedacht – auch wenn du es nie jemandem gesagt hast –, *Tonio Kröger* enthalte Wahrheiten, die auf geradezu erschreckende Weise etwas mit dir zu tun haben.

Als die Dame aufblickt, weil sie offenbar merkt, dass du sie musterst, sprichst du sie ganz selbstverständlich an.

»Gefällt es Ihnen?«

Sie hat ein herzliches Lächeln, es macht sie richtig hübsch.

»Ich bin mir noch nicht sicher. Manches ist brillant, anderes erscheint mir ziemlich altbacken. Ich weiß nicht, vielleicht liegt es auch an der Übersetzung. Haben Sie es gelesen?«

»Vor Jahren. Ich weiß nicht, wie es wäre, es jetzt noch einmal zu lesen. Alten Kram aufzuwärmen ist ja meistens keine besonders gute Idee.«

Sie lächelt abermals.

»Tja, meistens nicht. Aber manchmal kommt man nicht umhin. Alten Kram wieder aufzuwärmen, meine ich.«

Jetzt gefällt dir die Dame richtig gut, und so damenhaft erscheint sie dir gar nicht mehr.

»Sie meinten, einige Dinge fänden Sie…«

»Brillant. Ja, genau.«

»Zum Beispiel?«

Sie blättert zurück, findet schließlich, was sie sucht, und liest laut vor: »Wie ruhevoll und unverwirrbar Herrn Knaaks Augen blickten! Sie sahen nicht in die Dinge hinein, bis dorthin, wo sie kompliziert und traurig werden; sie wussten nichts, als dass sie braun und schön seien. Aber deshalb war seine Haltung so stolz! Ja, man musste dumm sein, um so schreiten zu können wie er; und dann wurde man geliebt, denn man war liebenswürdig.«

»Das ist die Beschreibung des Tanzlehrers, richtig?«

»Ja, ich finde sie phänomenal. ›In die Dinge hinein, bis dorthin, wo sie kompliziert und traurig werden‹.«

Du erinnerst dich genau, weil dir die Erzählung so gut gefiel. Man musste dumm sein, um geliebt zu werden und liebenswürdig zu sein. Wie sehr du diese Ansicht in deiner jugendlichen Arroganz teiltest! Ihr Dichter, unverstanden und zur Einsamkeit verdammt, derweil die Spießer fröhlich ihren niederen Machenschaften frönen. Was für ein Schwachsinn.

»Wie sind Sie zu diesem Buch gekommen? Das wird nicht oft gelesen, zumindest nicht heutzutage.«

»Ich war auf dem Sprung zum Zug, und weil ich etwas zu lesen mitnehmen wollte, hab ich rasch ins Regal geschaut und das hier gesehen, es lag da schon eine halbe Ewigkeit. Ich hab kurz reingelesen, es hat mir gefallen, und da hab ich's eingesteckt.«

Na bitte, wieder der Zufall. So oft wie der dir heute begegnet, muss es etwas anderes sein, das sich als Zufall tarnt.

»Würden Sie mich hineinlesen lassen? Nur den Anfang, versteht sich.«

Sie lächelt wieder und hält dir das Buch hin.

»O Verzeihung, das Lesezeichen ist wohl weg.«

»Ich benutze gar keine Lesezeichen. Ich ziehe es vor, mir die Stelle zu merken, bis zu der ich gekommen bin, und eventuell ein paar Absätze noch einmal zu lesen. Das habe ich immer so gemacht.«

Du nimmst das Buch und blätterst zur ersten Seite. *Die Wintersonne stand nur als armer Schein, milchig und matt hinter Wolkenschichten über der engen Stadt.*

»Vor ein paar Jahren bin ich in Lübeck gewesen«, sagst du ohne besonderen Grund und gibst ihr das Buch zurück.

»Und wie ist die Stadt?«

»Interessant. Ich hab nicht viel Zeit gehabt, sie mir anzuschauen – eigentlich war ich auf der Durchreise –, aber immerhin habe ich ein bisschen mehr von den *Buddenbrooks* und Thomas Mann verstanden.«

»Darf ich fragen, was Sie beruflich machen? Es klingt, als wären Sie beruflich in Lübeck gewesen.«

»Verlagsberater«, entgegnest du ein wenig zu hastig. Wie immer, wenn es zu diesem Thema kommt. »Und Sie?«

»Was bedeutet Verlagsberater? Sind Sie Literaturagent?«

»Nein, ich habe eher mit der Veröffentlichung von Romanen zu tun.«

»Klingt interessant.«

»Kommt auf die Romane an.«

»Stimmt, kann ich mir vorstellen. Ich bin ebenfalls beraterisch tätig.«

»In welchem Bereich?«

»Entwicklung und Umgestaltung von Restaurants. Wenn Sie ein Restaurant eröffnen wollen oder bereits eines haben und es verändern möchten, sind Sie bei mir richtig.«

Das klingt nach einem guten Gesprächsthema. Also redet ihr über Restaurants – sie kümmert sich nicht nur um die Restaurants anderer, sondern hat auch selbst eines in Bologna – und Bücher über Restaurants und Filme über Restaurants und Essen und Wein und darüber, was für ein seltsamer und irgendwie kruder Ort Restaurantküchen sind, vor allem die der großen Chefs. Und was für seltsame Lebensläufe die Menschen haben – sie war Architektin, hatte jedoch nach ein paar Jahren genug davon. Und ihr plaudert weiter, bis die Stimme aus dem Lautsprecher ankündigt: nächster Halt Ancona.

»Ich muss aussteigen. Schauen Sie doch in meinem Restaurant vorbei, wenn Sie mal in Bologna sind.« Sie zieht eine orangefarbene, auffällige und zugleich dezente Visitenkarte aus der Tasche und gibt sie dir. Du sagst, dass du keine Visitenkarten hast und dass du natürlich vorbeikommst, wenn du in Bologna bist, und dass es dir ebenfalls ein Vergnügen war, sie kennenzulernen – wirklich –, und ein paar Minuten später ist sie ausgestiegen und der Zug wieder losgefahren, und du bist allein.

Mindestens eine Stunde lang sitzt du da, ohne an irgendetwas zu denken. Ohne dich zu fragen, was du tust, ohne an das zu denken, was du in der Zeitung gelesen hast, ohne zu überlegen, was du in Bari eigentlich willst. Dann plötzlich fällt dir ein, dass du dort gar keine Bleibe mehr hast und einen Platz zum Schlafen brauchst. Klar, dein Bruder wohnt dort, aber du hast keine Lust, ihn auf den letzten Drücker anzurufen und ihm zu sagen, dass du kommst und selbstverständlich davon ausgehst, bei ihm unterkriechen zu können. Ihr habt euch seit drei Jahren nicht gesehen und telefoniert auch nur sehr selten. Vielleicht rufst du ihn in den nächsten Tagen an und schaust bei ihm vorbei, aber jetzt ist das keine gute Idee. Also schaltest du den Computer an, steckst den Surfstick ein und suchst nach einem Hotel oder einem Bed and Breakfast im Zentrum. Überrascht stellst du fest, dass es tatsächlich etliche gibt. Du hattest Bari nicht als Bed-and-Breakfast-Stadt in Erinnerung, aber das hat sich offenbar geändert. Du suchst eines heraus, das *Der geheime Garten* heißt. Es sieht recht anständig aus und ist bezahlbar, also rufst du an. Haben Sie für heute Abend ein Zimmer frei? Ja, haben sie. Du buchst es, in ein paar Stunden bist du dort. In Ordnung, Signore, nur eine Nacht, oder bleiben Sie länger? Bleibst du länger? Ja, eher schon. Wie viele Nächte, Signore? Du weißt es nicht. Du weißt noch nicht einmal, wieso du überhaupt nach Bari fährst. Also überlegst du schnell, wie viele Wechselsachen du eingepackt hast, und sagst: vier. Du bleibst vier Nächte. In Ordnung, Signore, dann bis später. Bis später. Du überlegst, dass die Frau am Telefon einen seltsamen Akzent hatte. Wahrscheinlich keine Italienerin und bestimmt keine Baresin. Wie auch immer, vielleicht findest du es ja heraus, wenn du da bist.

Du hast keine Lust zu lesen. Du setzt dir die Kopfhörer auf, drückst auf zufällige Wiedergabe und denkst weiter an nichts, derweil links die Adria an dir vorüberzieht, bis der Zug pünktlich um 20:18 Uhr in den Bahnhof von Bari einfährt.

Enrico

Ich bin dreizehn Jahre zur Schule gegangen, habe also dreizehn erste Schultage gehabt, aber aus verschiedensten Gründen erinnere ich mich nur an drei. Der erste in der Grundschule ist mir vor allem wegen der Demütigung im Gedächtnis geblieben.

Ich kam ziemlich befangen in die Klasse, die anderen Kinder hingegen – zumindest die, die mir aufgefallen sind – schienen total entspannt zu sein, als hätte ihnen jemand vorher die Regeln, Rhythmen und Rituale dieses neuen Lebens erklärt. Was mich besonders beeindruckte, war, dass einige von ihnen fragten, ob sie mal ins *Kämmerchen* dürften. Die Lehrerin flüsterte ihnen etwas ins Ohr und erteilte ihre Erlaubnis, und sie verließen die Klasse und kehrten einige Minuten später mit – wie ich fand – zufriedener Miene wieder zurück. Aus unerfindlichen Gründen redete ich mir ein, das Kämmerchen wäre ein kleines Zimmer voller Spielzeug, in dem man eine kurze Entspannungspause einlegen konnte. Irgendwann nahm ich all meinen Mut zusammen und fragte, ob ich ins Kämmerchen dürfe. Die Lehrerin beugte sich zu mir und erkundigte sich flüsternd, ob ich Klein oder Groß müsse. Ich dachte, wenn ich schon die Wahl habe, stapele ich doch ein bisschen hoch, und entschied mich einigermaßen selbstsicher für Groß, in dem Irrglauben, das würde bedeuten, man könne länger oder mit einem tolleren Spielzeug spielen. Die Lehrerin schaute leicht beunruhigt und fragte mich, ob ich denn schon alles alleine könne. Die Sache begann irgendwie vertrackt zu werden. Was sollte das heißen: *alles alleine*? Ich hatte keine Ahnung, was ich antworten sollte, aber weil ich mich schon ziemlich weit aus dem Fenster gelehnt hatte, nickte ich eifrig, in der Hoffnung, dass keine weiteren Fragen kommen würden. Sie holte eine Klopapierrolle aus der Schublade ihres Pults und drückte sie mir in die Hand. Ich fragte, was ich damit solle und für wen die sei, und sie sah mich an, als hätte ich sie angelogen.

»Bist du dir sicher, dass du alles alleine kannst?«, fragte sie streng.

Jetzt war ich vollends verwirrt, ich hatte keinen Schimmer, worüber wir hier eigentlich redeten, und allmählich bereute ich meine Kühnheit.

»Der kann sich den Arsch nicht allein abwischen«, sagte irgendjemand so laut, dass man es bis in die hinterste Ecke des Klassenzimmers hörte.

Es folgte eine schreckliche, tumultartige Szene. Die Klasse fing an zu lachen, die Lehrerin stürzte sich auf der Suche nach dem Störenfried zwischen die Bänke – das Wort *Arsch* in ihrer Klasse! –, und ich wurde rot, fing an zu weinen und konnte lange nicht mehr aufhören.

In der neunten Klasse kamen die Mädchen. Ich hatte die Mittelschule in einer Jungenklasse absolviert und fand mich, wie alle, in der Oberschule in einer gemischten Klasse wieder. Abgesehen von Nicola Capriati, der vierzehn war und aussah wie vierundzwanzig, waren wir Jungen noch völlig grün hinter den Ohren; die Mädchen hingegen sahen aus wie erwachsene Frauen, mit unfassbaren Brüsten in weit aufgeknöpften Blusen und viel zu eng anliegenden T-Shirts. Besonders von einer konnte man den Blick nicht losreißen: Mariella Longo. Im Gesicht sah sie eher aus wie Rocky Marciano, aber dafür hatte sie einen unverschämt großen Busen und den Ruf, ein – nun ja –

recht frühreifes Mädel zu sein. Lange Zeit war Mariella Longo die Lieblingsprotagonistin unserer erotischen Träume und der damit einhergehenden verbotenen Handlungen, und jener erste Schultag bedeutete die erschütternde Erkenntnis, dass es Sex tatsächlich gab, nicht nur in den Pornocomics, die uns hin und wieder in die Hände fielen.

In der Elften tauchte Salvatore auf.

Fast alle waren im Klassenraum, und es hatte schon geklingelt, als ich ihn hereinkommen sah. Ich dachte, er hätte sich in der Klasse geirrt. Wahrscheinlich, sagte ich mir, gehört der in die Dreizehn - deren Raum direkt neben unserem lag - und hatte nicht richtig hingeguckt. Er wirkte erwachsen, sportlich und aggressiv: Aus dem kurzärmligen Hemd schauten gebräunte, sehnige, durchtrainierte Arme hervor, das Gesicht war mit einem dichten, drahtigen schwarzen Bart bedeckt. Der Bart beeindruckte mich am meisten. In dem Jahr spross mir der erste Flaum, den ich mir wie besessen rasierte, in der Hoffnung, er würde dadurch schneller und dichter wachsen. Verstohlen musterte ich die anderen Jungs und begann, sie in zwei Kategorien einzuteilen: die, die mehr, und die, die weniger Bartwuchs hatten als ich; Erstere beneidete ich, Letztere bemitleidete und verachtete ich. Salvatore hatte den dichtesten Bart, den ich je gesehen hatte, jenseits jedweden Neids, wie eine Art unerreichbares männliches Ideal.

Salvatore blickte sich um, als wäre er im Zoo gelandet oder in einem Hühnerstall; kopfschüttelnd verdrehte er die Augen und setzte sich links in die letzte Bank am Fenster und somit in meine unmittelbare Nähe, denn ich hatte mir den Platz in der letzten Mittelbank gesichert, wo ich laut meinen - falschen - Berechnungen den Lehrern am wenigsten ins Auge fiel.

Ich wollte ihm schon etwas sagen. Entschuldige, aber du hast dich in der Klasse geirrt, vielleicht gehörst du in die III G oder irgendwo anders hin? Das hier ist die I E, siehst du nicht, was für Milchbubis wir noch sind? Du gehörst nicht hierher. Vielleicht hätte ich wirklich etwas gesagt, hätte ich nicht bemerkt, dass die ganze Klasse ihn mehr oder weniger unverhohlen angaffte. Der Radau war fast vollkommen abgeebbt, und alle beäugten den Neuankömmling und stellten sich die mehr oder weniger gleiche Frage: Was hat der hier verloren?

Dann kam Conti herein, unser Latein- und Griechischlehrer. Er war um die sechzig, ziemlich klein und kräftig und trotz des warmen Septembertags in Jackett, Schlips und Weste. Er hatte den Ruf, nicht besonders sympathisch, aber ziemlich fähig zu sein, es hieß, er sei in der Lage, einen griechischen Text ohne Wörterbuch ins Lateinische zu übersetzen, und habe als junger Mann alle möglichen Übersetzerwettbewerbe gewonnen. Er siezte seine Schüler und nahm das eigene Können als Messlatte für seine Ansprüche. Seine Kurse hatten jedes Jahr die höchste Durchfallquote der Schule.

Er setzte sich ans Pult, öffnete das Klassenbuch und blickte minutenlang hinein, als müsse er eine geheime Botschaft entschlüsseln; als wolle er es irgendwie *übersetzen*. Dann musterte er uns eindringlich und überprüfte die Anwesenheit. Als er fertig war, schlug er das Klassenbuch theatralisch wieder zu und fing endlich an zu sprechen.

»Sie wissen, dass dies ein schwieriges Jahr wird. Die Mittelstufe ist recht anspruchslos, doch jetzt, da Sie in der Oberstufe sind, werden Sie allmählich begreifen, was es heißt, sich auf den Hosenboden zu setzen. Ich habe wenige Regeln, aber die müssen Sie einhalten. Die wichtigste ist folgende: Versuchen Sie nicht, mich auf den Arm zu nehmen. Wer meint, er könnte sich durchmogeln, hat bei mir keine Chance. Ein stoffliches Defizit lässt sich wettmachen, solange sich der Schüler korrekt verhält. Wer hingegen glaubt, sich durchlavieren zu können, oder dieses Fach für überholt und bedeutungslos hält, ist auf verlorenem Posten.«

Er machte eine Pause, um sicherzugehen, dass er unsere volle Aufmerksamkeit hatte. Ich schielte nach links zu unserem unsäglichen neuen Klassenkameraden hinüber. Er saß seelenruhig da, lässig und entspannt, und quittierte Contis drohende Reden mit mildem Desinteresse. Im Hemdsärmel – das bemerkte ich erst jetzt – hatte er ein Zigarettenpäckchen stecken; sein Bart reichte ihm bis zu den Wangenknochen.

»Was halten Sie davon, Scarrone?«, fragte Conti wie aus heiterem Himmel. Sein Tonfall verriet, dass die Frage nicht von ungefähr kam und Salvatore für ihn kein unbeschriebenes Blatt war.

Doch der schien nicht überrascht zu sein. Er rutschte ein wenig auf seinem Stuhl herum und antwortete dann bemüht gelassen, fast von oben herab: »Was halte ich von was, Signor Conti?«

»Haben Sie mir zugehört?«

»Mehr oder weniger.«

»Mehr oder weniger. Schön. Was halten Sie von dem, was ich hinsichtlich des Lernens sagte?«

Salvatore zuckte die Achseln, und ein ironisches, fast spöttisches Lächeln umspielte seine Lippen. Dann, als Conti fortfuhr, wurde seine Miene wieder ausdruckslos, geradezu apathisch.

»Wie ich weiß, haben Sie eine, wie soll ich sagen, politische Ader. Wissen Sie, was Antonio Gramsci hinsichtlich des Lernens sagte? Ich will es Ihnen verraten: ›Man muss viele Leute überzeugen, dass Lernen auch Arbeit ist und sehr ermüdend, eine nicht muskulär-nervöse, sondern intellektuelle Ausbildungszeit: Es stellt einen Anpassungsprozess dar; eine durch Anstrengung, Frustration und sogar Leiden erworbene Gewohnheit.‹ Was denken Sie darüber?«

»Ich denke, Gramsci war ein Revisionist.«

»Was haben Sie gesagt?«

»Ich habe gesagt, Gramsci war ein Revisionist.«

»Ich nehme an, Sie wissen, was *Revisionismus* bedeutet, oder?«

»Klar.«

»Und gewiss werden Sie uns den Begriff jetzt erklären. Mir und Ihren Mitschülern.«

Es war eine fesselnde Szene, als würde man einem Duell beiwohnen, dessen Sieger wohl nicht Signor Conti wäre.

»Revisionismus ist eine Strömung des Marxismus, die für eine abgeschwächte Form des Klassenkampfes zwischen Bürgertum und Proletariat eintritt. Gramsci war der größte italienische Revisionist, er sagte, Lernen sei Arbeit, und es ist vor allem ihm anzulasten, dass die Kommunistische Partei heute ein reaktionärer Haufen ist, der sich kaum noch von den Christdemokraten unterscheidet.«

Hätte ich nicht direkt neben ihm gesessen und gesehen, dass er keinen Spickzettel hatte, ich wäre mir absolut sicher gewesen, dass Salvatore mit der Frage gerechnet und die Antwort abgelesen hatte. Conti war kurz davor, die Fassung zu verlieren. Mit geballten Fäusten lehnte er sich über das Pult. Ich fand diesen ersten Schultag überaus interessant.

»Ich nehme an, Sie wissen, wie und wo Antonio Gramsci gestorben ist?«

»Im Faschistenknast, ich weiß. Aber das heißt nicht, dass man ihn nicht kritisieren und nicht sagen darf, dass er der erste theoretische Revisionist der Kommunistischen Partei war und ganz wesentlich für deren gegenwärtigen Zustand verantwortlich ist.«

Conti funkelte ihn zornig an.

»Wie alt sind Sie, Scarrone?«

Zum ersten Mal seit Beginn des Wortgefechts wirkte Salvatore auf dem falschen Fuß erwischt.

»Achtzehn.«

»Und Sie sind in der elften Klasse. Normalerweise müssten Sie in der Dreizehn sein, oder nicht?«

Auf diese Frage – die keine Frage war – gab es keine Antwort. Conti fuhr fort und schien ein Stück seiner verlorenen Selbstgewissheit zurückgewonnen zu haben.

»Man hat mir bereits von Ihnen berichtet und mich gewarnt, dass ich Sie hier antreffen würde, Scarrone. Sie haben schon so einiges auf dem Kerbholz und sind zweimal sitzengeblieben. Wenn Sie dieses Jahr wieder durchfallen, war's das. Das ist Ihnen bewusst, oder?«

Salvatore antwortete nicht. Er blickte Conti scheinbar gleichgültig an. Von der Seite nahm ich jedoch das rhythmische Zucken seiner Kiefer wahr. Keiner in der Klasse tat einen Mucks, die Luft war zum Zerreißen gespannt.

Enrico

Hätte mich damals jemand gefragt, was ich nicht ausstehen kann, ich hätte wohl ungefähr Folgendes gesagt: Mittelmäßigkeit (den Begriff hatte ich mir seit Kurzem angeeignet und benutzte ihn gern und oft), Überheblichkeit, Konformismus und Faschismus. Eine recht oberflächliche Einstellung. Rückblickend betrachtet jedoch durchaus akzeptabel.

Hätte mich jemand gefragt, was ich mag, hätte ich gesagt: Gitarre spielen, lesen – egal was: vor allem Bücher, aber auch jede Art von Zeitungen und Comics –, Musik hören, ins Kino gehen. Und hätte mir der Fragende nahegestanden, hätte ich zögerlich oder zumindest weniger forsch hinzugefügt, dass ich schreibe und das Schreiben gern eines Tages zu meinem Beruf machen würde. Zwar hatte ich keine genaue Vorstellung, *was* ich eigentlich schreiben wollte – Romane, Erzählungen, Zeitungsberichte, Essays, Drehbücher, Comics –, aber mir war sonnenklar, dass ich damit mein Brot verdienen wollte, Satz für Satz.

Zu Hause waren wir zu viert. Mein Vater Mario war Internist und großer Sportler. In jungen Jahren war er Schwimm- und Tenniscrack gewesen und trainierte noch immer jeden Tag mit einer mich äußerst irritierenden Regelmäßigkeit. Meine Mutter Elisabetta war Fachoberschullehrerin für Rechnungswesen. Es hieß, als Teenager sei sie wunderschön gewesen und mein Vater habe gegen einen Haufen anderer Jungs der sogenannten guten Bareser Gesellschaft antreten müssen, die sich im Segel-

und im Tennisklub tummelten. Ich hatte das Thema nie vertieft, weil es mich nervte, und noch mehr nervte es mich, mir den Kopf darüber zu zerbrechen, warum es mich nervte. Mein zwei Jahre älterer Bruder Angelo ging in die dreizehnte Klasse und war das genaue Ebenbild meines Vaters: Er war groß und durchtrainiert, sportbegeistert, kam bei Mädchen gut an und hatte mit Feingefühl nicht viel am Hut.

Wir bewohnten eine geräumige Wohnung in einem Sechzigerjahrebau im Zentrum, weshalb ich mir glücklicherweise kein Zimmer mit meinem Bruder teilen musste. In Angelos sehr ordentlichem Zimmer gab es Poster von Tennisspielern und Fußballern, Schläger, Bälle aller Arten und Größen – vom Tennis- bis zum Basketball –, Schulbücher, eine Stereoanlage, ein Radio und einen kleinen Fernseher.

Mein restlos chaotisches Zimmer war vollgestopft mit Büchern, Comics, Notenheften, einem Kassettenrecorder, einem Radio, meiner Gitarre und einem Keyboard. Auf die obersten Borde des großen Regals gegenüber dem Bett hatte ich das ausrangierte Spielzeug geräumt, von dem ich mich nicht trennen konnte: einen ferngesteuerten Ferrari, den Chemiekasten, die Steinsammlung, das Mikroskop, das Meccano-Kinderkino, den Zauberkasten, das Tipp-Kick, das Lego, zwei mit buntem Papier bezogene Kisten voller Soldaten, Tiere und Autos, einen Big Jim und ein paar Pistolen. An den Wänden hingen drei Poster: Bob Marley, Che Guevara und Tex Willer. Auf dem Kiefernholzschreibtisch drängten sich eine rote Lampe, Hefte, Papierstapel, ein Praxinoskop, meine Kodak Instamatic und – nicht zuletzt – meine Schreibmaschine: eine militärgrüne Lettera 22, die ich mir nach langen Diskussionen – »Aber wieso willst du denn kein neues Fahrrad?« – zu meinem fünfzehnten Geburtstag hatte schenken lassen.

Eine Ewigkeit lang hatte ich heimlich und unerlaubt die

Lexicon 80 meiner Mutter benutzt. Das alte Ding stand im Arbeitszimmer, sprich, in dem Raum der Wohnung, zu dem der Zutritt verboten war, und somit dort, wo ich mich heimlich am liebsten aufhielt, wenn mein Vater und meine Mutter nicht da waren. Es gab dort eine Menge interessanter Dinge: den schwarzen Füller mit der goldenen Feder; das Klappmesser mit dem beinernen Heft, das ganz hinten in einer abgeschlossenen Schublade lag; den Revolver aus dem neunzehnten Jahrhundert, der - angeblich - einem aus Garibaldis Zug der Tausend gehört hatte. Aber vor allem gab es dort besagte Schreibmaschine, die auf dem kleinen Teakholzsekretär stand. Lange Zeit, ehe ich mich traute, ein Blatt einzuspannen und auf die Tasten zu drücken, hatte ich sie nur berührt. Ich ließ die Finger über den Koffer gleiten, öffnete ihn, streichelte die leicht raue Oberfläche, tippte behutsam auf eine Taste, um zu sehen, wie der Buchstabe sich hob und nach vorn reckte wie der Hals einer aufgestörten Giraffe. Dann begann ich, heimlich zu schreiben, wenn niemand zu Hause war. Erzählungen, Gedichte, eine Art Tagebuch, eine kleine Zeitung (in doppelter Ausführung, mit Kohlepapier dazwischen), bei der ich es auf fünf oder sechs Ausgaben brachte und die ich sogar an den einen oder anderen Schulkameraden loswurde. Obwohl ich nur die beiden Zeigefinger benutzte wie die Carabinieri in manchen Schwarz-Weiß-Komödien, war ich bald sehr flink und treffsicher.

Dass ich mit einem solchen Gerät bereits vertraut war, schmälerte nicht im Mindesten das überwältigende Gefühl, als ich *meine* Schreibmaschine aus ihrer Hülle holte, sie auf *meinen* Schreibtisch stellte, davor Platz nahm und überlegte, was ich schreiben könnte, das diesem bedeutenden Moment angemessen wäre und ihn gebührend würdigte. Lange saß ich unentschlossen davor und verwarf eine Idee nach der anderen, da sie mir unzureichend und banal erschienen. Irgendwann beschloss ich, dass ich, um kein Risiko einzugehen und jedweden eventuellen Fehltritt gänzlich auszuschließen, etwas Probates und Vollkommenes bräuchte. Ich holte ein Dutzend meiner Lieblingsromane aus dem Bücherregal und fing an, ihre Anfangssätze abzutippen. Ich füllte ein ganzes Blatt des Schreibmaschinenpapiers *extra strong*, das ich zur Maschine dazubekommen hatte. Ich kopierte die Worte anderer - ohne dazuzuschreiben, von wem oder aus welchem Buch sie stammten - und empfand dabei wahre Allmacht. Ich musste nur die Zeigefinger krumm machen, und schon entsprangen ihnen die herrlichsten Sätze. Und während ich sie schrieb, sie in sauberen tintenschwarzen Buchstaben auf dieses weiße, kräftige Papier brachte und dem gedämpften, trockenen Klacken der Tasten lauschte, fühlte ich mich wie ein wahrer Schriftsteller, wie der Hüter des Mysteriums, und mir war, als wäre der Flaschengeist bei mir und würde mich nie mehr verlassen.

Es war eine wundervolle Nacht, eine solche Nacht, wie sie vielleicht nur vorkommen kann, wenn wir jung sind, lieber Leser.

Damals war immerzu Festtag. Die Mädchen brauchten nur aus dem Haus zu treten und über die Straße zu gehen, da gerieten sie geradezu in einen Rausch; alles war, besonders nachts, so schön, dass sie, wenn sie todmüde heimkamen, noch immer hofften, dass irgendetwas passierte ...

Dann begann das schlechte Wetter. Es kam eines Tages, als der Herbst vorbei war.

Ich war den ganzen Tag geritten, einen trüben, grauen und lautlosen Herbsttag lang – durch eine eigentümlich öde und traurige Gegend, auf die erdrückend schwer die Wolken herabhingen. Da endlich, als die Schatten des Abends herniedersanken, fand ich mich in Sichtweite des Hauses Usher. Ich weiß nicht, wie es kam – aber ich wurde gleich beim ersten Anblick dieser Mauern von einem unerträglich trüben Gefühl befallen.

Nur junge Menschen kennen solche Augenblicke. Ich meine nicht die ganz jungen. Die ganz jungen stehen, streng genommen, solchen Augenblicken noch fern. Es ist das Vorrecht der Herangewachsenen, *im voraus*, ja schon in vorweggenommener Zukunft zu leben und zusammen mit einer Hoffnung von unerhörter Ausdauer, die weder Pausen noch jähes zweifelndes Innehalten kennt.

Ich wollte ja nichts als das zu leben versuchen, was von selber aus mir herauswollte. Warum war das so sehr schwer?

Es war die beste und die schlimmste Zeit, ein Jahrhundert der Weisheit und des Unsinns, eine Epoche des Glaubens und des Unglaubens, eine Periode des Lichts und der Finsternis: Es war der Frühling der Hoffnung und der Winter der Verzweiflung; wir hatten alles, wir hatten nichts von uns; wir steuerten alle unmittelbar dem Himmel zu und auch alle unmittelbar in die entgegengesetzte Richtung.

Nachdem ich diese Worte zu Papier gebracht hatte, las ich sie noch einmal, und das Gefühl, sie zu besitzen, wurde umso stärker und heftiger. Jetzt gehörten sie mir, und es erschien mir ungerecht, sie der Welt nicht als die frühreife Schöpfung meines außergewöhnlichen Talentes präsentieren zu dürfen. Hätte die Möglichkeit bestanden, mich ungestraft als ihr Urheber auszugeben, ich hätte es ohne Weiteres getan. Es war gleichgültig, dass jemand anderes sie vor mir geschrieben hatte. Sie waren durch meine Finger und die glühenden Fasern meiner Fantasie geflossen, sie waren mein.

Von dem Tag an fing ich an, Sätze zu sammeln. Wenn ich ein Buch oder eine Zeitung las oder zu Hause ein Lied hörte und eine Passage oder eine Zeile mich besonders beeindruckte, tippte ich sie unverzüglich ab und schrieb das Datum – *mein* Datum –, jedoch nicht den Verfasser darunter. Meine Methode hatte weder mit Kalkül noch mit vorsätzlichem Betrug zu tun – die Blätter dienten einzig meinem persönlichen Gebrauch, niemand hat sie jemals gelesen, und inzwischen sind sie verloren gegangen –, doch indem ich diese Sätze schrieb und sie zu Papier brachte, als wären sie das ausgefeilte Produkt meiner Inspiration – und gewissermaßen waren sie es ja tatsächlich –, war mir, als durchliefe ich eine bereits weit fortgeschrittene Lehre mit unvermeidlichem Abschluss. Diese Worte neu zu erfinden und sie zu kopieren beschäftigte mich für Monate.

An manchen Abenden, wenn das Zimmer im Halbdunkel lag und der bläuliche Lichtkegel meiner Schreibtischlampe Schreibmaschine und Papier beleuchtete, stellte ich mir vor, ein wunderschönes, unbekanntes Mädchen stünde hinter den Vorhängen irgendeiner Wohnung, die auf denselben großen Innenhof hinausging wie mein Zimmer, und beobachtete mich heimlich. Sie war verliebt in mich, weil sie wusste, dass ich ein Schriftsteller war, und eines Tages würden wir uns begegnen und einander erkennen, und ich würde ihr meinen ersten Roman widmen, und dann würden wir gemeinsam zu fernen Horizonten voller Abenteuer und Verheißungen aufbrechen. Manchmal nickte ich über diesen Fantasien ein, und eine berauschende, geradezu erstickende Seligkeit durchschauderte mich. Nur wenn man jung ist, hat man solche Momente.

* * *

Dann war da die Gitarre. Mit zwölf hatte ich bei einer fähigen Musiklehrerin an der Mittelschule die Grundakkorde gelernt und dann mit dem *Großen Buch der Akkorde*, das ich mir von meinem monatlichen Taschengeld gekauft hatte, allein weitergemacht. Ich sang gern und hatte eine gute Stimme – auch wenn die Familie in diesem Punkt geteilter Meinung war, denn bisweilen stürzte mein Bruder entnervt in mein Zimmer und brüllte, ich solle aufhören, allen auf den Sack zu gehen; dieses Gejaule sei nicht zu ertragen, und wenn es unbedingt sein müsse, solle ich doch bei Beerdigungen auftreten oder mich bei dem Bestattungsinstitut zwei Blöcke weiter bewerben.

Ich glaube, er meinte vor allem meine mimetischen Interpretationen trübsinniger Liedermacherstücke. Das Hereinplatzen meines Bruders war für mich damals nur der x-te Beweis seiner Stumpfheit und Unempfänglichkeit für Schönheit und Poesie. Heute sehe ich es nicht mehr ganz so drastisch, denn wer weiß, wie ich reagieren würde, wenn jemand am frühen Nachmittag im Nebenzimmer auf der Gitarre klampfte und dazu voller Inbrunst Stücke wie *Auschwitz, La ballata degli impiccati* oder *Per i morti di Reggio Emilia* zum Besten gäbe.

* * *

Mein Verhältnis zum Sport war zwiespältig. Jede Art von Training und sämtliche Versuche meiner Eltern – meine Mutter war die Vollstreckerin, mein Vater der Anstifter –, mich zum Tennisspielen, Fechten oder Rudern zu bewegen, scheiterten nach wenigen Wochen, bestenfalls Monaten. Ganz zu schweigen von endlosem, unerträglichem Schwimmtraining: Bahn um Bahn in diesem Mikrokosmos aus zu grellem Licht, hellblauen Krankenhauskacheln und Chlorgeruch, der sich beim Duschen selbst mit Shampoo und Seife nicht herunterschrubben ließ.

Aber ich war gut in Fußball und Tischtennis. Während meines Jahres im Jugendklub der San-Rocco-Gemeinde hatte ich beides regelmäßig gespielt. Vielleicht hätte ich sogar eine Zukunft in der Mannschaft gehabt, die an den städtischen Pfarreimeisterschaften teilnahm, wenn meine Besuche im Jugendklub nicht ein abruptes, selbst verschuldetes Ende genommen hätten.

Wir kickten gerade auf dem Bolzplatz der Pfarrgemeinde. Plötzlich verpasste mir ein Junge namens Giovanni, genannt Pinuccio *u' gress* – Pinuccio der Dicke –, der genauso alt war wie ich, aber mindestens fünfzehn Kilo schwerer, bei einem Zusammenstoß vor dem Tor einen Schultercheck, und ich stürzte. In diesen Partien gab es keinen Schiedsrichter. Wutschnaubend rappelte ich mich hoch, beschimpfte ihn aufs Übelste mit nicht gerade sakristeitauglichen Bemerkungen über die Moral seiner Mutter und forderte Elfmeter.

Ich war ihm dabei sehr nahe gekommen, und er, ein ziemlich friedfertiger Junge, jedoch stark wie ein Ochse, hatte mir die Hand aufs Gesicht gedrückt und mich wie ein lästiges Tier beiseitegeschoben. Es war offensichtlich, dass er mich in der körperlichen Auseinandersetzung nicht als ebenbürtig erachtete.

Nun kam es recht häufig vor, dass wir Jungs nach der Schule oder nach besagten Fußballspielen auf dem Bolzplatz der Pfarrgemeinde miteinander rauften. Wenn es Streit gab und ernst wurde, regelte man die Sache in einem der geräumigen Hausflure der alten Mietshäuser des Viertels Libertà. Der einleitende Standardsatz lautete: *Gehen wir in die Einfahrt*, wobei das Wort *Einfahrt* eine Art ungewollte Synekdoche für den gesamten Hausflur war. Diese Kämpfe besaßen einen gewissen Ereigniswert und wurden von einem mehr oder weniger zahlreichen Publikum verfolgt.

Die Regel lautete, dass man kämpfen durfte – das heißt, einander festhalten, schubsen, den anderen zu Boden reißen und ihn niederdrücken, bis klar war, wer gewonnen und wer verloren hatte –, jedoch ohne Boxen, Schlagen oder Treten.

Bei einem derartigen Kampf hätte ich keine Chance gegen Pinuccio *u' gress* gehabt: Er war viel größer, dicker und schwerer als ich, und ich hätte ihn niemals zu Boden gekriegt, geschweige denn, ihn niederhalten können. Doch als er mir in verächtlicher Überlegenheit die Hand ins Gesicht drückte, ging die Wut mit mir durch. Es war, als würde ich von einem grellen Licht geblendet – seitdem weiß ich, was es bedeutet, blind vor Wut zu sein –, und ehe ich michs versah, traktierte ich ihn mit Fäusten. Ich verpasste ihm mindestens drei oder vier Schläge, ehe mich jemand von hinten packte und wegzerrte, während Giovanni, der nicht einmal ansatzweise hatte reagieren oder sich zur Wehr zu setzen können, genauso verdattert dastand wie alle anderen.

Die Konsequenz dieses Ausrasters war mein Rauswurf aus dem Jugendklub. Genauer gesagt: Ich wurde nicht wirklich rausgeschmissen, sondern nur für sehr lange Zeit (sechs Monate oder vielleicht mehr) gesperrt, und danach war mir die Lust daran vergangen.

Ich schämte mich entsetzlich für meine Tat. Ein paar Wochen darauf ging ich zu Pinuccio und entschuldigte mich, und statt mir ordentlich eins auf die Nase zu geben, wozu er jedes Recht gehabt hätte, nahm er meine Entschuldigung an und reichte mir sogar die Hand.

Doch seit jenem Nachmittag im Freizeitklub hatte sich etwas verändert, und nichts sollte mehr so sein wie vorher. Diese Faustschläge ins Gesicht hatten mich einen Teil von mir erahnen lassen – ein unbekanntes, im Zwielicht lauerndes Wesen –, an den ich nur ungern dachte.

3

Dein Bed and Breakfast ist nett, und vom Bahnhof aus waren es zu Fuß keine zehn Minuten. Eigentlich hattest du dir geschworen, das Wort *nett* nie wieder zu benutzen, doch das ist schon eine Ewigkeit her, und seitdem hast du noch zig andere Versprechen gegeben, die du nicht gehalten hast. Du bist so eine Art Profi in nicht gehaltenen Versprechen; sowohl anderen als auch und vor allem dir selbst gegenüber. Ein verzeihliches Vergehen, will man es denn als solches bezeichnen. Denn ehrlich gesagt, gibt es für diesen Ort keine passendere Umschreibung als *nett*. Es wirkte ein bisschen wie ein Puppenhaus, mit pastellfarben gestrichenen Vintage-Möbeln, Vorhängen aus rustikalem Stoff, einer gemütlichen Küche und einem schmucken Landhausbett. Kein Fernseher weit und breit und ein leichter Duft in der Luft, Wacholder vielleicht, jedenfalls etwas sehr Angenehmes, das nach mediterraner Macchia riecht. Die Dame, mit der du telefoniert hast und die dich empfängt, ist weder Baresin noch Italienerin. Sie ist Belgierin aus Antwerpen, hübsch und sehr nordisch, und erzählt dir, dass sie aus Liebe nach Bari gekommen ist. Du lächelst zurückhaltend, und sie präzisiert, aus Liebe zu Apulien, das so hinreißend und zum Glück gar nicht überlaufen sei – *es wird Ihnen gefallen*, sagt sie, denn sie hält dich für einen Touristen oder zumindest für einen Fremden –, und zu ihrem Lebensgefährten, der offenbar ebenso hinreißend und zum Glück ebenfalls nicht überlaufen ist.

Du nimmst dein Zimmer in Besitz, das in Hellblau gehalten

ist und *Salentinische Strände* heißt. Die Namen der Zimmer sind mit kindlicher Schönschrift über jede Tür gepinselt. Neben deinem Zimmer liegen *Castel del Monte, Alta Murgia* und die *Klippen von Polignano.*

Es ist ein schräges Gefühl, in deine Stadt zu kommen – zumindest *war* es einmal deine Stadt – und als Tourist dazustehen. Nicht nur weil du in einem Hotel oder dergleichen wohnst, sondern weil dir Dinge, die für dich immer völlig selbstverständlich und Teil deines weiteren, aber dennoch gewohnten persönlichen Umfelds waren, als exotisch und faszinierend präsentiert werden. Echt schräg, sagst du laut, während du dich aus den Kleidern schälst, um zu duschen.

Hinterher stellst du dich im Bademantel an dein Zimmerfenster. Es geht auf einen unerwarteten, für das Murat-Viertel einst typischen Hofgarten hinaus. Der Garten – von dem das Bed and Breakfast offensichtlich seinen Namen hat – ist sehr gepflegt, es gibt eine große Magnolie, zwei Orangenbäume, zwei Zitronenbäume, zwei Palmen und einen Mispelbaum, dazu kleinere Pflanzen, deren Namen du nicht kennst. Die Stille ist unnatürlich – du bist mitten im Zentrum, normalerweise müsste ein lästiges Grundrauschen zu hören sein –, und ein paar Augenblicke lang überkommt dich das Gefühl totaler Entwurzelung, wie man es bisweilen an fernen, unbekannten Orten empfindet.

Als du eine halbe Stunde später auf der Straße bist, fällt dir ein, dass du seit dem Frühstück und der Zeitungslektüre nichts mehr zu dir genommen hast, und du beschließt, dass du Hunger hast. Du erreichst den von Autos und Passanten wimmelnden Corso Vittorio Emanuele, betrittst das erstbeste Restaurant und isst auf der verkehrsberuhigten Seite der Altstadt nur wenige Meter von den palmenbewachsenen Grünflächen an einem Tisch im Freien zu Abend. Das Gefühl, zum ersten Mal in einer fremden Stadt zu sein, wird immer stärker.

Du weißt nicht warum. Vielleicht ist es die Fortdauer oder der Nachhall des Geheimer-Garten-Effektes; vielleicht liegt es an den selbst um diese späte Uhrzeit und nach Ladenschluss von Menschen wimmelnden Straßen, die du ganz anders in Erinnerung hattest; vielleicht liegt es auch zugegebenermaßen an der vierzehnprozentigen Flasche Primitivo, die du zu den Spaghetti all'Assassina geleert hast - das sind sehr scharfe Spaghetti all'Arrabbiata, die in der Pfanne gebraten werden, bis sie leicht angebrannt und knusprig und köstlich sind. Wie soll man zu dem Zeug nicht eine gute Flasche Roten leeren?

Tatsache ist, dass du beim Verlassen des Restaurants angenehm beduselt bist. Zwischen dir, der dich umgebenden Wirklichkeit im Allgemeinen und dem Gehweg im Besonderen besteht keine feste Verbindung mehr. Die vorüberziehenden Gesichter verschwimmen miteinander; das Gleiche passiert mit den Parfums, Deodorants und Gerüchen, die diese Schar Mädchen und Jungen absondert, von denen dir einige ausgesprochen jung vorkommen. Ein paar der Mädchen sind obendrein ausgesprochen hübsch und ebenso dürftig bekleidet. Nachdem du vier oder fünf von ihnen ein wenig zu unverblümt angeglotzt hast, merkst du, dass du dich auf einem äußerst schmalen Grat zur Kategorie schmieriger alter Suffkopp bewegst. Also beschließt du, besser schlafen zu gehen - doch vorher könntest du eigentlich noch einen Drink vertragen, um den Abend zu beschließen. Du stolperst in eine ganz in Plastik und Stahl gehaltene und vor Housemusic dröhnende Bar, lehnst dich auf den Tresen und bestellst einen anständigen Whiskey auf Eis.

Der Whiskey auf Eis ist gut und gefährlich, weil er sich einfach so wegtrinken lässt, und tatsächlich hast du ihn ein paar Minuten später geleert und bestellst einen zweiten. Nach weiteren fünf Minuten wiederholt sich die Szene, und man muss sagen, dass sie in dieser Bar nicht mit den Mengen geizen.

Nach einer Flasche Primitivo hast du jetzt zwei Tumbler erstklassigen Bourbon intus. Du hast Lust auf einen dritten. Du haderst, denn du weißt, das ist keine gute Idee, aber du hast wirklich riesige Lust. Nichts löst die Angst wie Alkohol. Zwar heißt es, Unglück löse sich in Wasser, doch deiner Erfahrung nach löst es sich eher in Wein oder fast jedem anderen alkoholischen Getränk, ausgenommen vielleicht Kräuterschnaps.

Du stehst im lauten Halbdunkel, kaust auf einem Eiswürfel herum und überlegst, was du tun sollst, als eine Gruppe junger Leute hereinkommt. Eines der Mädchen stellt sich ganz dicht neben dich, fast auf Tuchfühlung. Sie sieht nicht besonders gut aus, trägt dafür aber ein sehr weit ausgeschnittenes weißes T-Shirt, das sich über ihren mordsmäßigen Busen spannt. Du versuchst dir vorzustellen, wie es wäre, diesen Riesenbusen anzufassen. Du bist ein bisschen aus der Übung, mit Mädchen dieses Alters allemal. Wie für Betrunkene typisch, bekommst du von dem, was um dich herum passiert, nicht mehr viel mit. Du merkst nicht, dass jemand mitgekriegt hat, wie du dem Mädchen ziemlich schamlos in den Ausschnitt glotzt. Oder besser: Du merkst es, aber erst, als dieser Jemand - ein junger Kerl mit ungewöhnlich niedriger Stirn, vielleicht ihr Freund - dich fragt, was es, verdammt noch mal, zu glotzen gibt.

Du musterst ihn mit der Gelassenheit, zu der einem nur ein ordentlicher Alkoholpegel verhilft. Du denkst fast in Zeitlupe, dass du ihm ganz ehrlich sagen könntest, du hättest die gigantischen Titten seiner Freundin betrachtet und überlegt, wie die sich wohl anfühlen. Dann könntest du dir die in Greifnähe auf dem Tresen stehende Bierflasche schnappen und ihm damit eins überbraten.

Du bist wirklich sehr gelassen. Er weiß nicht, welche Möglichkeiten im Raum stehen, und starrt dich einfach nur mit diesen verblüffend nichts ahnenden Augen an.

Dann drehst du dich schulterzuckend und mit einem halben Lächeln um und gehst schlafen. Er ruft dir etwas nicht sonderlich *Nettes* nach, doch das ist dir herzlich egal. Offiziell bist du betrunken. Inoffiziell musst du ihm dankbar sein, dass er dir die Möglichkeit gegeben hat, im richtigen Moment aufzuhören.

4

Als du die Augen aufschlägst, sickert das Tageslicht durch die Fensterläden. Es ist schön aufzuwachen, wenn es draußen hell ist. Das passiert dir nicht oft, normalerweise ist es noch dunkel, wenn du wach wirst, häufig sogar noch Nacht. Wie geht dieser Satz von Fitzgerald noch? *In einer wirklich dunklen Nacht der Seele ist es immer drei Uhr morgens.* Normalerweise wachst du just um den Dreh auf und bleibst liegen, um nachzudenken oder so. Sagen wir, es ist nicht der beste Moment des Tages.

Fitzgerald. Der ist nun einer, der einen Großteil seines Talents verplempert hat. Er hat ein paar Meisterwerke geschrieben – darunter echte Glanzlichter der Literaturgeschichte –, aber auch einen Haufen Schund. Das Geld war schuld, der Lebensstil, die Ansprüche der guten Zelda. Aber hätte er nicht dieses kostspielige Leben geführt, hätte er gar nicht geschrieben. Also war es unterm Strich vielleicht doch sinnvoll, Schund zu schreiben, um sein Talent nicht zu vergeuden. Du meinst, in dieser Überlegung eine versteckte Wahrheit zu erahnen, etwas, das dich unmittelbar betrifft. Doch liegt man morgens schlaftrunken im Bett, sind Gedanken meistens nur Ahnungen.

Wie dem auch sei, heute wachst du auf, als es draußen hell ist, und das ist eine gute Nachricht. Eine weitere gute Nachricht ist, dass du trotz all dem, was du gestern gebechert hast, nicht den leisesten Kater hast.

Die Dame aus Antwerpen hat dir am Vorabend erklärt, dass die Gäste des Geheimen Gartens die Küche benutzen dürfen, um sich Frühstück zu machen. Im Kühlschrank sind Milch, Sojamilch, Reismilch, Fruchtsäfte, Butter und Käse. Auf dem Tisch steht jeden Morgen ein frischer Kuchen, selbst gebacken von der Gastgeberin, die auch die Zimmer putzt. Natürlich gibt es Kaffee, Malzkaffee, Tee und verschiedene Kräutertees. Du gehst in die Küche, stellst die Kaffeemaschine auf den Herd und schneidest dir eine Scheibe von dem Kranzkuchen mit Puderzucker ab, der auf einer Tortenplatte auf dem Hellholztisch thront. Menschenskinder, denkst du. *Menschenskinder* ist eigentlich ein total verbotenes Wort, fast noch verbotener als *nett.* Aber was soll's. *Menschenskinder,* hier ist es wie im Urlaub. Genau genommen *ist* es ja Urlaub. Als der Kaffeeduft die Küche erfüllt, hebt sich deine Laune noch mehr, sofern das überhaupt möglich ist. Draußen scheint die Sonne. Im Haus ist es still, die anderen Gäste – wenn es denn welche gibt, gestern Abend hast du niemanden gesehen – sind wohl schon weg. Du gießt dir eine Tasse Kaffee ein und überlegst, dass du es an einem solchen Ort gut ein Weilchen aushalten könntest. Eigentlich ist es wie eine Wohnung, nur ohne die entsprechenden Mühen und Pflichten. Du hast schon immer gedacht, du könntest gut in einem Hotel leben. Diese erleichternde Vorstellung, dass man alles in einem Schrank hat und seine Siebensachen jederzeit in einen Rucksack stopfen und fortgehen kann.

In dem Moment fällt dein Blick auf ein Päckchen Zigaretten, das auf einem Bord liegt. Du spähst in den Flur, fragst: »Ist da wer?«, doch niemand antwortet. Du schleichst zu dem Päckchen, holst eine Zigarette heraus, zündest sie an der Gasflamme an und trittst zum Rauchen auf den Balkon. Die Berührung der nackten Fußsohlen mit dem kalten, rauen Terrakottaboden versetzt dir einen wohligen Schauder. Barfuß im Freien steht man normalerweise nur im Urlaub am Meer. Rauchend schaust du dir die Leute an, die auf der Straße vorübergehen. Dann drückst du die Zigarette sorgfältig in der Blumentopferde aus, wickelst den Stummel in eine Papierserviette – mit anderen Worten, du verwischst die Spuren –, wirfst ihn in den Mülleimer und gehst duschen.

Als du ausgehbereit bist, lässt die gute Laune des Erwachens, des Frühstücks, der geklauten Zigarette allmählich nach und weicht der Beklommenheit. Wohin jetzt? Hast du etwas vor? Hast du ein Ziel, jemanden, den du treffen willst? Wieso bist du hier? Kennst du jemanden in dieser Stadt? Der Fragenstrudel droht alles zu verschlucken, man muss ihn umgehend stoppen, sich an einen Gedanken klammern, sich etwas vornehmen.

Dein Bruder, na bitte. Du musst deinen Bruder anrufen, ist doch vollkommen klar. Schließlich könntest du ihm zufällig in die Arme laufen, was peinlich und unerfreulich wäre. Du müsstest ihm erklären, wieso du in Bari bist und ihn nicht angerufen hast. Dich erklären zu müssen war dir immer schon lästig. Als du auf der Straße bist, suchst du die Nummer deines Bruders aus den Handy-Kontakten und drückst, ohne lange zu überlegen, die grüne Taste.

Während du – eine merkwürdig lang erscheinende Zeit – auf den Klingelton wartest, gehst du weiter und denkst nach. Du fragst dich, wie alt wohl die Zwillinge sind, deine Nichten. Wie schräg, ich habe zwei Nichten. Vielleicht neunzehn? Ob die schon studieren? Wieso gibt es eigentlich keine Verbindung? Hat Angelo seine Nummer gewechselt? Angelo. Wie seltsam der Name deines Bruders klingt. Wer weiß, wann du ihn das letzte Mal beim Namen genannt hast. Und wenn er auflegt? Wieso sollten wir uns überhaupt zufällig über den Weg laufen? Ich bin im Zentrum, er wohnt und arbeitet am Stadtrand. Spätestens in zwei Tagen bin ich wieder weg, scheiß auf die Buchung und tschüss. Jetzt hat es angefangen zu klingeln, und es gibt kein Zurück mehr. Wenn du jetzt auflegtest, würde er die Nummer sehen und dich zurückrufen. Also bleibst du dran und wartest.

»Hallo?« Es klingt erstaunt, mit einem ungewohnt herzlichen Unterton. Vielleicht sogar mehr als das.

»Ciao.«

»Ciao …«

»Ich bin in Bari.«

»In Bari? Echt? Wann bist du angekommen?«

»Gestern. Ich hab hier geschäftlich zu tun …«, schwindelst du unbeholfen, ehe dein Bruder dich fragen kann, wieso du hier bist. Das weißt du nämlich auch nicht.

»Wie lange bleibst du?«

»Ich weiß noch nicht, ein paar Tage vielleicht.«

»Was machst du heute Abend?«

»Wie bitte?«

»Hast du heute Abend schon was vor?«

»Nein, nein, habe ich nicht.«

»Dann komm doch zum Abendessen. Du kennst das neue Haus noch gar nicht, ist ja Jahre her, dass wir beide uns gesehen haben, und auch Patrizia und die Mädchen hast du eine Ewigkeit nicht gesehen. Du erkennst die beiden nicht wieder. Die studieren, wusstest du das?«

Dein Bruder ist ehrlich *erfreut*, dich zu hören. Damit hast du nicht gerechnet, und die Sache löst in dir einen unerwarteten Gefühlsmix aus. Will sagen: eine Mischung aus Erstaunen, Befangenheit und fast so etwas wie Rührung.

»Was studieren die beiden denn?«

»Paola studiert Medizin und Vittoria Jura. Und, kommst du?«

Du sagst Ja. Angelo gibt dir die Adresse, und weil er deinem Gedächtnis – zu Recht – nicht traut, sagt er, er schickt dir noch eine SMS. Wir sehen uns dann heute Abend um neun. Also dann, um neun. Klick. Von wegen: *Klick*. Handys machen nicht Klick, aber was soll's. Klick geht in Ordnung.

Das Telefonat mit deinem Bruder hat dich endgültig verwirrt. Vage Gedanken schießen dir durch den Kopf und lassen sich weder greifen noch wirklich in Betracht ziehen. Tatsächlich weißt du gar nicht, was du denkst, auch wenn das, was du denkst, dir mitunter wichtig erscheint. Nur, dass es sofort wieder weg ist. Da ist zum Beispiel etwas, das mit der Fitzgerald-Geschichte von diesem Morgen zu tun hat. Aber es ist eben *etwas* und nicht klar umrissen. Es hat mit dir zu tun und scheint wichtig zu sein, doch du kriegst es einfach nicht zu fassen. Erst als es schon nach ein Uhr ist und du fast schon aus der Stadt raus bist, kehrt dein Raum-Zeit-Gefühl wieder zurück. Du hast die faschistische Architektur und die gusseisernen Straßenlaternen der Strandpromenade hinter dir gelassen und bist beim Punta-Perotti-Park angelangt, in dem Kinder Drachen steigen lassen, Pärchen auf Bänken sitzen und Leute Sport treiben. Unter den Sporttreibenden sind drei Herren jenseits der sechzig in Laufshorts und Trikot, die nebeneinander hertrotten und hin und wieder zu ziemlich albernen Sprints ansetzen. Das Lächerliche sollte, soweit möglich, stets vermieden werden, denkst du, und dir fällt auf, dass der morgendliche Sonnenschein verschwunden ist. Wind ist aufgekommen, der Himmel hat sich zugezogen, und die Wolken sehen nach Regen aus. Also machst du dich auf den Weg zurück in die Stadt und kaufst dir unterwegs ein Stück Focaccia und ein Bier. Der Himmel wird schwärzer, doch du hast Hunger, und es erscheint dir nicht sonderlich elegant – und auch nicht sonderlich bequem –, Focaccia essend und Bier trinkend durch die Straßen zu laufen. Du setzt dich auf eine Parkbank vor dem Santa-Lucia-Kino und isst, während über dem Meer Richtung Albanien die ersten Blitze zucken, der Donner immer näher kommt und die Luft sich mit dem Geruch nach Regen auflädt. Während du isst, kommt eine Pennerin auf dich zu. Sie riecht nach monatelang nicht gewechselter Kleidung, Urin und Fusel. Doch auch ohne es zu riechen, käme man drauf, dass sie dem Wein nicht abhold ist, denn aus der Tasche ihres zu großen, dreckstarrenden Regenmantels, der ihr bis zu den Waden reicht, lugt ein Karton Billigwein für neunundneunzig Cent der Liter.

»Hast du Kleingeld für mich, bitte?«

Du schüttelst den Kopf und zuckst bedauernd mit der Hand. Das ist eine Lüge, deine Taschen sind voller Kleingeld, Wechselgeld von der Focaccia. Sie sagt nichts und setzt sich an das andere Ende der Bank. Der Gestank nimmt zu. Nicht gerade angenehm.

»Ihr macht alle gleich«, sagt sie und imitiert deine Handbewegung. »Wieso nicht Mut haben zu sagen: Geh weg, stinkendes Drecksweib, ich hab Kleingeld, aber dir nicht geben? Stinkendes Drecksweib.«

Sie sagt es ohne Wut, als sinnierte sie über die menschliche Natur. Und genau genommen tut sie das ja.

»Ist gut, deine Focaccia?«

Nach einem kurzen Zögern hältst du ihr den Rest Focaccia hin. Sie greift ganz selbstverständlich danach und beißt ein paarmal davon ab. Du fragst dich, wieso du nicht aufstehst, denn der Geruch ist inzwischen kaum mehr zu ertragen.

»Ich war ganz normale Mensch, so geendet, weil Leben ist scheiße. Ich kommen aus Rumänien für besseres Leben und jetzt so. Ich Ärztin, so alle enden kann wie ich. Du nicht weißt, was kann passieren.«

»Du warst Ärztin?«

»Ich Ärztin, ja, in mein Land. Jetzt Pennerin hier in dein Land.«

Sie isst die Focaccia auf, zieht den Weinkarton aus der Tasche und nimmt einen tiefen Schluck, wie ein dehydrierter Sportler, der nach dem Wettkampf eine Flasche Wasser leert. Sie hält ihn dir hin.

»Nein, danke, ich hab Bier«, sagst du, hältst die Flasche hoch und nippst bekräftigend daran. Der Donner wird noch lauter, bestimmt fängt es jeden Moment an zu regnen.

»Willst du geben Kleingeld, bitte?«

Du steckst die Hand in die Tasche, kramst sämtliche Münzen hervor und gibst sie ihr. Sie nimmt sie, ohne nachzusehen, wie viel es ist, und lässt sie in den Falten ihrer schmutzstarrenden Lumpen verschwinden.

»Hast du Zigaretten?«

Du schüttelst den Kopf. Du hast keine Zigaretten, auch wenn du gerade verdammt gerne eine hättest. Sie holt einen Stoffbeutel und ein Briefchen Zigarettenpapier hervor. Im Beutel ist Tabak. Mit für ihre arthritischen Finger erstaunlicher Geschicklichkeit dreht sie eine Zigarette.

»Willst du eine?«

»Nein, danke, ich rauche nicht.«

»Sehr gut. Wer raucht, früh sterben. Ich früh sterben, auch ohne rauchen.«

Sie grinst dich an, als hätte sie einen guten Witz gemacht. Viele Zähne hat sie nicht. Du fragst dich, warum du auf dieser Bank sitzen bleibst. Du hast keine Antwort darauf. Sie zündet sich die Zigarette mit einem Küchenfeuerzeug an und nimmt einen tiefen Zug, die Lider genüsslich halb geschlossen. Dann zupft sie sich ein Tabakfädchen aus dem Mund und steckt es sorgfältig in den Beutel zurück.

»Siehst du Tabak?«

»Ja.«

»Ich nicht kaufen Tabak. Auf Boden viele Kippen. Ich sammeln und leeren und dann rauchen.« Sie grinst wieder.

»Wie heißt du?«, frage ich.

»Jetzt nicht heißen. Niemand mich heißen.«

»Wie lautet dein Name?«

»Apolinaria war mein Name. Jetzt ich bin stinkende Pennerin.«

Du würdest sie gern noch mehr fragen – war sie wirklich Ärztin? Wie kommt es, dass sie dreckig, zerlumpt und besoffen im öffentlichen Park einer fernen Stadt gelandet ist? –, doch es beginnt zu regnen, in dicken, schweren, fast tropischen Tropfen. Du kramst deine Brieftasche hervor, ziehst einen Zwanzig-Euro-Schein heraus und hältst ihn ihr hin. Sie greift danach wie zuvor und steckt ihn ein, ohne ihn anzusehen oder sich zu bedanken.

»Wo kommst du unter?«

Sie sieht dich lange an. Dann steht sie auf und geht ohne ein Wort davon.

Enrico

Für mich war das Gymnasium eine laue Zeit. Ich lernte so gut wie gar nicht und war fast immer woanders, selbst wenn ich in der Klasse saß, doch die Lehrer konnten sich nicht beschweren. Es waren Jahre angepasster Disziplin. Politik reizte mich, aber das, was ich in Versammlungen hörte oder auf den vor der Schule verteilten Flugblättern las, klang für mich nach einem Haufen Schwachsinn.

Ich machte mehr oder weniger mein eigenes Ding und war ein ziemlicher Einzelgänger. In der Mittelschule hatte ich drei Freunde gehabt, mit denen ich mich fast jeden Nachmittag traf. Wir verbrachten viel Zeit auf der Straße und waren richtige Rowdys, auch wenn wir uns wie junge Robin Hoods fühlten. Eine unserer Lieblingsbeschäftigungen war, Knallfrösche, Bengalos oder Stinkbomben in die Luxusläden im Zentrum zu schmeißen und dann von Adrenalin befeuert abzuhauen. Unser ideologisches Bewusstsein war recht primitiv: Wir nahmen nur Läden für Reiche aufs Korn, was unsere Aktionen unserer Meinung nach ethisch rechtfertigte, obgleich sie häufig Schäden anrichteten, sogar schwere. Einmal landete ein in einen Kaschmirladen geschleuderter Bengalo nicht, wie geplant, auf dem Boden, sondern auf einem Stapel Pullover. Den gellenden Schreien nach zu urteilen, die hinter uns losbrachen, während wir das Weite suchten, waren wir diesmal zu weit gegangen, und an jenem Nachmittag wurden Bengalos aus unserem Stadtguerillaarsenal gestrichen.

Am Ende der Mittelschule wechselten meine Freunde aufs naturwissenschaftliche Gymnasium, und wir verloren uns, wie in dem Alter üblich, aus den Augen. Ich fand mich allein auf dem humanistischen Gymnasium wieder und befreundete mich mit niemandem. Zumindest mit keinem männlichen Mitschüler. Hätte ich zu Beginn der elften Klasse meinen besten Freund nennen müssen, wäre es der Name eines Mädchens gewesen: Stefania Berberian.

Stefania hatte mit den Mädchen der Klasse ebenso wenig am Hut wie ich mit den Jungs, und so war es recht naheliegend, dass wir uns zusammentaten. Wir machten den Schulweg gemeinsam, trafen uns nachmittags entweder bei mir oder noch öfter bei ihr und besuchten regelmäßig den Filmklub der Schule. Wir waren beide Kinofans, und mit ihr sah ich Filme wie *Alice's Restaurant, Blutige Erdbeeren, Jules und Jim, Die Reifeprüfung* und *La dolce vita.*

* * *

Die Klassen E und C galten, ob zu Recht oder zu Unrecht, als die besten des Orazio-Flacco-Gymnasiums. In beiden gab es fähige Lehrer, ein paar Idioten und einige Persönlichkeiten, die in die Annalen der Schulgeschichte – und nicht nur in die – eingegangen waren. Das berühmteste Beispiel war Roberto Segantini, seit einigen Jahrzehnten – und mit einer Unterbrechung von fünf Jahren, die er in den parlamentarischen Reihen der Sozialistischen Partei verbracht hatte – Lehrer für Geschichte und Philosophie der Mittel- und Oberstufe.

Theoretisch. Praktisch hatte er kaum genug Zeit, uns zu erklären, wozu man Philosophie brauchte, von den Vorsokratikern zu erzählen und während des Unterrichtes ein paar Dutzend Zigaretten zu qualmen. Dann wurde er krank und fiel aus. Ein paar Tage lang wurde er in den sogenannten Freistunden von anderen Lehrern der Schule vertreten, bis sich herausstellte, dass sein Ausfall langfristig sein würde und sich das Problem nicht mit improvisierten Vertretungen lösen ließe.

Es war ein wunderschöner Tag Anfang November. Die Sonnenstrahlen fielen durch das Gitter eines der beiden Fenster und ergossen sich bis vor das Pult. Oder vielleicht schien an dem Tag gar nicht die Sonne, vielleicht habe ich diese Strahlen ein anderes Mal gesehen und bringe verschiedene Erinnerungen durcheinander. Oder es ist Einbildung. Angeblich sind Erinnerungen keine bleibenden Aufzeichnungen, die gleich einem Film für immer in irgendeinem Winkel des Gehirns gespeichert sind. Die Sache ist sehr viel komplizierter und flüchtiger; eher wie das Malen eines Bildes. Keine Ahnung. Ich weiß nur, dass mein erster Eindruck dieses Morgens die von Staub durchtanzten Sonnenstrahlen waren, die gelben Lichtstreifen auf dem Boden vor dem leeren Pult.

Die erste Stunde war vorbei oder vielleicht die zweite, und wie immer zwischen einer Stunde und der nächsten veranstalteten wir ein Mordschaos. Anfangs bemerkte kaum jemand das Mädchen, das die Klasse betrat und sich befangen und belustigt zugleich umblickte.

»Aus welcher Klasse ist die denn?«, fragte mich Pontrandolfi.

»Ich glaub, das ist die Philosophievertretung.«

»Was redest du für'n Scheiß? Die ist aus irgend 'ner Abiklasse…« Seine Stimme erstarb. Das Mädchen ging um das Pult herum, stellte seine Tasche ab und – wir bemerkten es erst jetzt – legte ein Klassenbuch daneben. Schweigen senkte sich wie feiner, hartnäckiger Staub herab. Das geschieht sonst nur bei wirklich außergewöhnlichen Ereignissen. Wenn etwas passiert und man merkt, dass es passiert, ohne dass es einem jemand zu sagen braucht.

»Ich heiße Celeste Belforte, ich bin eure Vertretungslehrerin in Geschichte und Philosophie und ersetze Signor Segantini, dem es, wie ihr wisst, nicht besonders gut geht. Da wir einige Monate zusammen verbringen werden, wäre es wohl angebracht, uns gleich einmal miteinander bekannt zu machen.«

Sie wollte gerade das Klassenbuch aufschlagen, um unsere Namen vorzulesen, da meldete sich Capriati. Eben noch hatte er geraunt, er würde *für ein paar echte Lacher sorgen.* Capriati war der Sohn eines hohen Tieres an der Uni und – angeblich dank den Beziehungen seines Vaters – am Gymnasium schon zweimal um einen verdienten Rauswurf herumgekommen. Er war ein selbstgefälliger Schwachkopf und Krawallmacher und gemein obendrein. Er ließ keine Gelegenheit aus, Schwächere fertigzumachen und seine Mitmenschen in Verlegenheit zu bringen. Diese wirklich sehr hübsche, blutjunge und augenscheinlich wehrlose Vertretungslehrerin war für ihn ein gefundenes Fressen.

»Entschuldigen Sie, Frau Lehrerin, darf ich Sie was fragen?«, sagte er mit seiner durchdringenden, dialektschweren Stimme.

»Wie heißt du denn?«, fragte die Belforte, und irgendwie schwang in ihrer Stimme etwas mit, das Capriati verdutzte und ihm das dämliche Grinsen austrieb.

»Capriati.«

»Hast du auch einen Vornamen, Capriati?«

»Capriati Nicola.«

»Schön, Capriati Nicola, da ich nicht annehme, dass es sich um etwas Dringendes handelt, kann ich wohl erst einmal die Anwesenheit überprüfen. Danach werde ich mir deine Frage anhören.«

Es dauerte ein paar Sekunden, ehe ich bemerkte, dass ich lächelte. Ich glaube, in diesen ersten Minuten habe ich mich in sie verliebt, besser gesagt, in einem bestimmten Moment, einer bestimmten Geste wegen. Celeste Belforte hatte eine kastanienbraune Haarsträhne, die ihr anmutig über die linke Augenbraue fiel. Sie blies sie sich energisch aus der Stirn, brach mir das Herz und fing an, unsere Namen vorzulesen.

Bis heute kann ich mich ganz genau an die Anwesenheitsüberprüfung dieses Kurses erinnern, vorgetragen im Dreivierteltakt einer Mannschaftsaufstellung. Berberian, Buono, Capriati. Cassano, Cornetta, De Filippis. De Tullio, Diana, Filipponio. Girardi, Guastamacchia, Longo. Losacco, Mastronardi, Micunco. Mirenghi, Nicastro, Pontrandolfi. Pasculli, Raimondi, Scarrone. Silvestrini, Torelli, Vallesi.

Als sie fertig war, klappte sie das Klassenbuch zu und wiederholte die Namen auswendig, ohne auch nur einen einzigen zu vergessen.

»Wie haben Sie das gemacht?«, fragte Salvatore Scarrone, der sonst nie die Zähne auseinanderkriegte.

Celeste Belforte lächelte, eine hinreißende, anrührende Mischung aus erwachsenem Spott und kindlicher Genugtuung lag darin.

»Wie habe ich was gemacht?«

»Wie haben Sie sich all die Namen in zwei Minuten merken können? Oder haben Sie die schon vorher gelernt?«

»Nein, das habe ich nicht. Ich habe euch diese kleine Gedächtnisübung vorgeführt, um in das Thema der heutigen Stunde einzusteigen. Signor Segantini – der vor ein paar Jahren auch mein Lehrer war – hat mir gesagt, dass ihr bis zu den Vorsokratikern gekommen seid. Als Nächstes sind die Sophisten dran. Beim Lernen eurer Namen habe ich eine Technik benutzt, die auf die Sophisten zurückgeht und von der ich euch heute erzählen will.«

Nie zuvor hatte ich eine ganze Unterrichtsstunde lang zugehört, von Anfang bis Ende und in einer anhaltenden, nahezu greifbaren Stille. Noch heute könnte ich fast wörtlich wiederholen, was diese mädchenhafte Lehrerin uns erzählte. Zuallererst erklärte sie uns die *Loci*-Methode zum Einprägen langer Wortfolgen, Namen oder Konzepte. Mit ihr merkten sich die Sophisten und nach ihnen die römischen Redner einschließlich Cicero ihre Reden, doch konnte man sie – wie wir soeben gesehen hatten – für alles Mögliche gebrauchen.

»Die Sophisten sind die Begründer der Rhetorik. Heutzutage hat dieses Wort einen unguten Beigeschmack. Man verbindet damit leeres, falsches, schwülstiges Gerede. Wenn man heute an Rhetorik denkt, kommt einem sogleich Lüge und Heuchelei in den Sinn, doch eigentlich handelt es sich dabei um die Kunst der überzeugenden Rede und der Wahrheitsfindung mittels Argumentation. Zu der Lehre der Rhetorik, die zum ersten Mal von den Sophisten im Athen des Perikles angewendet wurde, gehörte auch die Methode, Reden auswendig zu lernen und sie somit besser vortragen zu können.«

Sie stand auf, umrundete mit einer geschmeidigen Bewegung das Pult und fuhr fort. In der linken Hand hielt sie einen Bleistift mit Radiergummispitze, mit dem sie sich hin und wieder in die rechte Handfläche klopfte, wie um ein Wort zu unterstreichen oder einen Gedanken rhythmisch zu gliedern.

»Die älteste und berühmteste Technik, um sich lange Abfolgen einzuprägen – egal, ob Namen, Konzepte oder Teile einer komplexen Rede –, ist die sogenannte *Loci*-Methode. Um dem Gedächtnis auf die Sprünge zu helfen, nimmt man sich einen vertrauten Ort oder Weg vor. Mit jedem Punkt beziehungsweise jeder Etappe des Weges verbindet man einen – visualisierten – Gedanken, Namen oder Teil der zu erlernenden Rede. Wenn man diese Technik erst einmal beherrscht, kann man sich damit sehr schnell lange Aufzählungen merken, wie ich es mit eurer Namensliste gemacht habe.«

Sie machte eine Pause und blies sich abermals die Strähne aus der Stirn.

Hätte sie mich aufgefordert, aus dem Fenster zu springen, ich hätte es sofort getan – da war ich mir sicher. Glücklicherweise werden solche Überzeugungen niemals unter Beweis gestellt.

»Der Vater der Sophistik – auch das ist ein Wort, das sich im Laufe der Jahrhunderte negativ eingefärbt hat – war Protagoras, dem wir den berühmten Denkspruch verdanken: *Der Mensch ist das Maß aller Dinge.* Was soll das eurer Meinung nach heißen?«

Niemand antwortete, auch wenn zu spüren war, dass viele, ich eingeschlossen, gern etwas gesagt hätten. Wir waren neugierig, verblüfft, ratlos.

»Die Idee dahinter ist, dass die sogenannte objektive Wirklichkeit von jedem einzelnen Individuum anders wahrgenommen, interpretiert und weitergegeben wird. Wenn euch nach der Schule jemand ansprechen und fragen würde, was in dieser Unterrichtsstunde passiert ist, würde jeder eine andere Version erzählen. Natürlich nicht vollkommen anders, aber jeder von euch würde bestimmte Details erwähnen und andere weglassen; manche könnten noch wiederholen, was ich gesagt habe, andere nicht; manche würden sich positiv äußern, andere negativ. Und jede Darstellung wäre *wahr*, ohne jedoch die ganze Wahrheit der Geschehnisse zu enthalten. Ist das Konzept klar?«

Viele Köpfe nickten, und hier und da ertönte ein Ja, derweil ich reglos dasaß, das Kinn in die Handflächen gestützt, die Ellenbogen auf der Bank. Nicht, dass ich nicht einverstanden gewesen wäre: Ich war dermaßen gebannt – das passierte mir in der Schule so gut wie nie –, dass ich diesen Zustand keinesfalls durch eine Bewegung oder Äußerung beeinträchtigen wollte.

»Protagoras begeisterte sich für widersprüchliche Aussagen und war der Ansicht, man müsse in der Lage sein, eine These ebenso zu verteidigen wie ihr genaues Gegenteil. Eine hochmoderne Idee, die durch die Jahrhunderte reichlich verzerrt wurde. Grundsätzlich heißt das, es gibt keinen einzig wahren Standpunkt, sondern jeder Blickwinkel enthält ein Stück Wahrheit, man muss es nur erkennen.«

Scheinbar mühelos wählte sie die richtigen Worte, und ihre Stimme hatte einen leicht heiseren, fast männlichen Unterton. Vielleicht kann sie gut singen, überlegte ich und kniff die Lider zusammen, als lauschte ich einer Melodie.

»Wahrheit ist nichts Erahntes, ewig Gültiges, sondern das Ergebnis verbaler Auseinandersetzung. Jede Anschauung enthält etwas, das man teilen oder ablehnen kann. Wenn wir davon ausgehen, dass eine These – unsere These – rundum gut ist und die der anderen rundum schlecht, verbauen wir uns die Möglichkeit, uns weiterzuentwickeln. Das große Verdienst der Sophisten, die in den Jahrhunderten der Philosophiegeschichte diffamiert und schlechtgemacht wurden, liegt darin, dass sie die Macht und bewusstseinsbildende Kraft der Sprache erkannt haben. Ohne Sprache kein Bewusstsein. Ideen gibt es nur, wenn wir die Worte haben, sie zu benennen und zu beschreiben.«

Ich blickte mich um und merkte, dass selbst Salvatore, der sonst immer irgendetwas anderes machte – die Bank vollkritzeln, schlafen, lesen, schreiben –, an ihren Lippen hing. Hypnotisiert, wie wir alle. Celeste – ich glaube, in dem Moment fing ich an, sie nur noch beim Vornamen zu nennen – zog ein Buch aus ihrer Tasche und begann, durch die Bänke zu gehen. Ganz in meiner Nähe blieb sie stehen, und ich konnte den Geruch ihrer Lederjacke und einen Hauch Patschuli riechen. Sie schlug das Buch auf und fing an, laut daraus zu lesen, während ich ihren Duft in meine Lunge sog, als wollte ich ihn für immer abspeichern.

»Das ist der Satz, mit dem laut Diogenes Laertios Protagoras'

Werk *Über die Götter* beginnt: ›Was die Götter angeht, so ist es mir unmöglich zu wissen, ob sie existieren oder nicht, noch, was ihre Gestalt sei. Die Kräfte, die mich hindern, es zu wissen, sind zahlreich, und auch die Frage ist verworren und das menschliche Leben kurz.‹ Wie ihr seht, ist auch diese Behauptung hochmodern: Die Anerkennung der Bewusstseinsgrenzen hinsichtlich bestimmter Themen – wie die Existenz und Beschaffenheit des Göttlichen –, die sich sowohl der Sinneswahrnehmung als auch der rationalen Vernunft entziehen.«

Sie brach jäh ab und schaute auf die Uhr. Die Stunde war fast um, und ich hatte es nicht bemerkt. Niemand hatte es bemerkt.

»Es klingelt gleich. Wir machen das nächste Mal weiter.«

Gerade hob das Gemurmel wieder an, das gut fünfzig Minuten lang geschwiegen hatte, als sie noch etwas nachsetzte, als wäre es ihr gerade eingefallen, doch ich wusste, dass es nicht so war.

»Nun, Capriati, was wolltest du mich fragen?«

Capriati fuhr überrascht hoch und stotterte: »Danke, nicht so wichtig, nicht der Rede wert.«

Enrico

Damals spielten wir noch ab und zu auf der Straße Fußball.

Ein paar Tage nach Celestes Auftauchen wurde es kalt. Wie jedes Jahr funktionierte die Heizung nicht, und wie jedes Jahr traten wir deshalb in Streik. Um den freien Vormittag zu nutzen, beschlossen ein paar Klassenkameraden und ich, zusammen mit mehreren aus einer anderen Klasse Geld zusammenzuschmeißen, einen Ball zu kaufen und auf dem großen Platz vor der Schule zu kicken.

Wir hatten gerade angefangen – meine Mannschaft verlor, weil in der anderen ein Junge dabei war, der kickte wie Pelé –, als zwei Mopeds mit vier Typen drauf auftauchten, alle mit dunklen Sonnenbrillen. Sie knatterten über den Bürgersteig, überquerten mit quietschenden Reifen den Platz, schlingerten im Zickzack auf uns zu und blieben mitten auf unserem Spielfeld stehen. Die beiden Beifahrer stiegen ab, die Fahrer blieben sitzen, gaben Gas und produzierten eine Menge Abgasqualm.

Es war eine unschöne Szene. Einer der Abgestiegenen packte den erstbesten Schüler beim Kragen.

»Seid ihr von dieser beschissenen roten Schule?«, fragte er und nickte zu dem Gebäude hinter uns hinüber. Ohne eine Antwort abzuwarten, schlug er ihm mit der freien Hand ins Gesicht, und diese Tat war so roh, willkürlich und niederträchtig, dass ich mich fühlte, als hätte ich den Schlag bekommen. Ich stand nur wenige Meter daneben, und ehe ich michs versah, hatte ich den Mund aufgemacht.

»Wir sind viel mehr als diese Arschlöcher – los, die machen wir fertig.«

Für Bruchteile von Sekunden war alles wie erstarrt. Dann ließ der Schläger von dem Jungen ab und kam auf mich zu. Der andere, der vom Moped gestiegen war – er war spindeldürr, hatte ein pockennarbiges Gesicht und leblose Augen –, folgte ihm.

»Und woher kommst du, Arschgesicht?«

Ich suchte noch nach einer passenden Antwort – *woher kommst du?* ist keine einfache Frage, ich könnte auch jetzt nicht darauf antworten –, als der andere ganz dicht an mich herankam und mir ins Gesicht rülpste.

Instinktiv stieß ich ihn zurück, eher angewidert, als um ihn zu provozieren. Was dann passierte, weiß ich nicht mehr genau. Fäuste prasselten auf mich ein, und keiner meiner Mitspieler rührte sich, um mir zu helfen. Ich versuchte mich zu wehren, und vielleicht erwischte ich einen der beiden im Gesicht, denn als alles vorbei war, waren meine Handknöchel aufgeschürft; dennoch war ich binnen Sekunden am Boden, und die beiden droschen weiter auf mich ein, während ich die Lider zusammenpresste und versuchte, wenigstens meinen Kopf mit den Armen zu schützen. Dann ertönte Gebrüll, die Schläge hörten unvermittelt auf, und als ich mich hochrappelte, erblickte ich Salvatore Scarrone – er hatte beim Fußball nicht mitgespielt, keine Ahnung, wo er so plötzlich herkam – und einen hünenhaften Kerl, die wie zwei Irre drauflosprügelten. Nachdem der Hüne den Rülpser mit Fäusten traktiert hatte, hob er ihn hoch und schleuderte ihn wie ein Wrestlingkämpfer zu Boden. Salvatore ließ den anderen mit einem Kampfgriff durch die Luft fliegen – wie im Film, schoss es mir durch den Kopf – und gab ihm mit einem Tritt ins Gesicht den Rest. Dann stürmten sie auf die Mopeds zu, um den Job zu beenden. Die beiden Fahrer konnten gerade noch Gas geben und abhauen. Ein paar Hundert Meter sprinteten sie hinter ihnen her, dann verschwanden die Mopeds zwischen den Autos. Salvatore und sein riesiger Freund kehrten nicht zu uns zurück, und kurz darauf hatten wir auch sie aus den Augen verloren.

* * *

Vor der Haustür lief ich meiner Mutter in die Arme, die bei meinem Anblick laut aufschrie. Das war nicht ihre Art, doch ich sah wirklich furchtbar aus. Ich hatte einen Verband über der Stirn, der fünf Stiche über der rechten Augenbraue verdeckte, der linke Wangenknochen war rot und geschwollen und würde sich bald blau verfärben, ich humpelte, und mir tat alles weh, auch wenn offenbar nichts gebrochen war. Der Arzt in der Notaufnahme hatte die Feinfühligkeit eines Metzgers gehabt, und noch heute kann ich mich lebhaft an den Schmerz erinnern, der mir jedes Mal, wenn er mit der Nadel meine aufgeplatzte Haut durchstieß, ins Hirn schoss.

»Kann man das nicht ein bisschen betäuben?«, hatte ich mit zitternder Stimme gefragt, als er sein Werkzeug zurechtlegte.

»Ach, wozu? Du wirst gar nichts merken.« Na toll.

Am nächsten Tag ging ich nicht zur Schule. Nachdem mein Vater die behandelten Verletzungen in Augenschein genommen und konstatiert hatte, die von der Notaufnahme seien echte Stümper, meinte er, ich solle besser zu Hause bleiben und Antibiotika schlucken. Ausnahmsweise war ich ganz seiner Meinung. Ich verbrachte den Tag damit zu lesen, Gitarre zu spielen, zu schreiben und das Geschehene Revue passieren zu lassen. Ich dachte, dass ich, obgleich ich ordentlich eingesteckt hatte, wenigstens den Mut gehabt hatte, mich gegen diese Arschlöcher zu wehren. Dass ich, im Gegensatz zu meinen Schulkameraden, kein Feigling gewesen war. Vor allem dachte ich an Salvatore, an seinen Freund und an das, was sie getan hatten. Und ich fragte mich, ob man von Natur aus so drauflosdreschen konnte oder ob es dafür irgendein heimliches Training brauchte.

Tags darauf ging ich wieder zur Schule, und zu meiner Überraschung sprach mich keiner meiner Klassenkameraden auf mein beklagenswertes Aussehen an. Offenbar hatte irgendjemand bereits alles erzählt.

In der Ersten hatten wir Chemie bei D'Addario. Angeblich war er früher mal ein großartiger und wahnsinnig beliebter Lehrer gewesen, und viele seiner Schüler hatten angeblich nur deshalb Naturwissenschaften studiert, weil er ihre Leidenschaft und Begeisterung geweckt hatte.

Dann kam das Desaster. Er hatte eine skandalöse Affäre mit einer Schülerin gehabt, die Eltern des Mädchens hatten ihn wegen sexuellen Missbrauchs angezeigt, woraufhin er verhaftet, suspendiert, vor Gericht gebracht, freigesprochen und nach drei Jahren wieder eingestellt worden war. Doch all das hatte bei ihm Spuren hinterlassen. Als er wieder angefangen hatte zu unterrichten, bedeutete es ihm nichts mehr. Während seiner Stunden herrschte eine äußerst laxe Disziplin. Er machte keine Anwesenheitskontrolle, scherte sich nicht drum, wer da war und wer nicht, man konnte gruppenweise den Klassenraum verlassen und einfach wegbleiben, man konnte lesen, quatschen, Karten und Schach spielen. D'Addario kümmerte es nicht. Ihm war alles egal.

Beim Hereinkommen grüßte ich Salvatore und suchte in seinem Gesicht nach einem Funken Bereitschaft, mit mir zu reden – das hatte er seit Schulbeginn nicht getan. Er beschränkte sich auf ein neutrales Kopfnicken und setzte sich auf seinen Platz. Der sogenannte Unterricht war seit einer Viertelstunde im Gange, als er aufstand und hinausging, und ich folgte ihm unmittelbar. Ich wusste noch nicht, was ich ihm sagen würde, doch ich wollte mit ihm sprechen. Ich traf ihn auf dem Klo, wo er an der mit Gekritzel und obszönen Schmierereien bedeckten Wand lehnte und eine Zigarette rauchte.

»Hör mal, ich … wollte mich bedanken …«

Er wandte den Kopf – bis dahin hatte er auf den Hof gestarrt wie ein Gefangener, der die Welt aus seiner Zelle heraus beobachtet – und blickte mich wortlos an.

»… wegen neulich«, fügte ich hinzu, um eventuelle Missverständnisse auszuschließen.

Er blies den Rauch aus und blickte mich unverwandt an. Dann warf er den Stummel zu Boden und trat ihn aus.

»Das sind ganz schön feige Arschlöcher, deine Freunde.«

Ich sagte nichts, dachte aber, dass es daran tatsächlich nichts zu rütteln gab.

»Wusstest du, dass diese vier Drecksäcke Faschos sind?«

Ich nickte. »Wer war der Typ, der bei dir war?«

»Ein Kumpel von der Arbeit. Er arbeitet beim Großmarkt.«

»Der ist … riesig.«

»Eins fünfundneunzig auf hundert Kilo.«

»Wie … wie hast du den vom Moped durch die Luft geschleudert?«

Salvatore taxierte mich feixend, als wäge er etwas ab.

»Willst du mit uns trainieren?«, fragte er schließlich.

»Ja«, antwortete ich wie aus der Pistole geschossen, auch wenn ich nicht den leisesten Schimmer hatte, was das bedeuten mochte.

5

Um neun Uhr abends setzt ein Taxi dich vor dem Tor eines brandneuen, leicht protzigen Einfamilienhauses in Poggiofranco ab, dem luxuriösesten Vorort der Stadt. Du hast eine Flasche Wein dabei, die du auf den letzten Drücker noch gekauft hast. In puncto Sozialleben bist du ziemlich aus der Übung, und du warst schon fast aus dem Haus, als dir einfiel, dass es nicht besonders höflich wäre, mit leeren Händen aufzutauchen, selbst wenn die Einladung von deinem Bruder stammt.

Du durchquerst den nassen Garten, erst vor einer halben Stunde hat es aufgehört zu regnen. Den Nachmittag hast du in deinem Zimmer verbracht und erfolglos versucht, ein bisschen zu arbeiten, im Internet zu surfen, zu lesen. Einen klaren Gedanken zu fassen. Das Stechen im Ellenbogen ist wieder aufgetaucht. Ein paar Tage lang hat sich dieses blöde Gelenk nicht gemeldet, aber heute ist sie wieder da, die erbarmungslose Haarnadel, die sich plötzlich durch deinen Ellenbogen bis ins Gehirn bohrt. Du drückst auf die Klingel der Gegensprechanlage und hoffst, dass sie dich heute Abend in Ruhe lässt. In Wirklichkeit hoffst du, dass sie dich in Ruhe lässt und fertig, was jedoch momentan wenig realistisch erscheint. Sagen wir, fürs Erste würdest du dich mit heute Abend zufriedengeben.

Aus dem Haus dringt laute Musik – Coldplay, *Trouble* –, und das ist genau die Art Musik, die du bei deinem Bruder vermutet hättest. Sie öffnen dir zusammen, Angelo und Patrizia, und umarmen dich einer nach dem anderen, während irgendjemand die Musik leiser dreht. Da ist auch ein Hund, ein Jack Russell namens Nicola, der ein bisschen heiser kläfft und aufgeregt um euch herumhüpft. Als du dich bückst, um ihm über den Kopf zu streicheln und die Ohren zu kraulen, hört er auf zu bellen und leckt deine Hand. Es wäre schön, einen Hund zu haben, denkst du.

Dann kommen die Zwillinge. Während sie dich nach kurzem Zögern umarmen, denkst du, dass dein Bruder recht hatte: Du hättest sie nicht wiedererkannt. Sie führen dich ins Haus; Patrizia und Angelo reden, und du antwortest vielleicht, aber sicher bist du dir nicht, und vor allem hörst du nicht, was sie sagen. Es ist wie in einem Aquarium oder in einer Luftblase, weil es keine Geräusche gibt und wegen der eigentümlich trägen Bewegungen.

Das Haus ist groß, schön und voller teurer Gegenstände, viel Holz, viel Leder, viel Stahl. Es gibt eine große Glasfront, von der aus man die ganze Stadt überblickt, als wäre man in einer fernen, faszinierenden Metropole. Der in deinen Augen schönste Gegenstand ist ein herrlicher gelber Sessel, der gute Laune macht. Du denkst, dass du ihn gerne haben würdest, diesen Sessel oder genau so einen. Es gibt auch Regale voller Bücher, die aus der Entfernung authentisch aussehen, nicht wie dekorative Meterware. Du bist angenehm überrascht, denn ehrlich gesagt war dein Bruder nie ein großer Leser. Die Sache mit den Büchern in Wohnungen ist von grundlegender Bedeutung: Ob es welche gibt und ob sie echt sind. Du erinnerst dich an eine Wohnung, in der du vor Jahren auf einer Party warst. In einem großen Wohnzimmer hatte ein gut bestücktes Bücherregal gestanden, und irgendetwas stimmte daran nicht. Also hattest du es dir näher besehen, und plötzlich war alles klar. In perfekter, fast manischer Ordnung standen dort alte Uni-Lehrbücher der Hausherrin: Handbuch für Privatrecht, Verfassungsrecht, Handelsrecht, Kirchenrecht, zerfledderte alte Gesetzestexte; und daneben: *Sakrileg, Die Sears-Diät,* das Gesamtwerk eines bekannten Showmasters, *Ändere dein Leben mit dem Enneagramm*, Witzbücher.

In Angelos Haus sind die Bücher echt – Romane, ein paar Sachbücher, sogar eine Gedichtsammlung –, und als du die Regale näher in Augenschein nimmst und das feststellst, bist du fast übertrieben erleichtert. Vielleicht lesen die Mädchen gern, vielleicht auch Patrizia – du hast sie nicht als intellektuell in Erinnerung –, oder vielleicht haben die rätselhaften Wendungen des Lebens deinen Bruder verändert?

Deine Schwägerin ist immer noch schön, auch wenn ihrem faltenlosen Gesicht, dem straffen Busen und den hohen, fein geschnittenen Wangenknochen die Schönheitschirurgie nicht fremd sein dürfte.

Angelo ist aus dem Leim gegangen. Sein Gesicht ist unverändert, nur ein bisschen rundlicher. Aber er wiegt mindestens hundert Kilo, von denen der Bauch den Löwenanteil ausmacht. Er liest deine Gedanken.

»Tja, ich hab ein paar Kilo zugelegt. Aber du siehst super aus. Sag mir nicht, du hast angefangen, Sport zu treiben. Das wäre ja verkehrte Welt.«

Du zuckst lächelnd die Achseln.

»Kein Sport. Ein paar Kniebeugen, ein bisschen Bauchmuskeltraining, wenn ich Zeit hab, und ich gehe jeden Tag spazieren.«

Aus den beiden Mädchen sind Frauen geworden, sie sehen wirklich genau gleich aus, sind hübsch und ähneln der Mutter. Ein lästiger, gänzlich unmotivierter Gedanke schießt dir durch den Kopf: dass Paola und Vittoria vielleicht gar nicht die Töchter deines Bruders sind, sondern von jemand anderem. Du versuchst, ihn zu verscheuchen und dich auf die Unterhaltung zu konzentrieren.

Vittoria, die Jurastudentin, ist die Erste, die es anspricht. Früher oder später musste das passieren.

»Ich hab deinen Roman gelesen, Onkel.«

Onkel. Wie seltsam dieses Wort klingt, wenn es an dich gerichtet ist. Du zwingst dich zu einem Lächeln, aber es will dir nicht recht gelingen. Als du nichts sagst, fährt Vittoria fort.

»Hat mir total gut gefallen. Nur, dass ich mir nie den Titel merken kann.«

»*Wir möchten lieber nicht.*«

»Ach, richtig. Als ich ihn gelesen habe, hatte ich den Eindruck, eine Stimme zu hören, als säße jemand neben mir und redete. Das war schön.«

Du weißt ganz genau, wie die nächste Frage lautet, und kannst nichts dagegen tun.

»Wann schreibst du denn den nächsten?«

Du räusperst dich mühsam und packst dann das gesamte Lügenarsenal aus. Es gibt da ein Projekt, an dem du seit Jahren arbeitest, ein ziemlich komplexer Roman, mit dem du nur langsam vorankommst, zusätzlich musst du noch arbeiten, augenblicklich kannst du noch nicht absehen, wann du damit fertig wirst, und überdies bist du der Ansicht, dass alles und insbesondere ein Roman seine Zeit braucht, um zu reifen. Dieser schwülstige Schwachsinn löst bei dir jedes Mal Übelkeit aus, und dennoch bringst du ihn immer wieder. Zum Glück scheint deine als nachdenkliche Reflexionen über die Kunst, das Leben und die Literatur verpackte Rechtfertigungssalve ihren Zweck zu erfüllen, und die Unterhaltung geht zu unverfänglicheren Themen über. Das vorzügliche Abendessen, zubereitet von der philippinischen Haushaltshilfe Alma, die mit der Familie unter einem Dach lebt. Der Wein. Die Einrichtung. Die nächsten Ferien. Was deine Nichten nach ihren jeweiligen Studienabschlüssen machen möchten. Als ihr beim Nachtisch seid, fühlst du dich gut, entspannt vom Wein, vom Essen und von der zurückhaltenden, flüchtigen, wohligen Vertrautheit, die sich eingestellt hat.

Die Mädchen gehen, jemand holt sie ab. Kurz darauf verabschiedet sich auch Patrizia. Sie steht früh auf, um vor der Arbeit mit einer Freundin ins Fitnessstudio zu gehen und zu trainieren.

Und so bleibt ihr allein, du und dein Bruder, in diesem schönen Esszimmer, in diesem schönen, sauberen, soliden Haus. Es ist den unerfindlichen Verknüpfungen des Gehirns zuzuschreiben, dass das Wort *solide* Beklemmungen bei dir auslöst wie eine plötzlich erahnte unterschwellige Bedrohung. Ebenso unsichtbar wie unmittelbar. Es dauert nur kurz und hinterlässt eine leise, quälende Unruhe.

Unterdessen hat Angelo eine Flasche Rum geholt und zwei kleine Gläser gefüllt. Er reicht dir eines, löscht ein paar Lampen, und im nächsten Augenblick sitzt ihr bei Schummerbeleuchtung in Sesseln vor der großen Glasfront mit Blick auf die gelblich flirrende Stadt.

»Sooft ich kann, sitze ich abends hier im Dunkeln und schaue hinaus. Das ist das Beste an dem Haus, der Blick aus diesen Fenstern.«

»Wirklich fantastisch. Seit wann wohnt ihr hier?«

»Seit etwas über einem Jahr. Ich bin in fünf Minuten im Krankenhaus, Patrizia hat das Fitnessstudio und das Schwimmbad um die Ecke. Die Mädchen haben einen Teil des Hauses ganz für sich, mit eigenem Eingang. Es ist, als würden sie alleine leben, aber ohne die Unannehmlichkeiten.«

Du nickst und nippst an deinem Rum. Eine Minute vergeht, vielleicht mehr.

»Ich hab nicht so ganz kapiert, was du jetzt eigentlich arbeitest.«

»Verlagsberatung, wie es so schön heißt. Konkret redigiere ich Romane, lese unveröffentlichte Manuskripte und verfasse positive Gutachten – so gut wie nie – oder negative – fast immer.«

Das ist nicht gelogen. Es ist die Wahrheit, wenn auch nur ein Teil davon.

»Aber kannst du davon leben?«

»Es reicht. Ich habe nicht viele Ausgaben, die Wohnung gehört mir, alles in allem ist es okay.«

»Weißt du eigentlich, dass ich deine Wohnung noch nie gesehen habe?«, fällt dir dein Bruder ins Wort.

»Na ja, ich hab dieses Haus auch noch nie gesehen«, entgegnest du und denkst dabei, was für Welten zwischen dem Haus und der Wohnung liegen.

»Wie ist sie so?«

»Nichts Besonderes. Drei Zimmer, eine große Küche, fast zu groß für mich. Die rückseitigen Balkone gehen auf einen Gemeinschaftsgarten hinaus, mit Bäumen, ein bisschen verwunschen. Es ist ein ehemaliges Florentiner Arbeiterviertel, das sich jetzt, wie viele andere Viertel auch, sehr durchmischt hat. Zu Fuß ist man in zwanzig Minuten im Zentrum und kommt gut mit dem Auto aus der Stadt. Wenn man ein Auto hat.«

»Hast du eines?«

»Seit Jahren nicht mehr. Ich weiß gar nicht, ob ich überhaupt noch fahren kann.«

»Hast du … eine Freundin?«

Es ist seltsam, deinen Bruder eine solche Frage an dich richten zu hören. Ihr habt nie über solche Themen gesprochen. Ehrlich gesagt habt ihr nie über irgendetwas gesprochen.

»Nein, weder Freundinnen noch Verlobte oder Ähnliches.«

»Wann ist das mit Agata auseinandergegangen?«

»Um genau zu sein: Agata hat mich verlassen, weil sie sich

einen Freund zugelegt hatte, der sehr viel jünger war als sie und folglich als ich. Und wir sind seit fast fünf Jahren nicht mehr zusammen.«

»Davon hab ich gar nichts gewusst.«

»Wie auch, ich hab es dir nie erzählt.«

Angelo will noch etwas sagen. Etwas wie: Aber sonst hat mir's auch keiner erzählt oder so ähnlich. Dann merkt er, dass es niemanden gibt, der es ihm hätte erzählen können. Ihr habt keine gemeinsamen Bekannten. Also sitzt er da, peinlich berührt und voller Bedauern, und weiß nicht, was er sagen soll. Du kannst ihn nicht so hängen lassen. Du musst ihm kurz erzählen, was passiert ist.

»Dass sie was mit diesem Bürschchen hatte, war sonnenklar, alle wussten es. Will sagen: all unsere Freunde, die Leute, mit denen wir ausgingen. Ich hatte es direkt vor der Nase, aber eine Ewigkeit lang habe ich es einfach ignoriert.«

»Du meinst, du hattest es bemerkt und hast so getan, als wüsstest du es nicht?«

»Ich hatte es bemerkt, ja. Und mir eingeredet, dass es unmöglich ist. Das passte nicht zu Agata – zu der Agata, die ich mir konstruiert hatte –, dass sie eine Affäre mit einem anderen und vor allem Jüngeren haben könnte. Das, was ich mitbekam – und ich *bekam* es mit –, wurde gleich darauf wieder verdrängt. Es gibt da eine interessante Anekdote über Hegel, die mein Verhalten erklärt.«

Einen Augenblick lang fürchtest du, dass Angelo vielleicht nicht mehr weiß, wer Hegel ist, und dich danach fragt. Doch dein Bruder sagt nichts, er sitzt abwartend da, aufmerksam und nichts von dem ahnend, was dir durch den Kopf geht. Du schämst dich ein bisschen für diesen kleinen Rückfall in jugendliche Überheblichkeit und redest weiter.

»In einer Abhandlung über die Umlaufbahn der Planeten behauptete Hegel kategorisch, im Sonnensystem gebe es nicht mehr als sechs Planeten, was seiner metaphysischen These über das Universum entsprach. Als er erfuhr, dass ein englischer Astronom bereits Jahre zuvor den siebten Planeten entdeckt hatte, nämlich Uranus, reagierte er verärgert und tat einen inzwischen berühmt gewordenen Ausspruch: ›Wenn die Tatsachen nicht mit der Theorie übereinstimmen – umso schlimmer für die Tatsachen.‹«

»Du hast die Tatsachen gesehen, die sich nicht mit deiner Theorie über Agata vereinbaren ließen, also hast du sie ignoriert.«

»So ungefähr. Das ist natürlich recht vereinfacht dargestellt, es gab noch andere Faktoren. Das, was man existentielle Nachlässigkeit nennen könnte. Und dann Angst.«

»Angst?«

»Etwas herauszufinden, mit dem ich nicht fertigwerden zu können glaubte.«

Du nimmst einen tiefen Zug aus deinem Glas.

»Ich hatte recht«, fügst du hinzu und gießt dir noch ein wenig Rum ein.

»Recht mit was?«

»Mit der Furcht, nicht mit der Situation fertigzuwerden. Ich bin nicht damit fertiggeworden.«

»Ich glaube, niemand kann mit solchen Situationen fertigwerden.«

»Schon möglich. Jedenfalls klafften Tatsachen und Theorie irgendwann so weit auseinander, dass man es nicht mehr ignorieren konnte, also beschloss ich, mit ihr zu reden. Nein, das stimmt nicht ganz. Ich *beschloss* es nicht. Sie kam nach Hause, und ich habe mit ihr gesprochen, aber es war keine wirkliche Entscheidung, und vor allem habe ich nicht über die möglichen Konsequenzen nachgedacht. Ich sagte, ich hätte bemerkt, dass zwischen uns etwas schwer im Argen liege, und das müssten wir angehen und dürften es nicht länger vor uns herschieben. Auch wenn das eventuell bedeutete, Entscheidungen zu treffen.«

Du trinkst noch einen Schluck Rum, und dein Glas ist wieder fast leer.

»Ich dachte, sie würde sofort alles abstreiten und behaupten, ich irrte mich. Oder sich rechtfertigen und mir sagen, ihr sei klar, dass sie Mist gebaut habe; es tue ihr leid, und sie wolle es wiedergutmachen. So was in der Art. Ich dachte, sie würde mich um *Verzeihung* bitten. Ich glaube, ich habe dieses kleine, erbärmliche Machtgefühl genossen, jemand anderem etwas vorhalten zu können. Allerdings war es nur von sehr kurzer Dauer.«

Gerade als du das sagst, verspürst du den Stich im Ellenbogen. Ganz plötzlich, wie immer, und besonders heftig, sodass du nicht anders kannst, als vor Schmerz das Gesicht zu verziehen. Angelo merkt es. Wie auch nicht, er ist Arzt.

»Was hast du?«

»Ach, nichts. Hin und wieder habe ich so einen stechenden Schmerz im rechten Ellenbogen.«

»Hast du das untersuchen lassen?«

»Das ist kein Infarkt. Wenn es einer wäre, wäre ich schon lange tot, diese Stiche habe ich schon mindestens zwei Jahre.«

»Die Medizin befasst sich hier und da ja noch mit etwas anderem als Infarkten. Zum Beispiel mit Gelenkerkrankungen.«

»Ich hab alles gemacht. Untersuchungen, Röntgen, Kernspin, Physiotherapie, Hexerei, Ayurveda, Pranatherapie ...«

»Willst du mich verarschen?«

»Ein bisschen, aber trotzdem, ich hab alles gemacht.«

»Und ...?«

»Nichts. Die Ärzte sagen, da ist nichts. Der Weisheit letzter

Schluss lautet, dass es sich um eine psychosomatische Störung handeln muss, und ich nehme an, das sagt ihr immer, wenn ihr nichts feststellen könnt.«

»Willst du morgen ins Krankenhaus kommen und …«

Du winkst ab, schüttelst den Kopf, kneifst die Lider zusammen. Danke, du willst nicht ins Krankenhaus, und ebenso wenig willst du weiter über diesen Schmerz im Ellenbogen reden. Stattdessen würdest du gern mit deiner Erzählung fortfahren. Auch wenn dir das vor ein paar Stunden noch undenkbar erschienen wäre.

»Wo war ich stehen geblieben? Ach ja, sie hat mir sofort geantwortet. Ich hätte es ihr ansehen müssen, dass irgendwas falschlief. Sie war ernst und bedauernd, aber sehr ruhig. *Zu* ruhig und irgendwie fast erleichtert. Aber vielleicht nehme ich das rückblickend falsch wahr.«

Noch ein Schlückchen Rum. Eine Zigarette wäre jetzt schön, denkst du und sprichst deinen Wunsch in Gedanken aus, als würdest du ihn tatsächlich äußern.

»Sie war erleichtert, weil du die Sache angesprochen hast. Damit hast du ihr den unangenehmsten Teil erspart«, sagt Angelo und beugt sich in seinem Sessel ein wenig vor. Sein Bauch wölbt sich noch mehr, und es ist ziemlich unwahrscheinlich, dass er noch fünfzig Liegestütze oder fünfzehn Klimmzüge hinkriegt. Früher hat er das mit links gemacht. »Was hat sie gesagt?«

»Sie hat gesagt, dass ich recht habe. Seit Wochen oder vielleicht Monaten schon hatte sie mit mir reden wollen, aber den Mut nicht gefunden. Niemand könne etwas dafür, aber es sei nun einmal so, dass seit einiger Zeit zwischen uns etwas erloschen sei. Wir hätten aufgehört, uns umeinander zu bemühen, wir hätten aufgehört zu lachen. Wir hätten sogar aufgehört, miteinander zu schlafen oder wenigstens herzhaft miteinander zu *ficken.* In den besten Momenten empfinde sie für mich so etwas wie für einen Bruder. In den schlechten – es tue ihr leid, das sagen zu müssen – könne sie mich nicht ausstehen. Niemand könne etwas dafür, hat sie noch einmal mit gespielter Höflichkeit gesagt. Ich bin ihr ins Wort gefallen und habe gefragt, ob das ihre Art sei, mir zu sagen, dass es meine Schuld ist. Ihre Miene hat sich schlagartig verändert. Vielleicht habe ich zu barsch geklungen, oder sie hat nur auf die Gelegenheit gewartet, alle Rücksicht fahren zu lassen und endlich sagen zu können, was sie denkt.«

In dem Moment kommt der Hund herein. Er hat einen Pantoffel in der Schnauze und wedelt mit dem Schwanz, als hätte er gerade Beute gemacht und müsste ihr möglichst schnell den Garaus machen. Auffordernd kommt er auf Angelo zu.

»Ab mit dir, Nicola. Geh auf deinen Platz.«

Es klingt wenig überzeugend, und der Jack Russell lässt sich nicht abwimmeln. Also greift Angelo nach dem Pantoffel und zieht daran. Der Hund zieht ebenfalls, stemmt die Pfoten gegen den Boden, schnauft und knurrt. Die beiden kämpfen ein bisschen, und die Szene hat etwas herrlich Unwirkliches. Irgendwann sagt Angelo, es reicht, und schickt Nicola in sein Körbchen. Diesmal klingt er kategorisch. Der Hund guckt ein wenig beleidigt, dreht sich pikiert um, schleppt den Pantoffel mit sich, der von Weitem wirklich aussieht wie eine zerlumpte Ratte, und verschwindet im Halbdunkel.

Eine Weile seht du und dein Bruder euch an, ohne ein Wort zu sagen. Wirklich seltsam, sehr seltsam, dass du – dass *ihr* jetzt hier seid, denkst du.

»Und dann ist das Schlimmste gekommen, stimmt's?«

»Stimmt. Sie meinte, zwar hätte sie auch ihren Teil dazu beigetragen – eine Art formvollendete Floskel –, aber in den letzten Jahren sei es wirklich schwer mit mir auszuhalten gewesen. Wegen meiner *Obsession*. Sie meinte meine Obsession fürs Schreiben. Ich hätte dadurch den Kontakt zur Wirklichkeit verloren, meinte sie. Und deshalb hätte ich auch nicht mitbekommen, wie sie mir nach und nach abhandenkam. Ich hätte es erst gemerkt, als es schon zu spät und alles aus war und so weiter und so fort. Das ganze Repertoire an Allgemeinplätzen eben.«

Du denkst einen Moment lang nach.

»Das Problem mit Allgemeinplätzen ist, dass sie leider oft die Wahrheit sagen. Zwar nur sehr vereinfacht, aber trotzdem.«

Die Lichter eines Flugzeuges ziehen über den Nachthimmel vor der großen Fensterfront. Angelo rutscht in seinem Sessel herum und versucht vergeblich, die richtige Sitzposition zu finden.

»Und du?«

»Ich hab Panik bekommen. Ich hab versucht zu sagen, wir sollten... wie habe ich das gesagt? Ach ja, ich glaube, ich hab gesagt, wir sollten probieren, die Sache zu *kitten*. Sie ist mir ins Wort gefallen. Es tue ihr leid, aber da gäbe es nichts zu kitten: Sie habe einen anderen, etwas Ernstes. Oder zumindest fühle es sich so an. Es sei besser, wenn ich auszöge. Ganz in Ruhe, ich solle mir die Zeit nehmen, die ich bräuchte. Ich hab sie gefragt, wer der andere sei, und sie hat es mir gesagt. Ein Kollege von ihr, acht Jahre jünger und damit neun Jahre jünger als ich. Ich kannte ihn, ein paarmal waren wir sogar zusammen aus.«

Du musterst das ins Halbdunkel getauchte Gesicht deines Bruders. Er sieht mitleidig aus. Verblüfft und mitleidig. Vielleicht ist da auch noch etwas anderes, doch es ist schwer zu benennen.

»Scheiße, acht Jahre jünger. Und was hast du dann gemacht?«

»Ich bin noch am selben Abend ausgezogen. Wie es das Klischee will, habe ich ein paar Tage bei einem Freund auf dem

Sofa kampiert und bin dann in ein möbliertes Ein-Zimmer-Apartment gezogen. Wenn ich Trübsinn, Niedergeschlagenheit, Demütigung, Trauer und Verzweiflung mit einem Ort gleichsetzen sollte, dann wäre es dieses Ein-Zimmer-Apartment. Das perfekte Sinnbild des Unglücks. Es ging auf eine Brandwand hinaus, war grässlich eingerichtet, und das ganze Haus stank nach Katzenpisse. Ein paar Wochen lang habe ich dort zugebracht und geglaubt, Agata würde mich jeden Moment bitten zurückzukommen. Andauernd kontrollierte ich, ob das Telefon Empfang hat, und brachte Stunden damit zu, mir zu überlegen, was ich ihr sagen würde, wenn sie anriefe. Natürlich nähme ich sie zurück, doch es musste mit Würde sein, sagte ich mir.«

»Und sie?«

»Hat sich nie gemeldet. Sie hat mir eine Mail geschrieben. Sie meinte, es tue ihr sehr leid, wie es zwischen uns gelaufen sei, und sie wolle mir einen Teil des Geldes wiedergeben, das wir in die Sanierung und Einrichtung des Hauses gesteckt hatten. Ich hatte mir auch schon überlegt, dass es nicht in Ordnung gewesen war, mich vor die Tür zu setzen, immerhin war das mindestens ebenso sehr mein Haus wie ihres und so weiter. Doch als ich diese Mail bekam, habe ich instinktiv geantwortet, danke, ich wüsste die Geste zu schätzen, aber das sei nicht nötig, ich wolle kein Geld. Ende.«

»Wie: Ende? Ihr habt euch nicht mehr gesehen? Nicht mehr miteinander gesprochen?«

»Dreimal sind wir uns zufällig über den Weg gelaufen. Aber miteinander gesprochen haben wir nie. Wir waren über zehn Jahre zusammen.«

Dein Bruder bläst die Luft raus, es ist halb Zischen, halb Pfeifen. »Scheiße.«

Es ist klar, dass er noch etwas sagen will. Der ganze Satz könnte zum Beispiel lauten: »Scheiße, so eine Schlampe« oder etwas in der Art. Aber er ist unsicher, was für eine Reaktion eine solche Bemerkung hervorrufen könnte. Vielleicht stößt er dich damit vor den Kopf oder so. Also sagt er nur Scheiße.

»Und dann?«

»Dann?«

»Ich meine, hast du andere Frauen gehabt, bist du Priester geworden oder schwul?« Er versucht, witzig zu sein, doch es gelingt ihm nicht recht.

»Ja, es gab ein paar Frauen. Eine Schülerin von mir...«

»Was für 'ne Schülerin?«

»Hin und wieder gebe ich Schreibseminare«, erwiderst du verlegen, als wolltest du dich entschuldigen. »Na ja, ist so ein Gelegenheitsjob. Und um mir das Leben zu erleichtern, hab ich ein Verhältnis - ist das nicht ein grauenhaftes Wort: *Verhältnis*? –, na ja, etwas ein bisschen Ernsteres mit einer verheirateten Frau angefangen und mich in einer Rolle wiedergefunden, in der sonst nur Frauen sind: die Geliebte.«

»Was soll das heißen?«

»Du weißt schon, dieses Klischee der einsamen Geliebten eines verheirateten Mannes. Sie sehen sich, wenn er einen Moment Zeit hat. Ein Quickie in der Mittagspause; eine kleine, als Geschäftsreise getarnte Liebesflucht; ein Abendessen, das als Wiedersehen mit alten Freunden getarnt wird. Wochenenden, Sommerferien, Weihnachten, Ostern, Silvester sind tabu. Weißt du, was ich meine?«

Angelo weiß, was du meinst, und in seiner ins Halbdunkel getauchten Miene glimmt ein Anflug von Betretenheit auf, etwas peinlich Berührtes, das dich ahnen lässt, dass das Thema ihm nicht nur theoretisch bekannt ist.

»Und genauso war es, nur umgekehrt. Ich war die Geliebte. Sie war verheiratet, hatte zwei Kinder, liebte ihren Mann, hin und wieder traf sie sich mit mir und hatte nicht die Absicht, an dieser Konstellation zu rütteln. Nachdem ich mehrere Weihnachten damit zugebracht hatte, auf eine verstohlene Antwort-SMS auf meine süßlichen Festtagswünsche zu warten, habe ich begriffen, dass es nicht schlecht wäre, einen Rest Würde zu bewahren. Ich habe Schluss gemacht, sogar ihre Versuche, die Sache wieder aufzuwärmen, abgewehrt, und hier sitze ich nun. Das seltene Exemplar eines männlichen, erwachsenen, ansehnlichen, gesunden hundertprozentigen Singles.«

Ein paar Minuten lang schweigt ihr beide, auch wenn er mehrmals etwas sagen zu wollen scheint und sich dann doch zurückhält, als würde er die richtigen Worte nicht finden oder nicht wissen, wie er sie aussprechen soll. Schließlich brichst du das Schweigen.

»Hör mal, Angelo«, *hör mal, Angelo*, das klingt echt schräg, »ich wollte dich ein paar Dinge fragen, auch wenn du sie vielleicht blöd oder unwichtig findest.«

»Frag mich.«

»Was weißt du noch aus unserer Teenagerzeit?«

»Wie meinst du das?«

»Ich meine, was für Erinnerungen hast du an die Zeit, als ich, sagen wir, fünfzehn, sechzehn war und du achtzehn, neunzehn? Sagen wir, an dein letztes Schuljahr. Wie waren wir da so?«

Im Zwielicht sieht Angelos Gesicht wie das eines anderen aus. Ein guter Fotograf könnte was draus machen. Vielleicht könnte er – der gute Fotograf – auch das leichte, fast unmerkliche Stutzen darin einfangen.

»Das Erste, was mir in den Sinn kommt, ist, dass ich in der Dreizehn aufgehört habe, Wasserball zu spielen, weil es bei der ganzen Zeit, die ich im Schwimmbad verbracht habe, echt schwierig geworden wäre, mich aufs Abi vorzubereiten. Damals war ich mit Margherita De Santis zusammen. Erinnerst du dich noch an sie?«

Du erinnerst dich noch sehr gut an sie. Sie war so schön, dass du ihr die ersten Male, die sie zu euch nach Hause kam – du warst in der Zehnten –, aus dem Weg gegangen bist, aus Angst, rot zu werden und alle sehen zu lassen, wie toll du sie findest.

»Meine Freunde waren Saverio, Gianluca und Marco. Es war ein lustiges Jahr, und wenn ich daran denke, wie es danach weiterging – ich meine die Jahre an der Uni und das alles –, war es das letzte Jahr, das wirklich lustig war. Mit dem Wasserballtraining aufzuhören war eine Befreiung. Wir haben die Fußballmeisterschaft gewonnen, jedes Wochenende war was los.«

»Was ist aus Margherita De Santis geworden?«

»Sie hat einen Notar geheiratet. Sie arbeitet nicht und ist nicht mehr so schön. Sagen wir mal, sie ist eine recht in die Breite gegangene Frau mittleren Alters. Aber schließlich bin ich auch ein recht in die Breite gegangener Mann mittleren Alters.«

»Und was weißt du noch von mir?«

»Was meinst du?«

»Wie war ich so? Was hab ich gemacht? Haben wir miteinander geredet?«

»Du ... du warst mein kleiner Bruder. Wir haben nicht so viel geredet, wir hatten unterschiedliche Interessen. Wenn du zu Hause warst, hast du immer in deinem Zimmer gehockt und Gitarre gespielt und auf der Schreibmaschine herumgetippt. Hast du das, was du geschrieben hast, eigentlich mal jemandem zu lesen gegeben?«

Du zuckst die Achseln und schüttelst den Kopf.

»Erinnerst du dich, ob irgendwer mich besucht hat?«

»Ist das ein Verhör?«, fragt er lachend. Doch es klingt ein bisschen nervös, die Fragen schmecken ihm nicht.

»Ich will das nur wegen einer Sache wissen, an der ich gerade schreibe. Eine Sache über verschiedene Perspektiven, darüber, wie unterschiedliche Personen die gleichen Erfahrungen, Tatsachen und Zeiten unterschiedlich wiedergeben.«

Die Lüge zieht, dein Bruder entspannt sich, und kurz durchzuckt es dich, dass das wirklich eine gute Idee sein könnte.

»Da war dieses Mädel ... wie hieß die noch?«

»Stefania.«

»Genau, Stefania. Die, die jetzt so eine Art Kräuterladen hat. Die kam zu uns, aber es war nie klar, ob ihr zusammen wart oder nicht.«

»Nein, nein. Wir waren Freunde. Die hat einen Kräuterladen?«

»Nicht so richtig. Eher so einen Bioladen, irgend so was.«

»Und wo?«

»Madonnella, zwischen Corso Sonnino und Via Dalmazia, in der Nähe der Pinacoteca Provinciale, in einer dieser Querstraßen, deren Namen ich mir nie merken kann.«

Ihr schweigt ein paar Minuten. Du leerst die letzten Tropfen Rum, die noch im Glas waren, und widerstehst der Versuchung, dir nachzuschenken.

»Ich glaube, ich gehe jetzt besser schlafen. Es ist spät, und du musst morgen arbeiten.«

»Wo bist du untergekommen?«, fragt er, als ihr schon fast an der Haustür seid.

»In einem Bed and Breakfast nicht weit vom Laterza-Verlag, ein paar Blocks weiter.«

»Ich weiß nicht wieso, aber ich hab gedacht, du wohnst bei irgendeinem Freund.«

Du bist kurz davor zu sagen, dass du keine Freunde hast, bei denen du wohnen kannst. Zum Glück verkneifst du es dir, Larmoyanz gilt es zu vermeiden.

»Nein, nein. Ich bin lieber unabhängig. Dieses Bed and Breakfast ist genau das Richtige.«

»Und wie lange bleibst du?«

»Das weiß ich noch nicht.«

»Sehen wir uns noch mal, bevor du fährst?«

Zu deiner abermaligen Überraschung schwingt eine kaum wahrnehmbare Panik in seiner Stimme mit.

»Ich rufe dich an und komme vorbei, bevor ich fahre.«

Dann gehst du davon und verschwindest im nächtlichen Dunkel dieses teuren Vororts.

6

Die Luft ist frisch und rein. Es sind kaum Autos unterwegs, und es duftet nach Maiblumen, völlig ungewöhnlich in der Stadt.

Um zu entscheiden, ob du dir ein Taxi rufen oder zu Fuß gehen sollst, aktivierst du das Navi deines Handys und berechnest die Distanz zwischen dem Haus deines Bruders und dem Geheimen Garten. Nicht ganz vier Kilometer, eine Dreiviertelstunde. Du setzt dich in Bewegung, und kaum hast du dich warm gelaufen, fangen die Gedanken an zu kreisen.

Es war schön, mit deinem Bruder zu reden, doch als wolltest du wieder einmal alles kaputtmachen, kramst du sofort einen Schopenhauer-Satz hervor: *Jede Trennung gibt einen Vorgeschmack des Todes, und jedes Wiedersehen einen Vorgeschmack der Auferstehung. Darum jubeln selbst Leute, die einander gleichgültig waren, so sehr, wenn sie, nach zwanzig oder gar dreißig Jahren, wieder zusammentreffen.*

Das muss aus *Parerga und Paralipomena* sein, aber du bist dir nicht sicher. Ist auch nicht so wichtig.

Wichtig wäre, mal über die Art nachzudenken, wie du deine Mitmenschen und deine Umwelt siehst. Über deinen abgedroschenen, lächerlichen Möchtegernintellektuellen-Zynismus. *Wo es gute Nachrichten gibt, ist keine Literatur* – wer hat das gesagt? Literatur ist nur dazu da, die Mechanismen des Unglücks auszuloten; ansonsten ist es entweder Müll oder kommerzieller Schund. Jedenfalls, um Missverständnisse zu vermeiden, hast du diese Definition von Literatur stets geteilt. Als Möchtegern-intellektueller ganz normal.

Da erinnerst du dich ohne erkennbaren Grund, wie viele Lügen und Märchen du als Kind verzapft hast. Egal was dir geglückt war - eine gute Schulnote zum Beispiel -, du musstest es immer aufbauschen, und sei es nur ein bisschen. Eine Art Anglersyndrom - in den Schilderungen ist der gefangene Fisch stets größer als in Wirklichkeit.

Und dann gab's noch die puren Hirngespinste.

Einmal, du warst acht Jahre alt, waren deine Eltern mit euch in den Nationalpark Abruzzen gefahren. Du warst irre aufgeregt - viel mehr als dein Bruder - bei der Vorstellung, euch könnte irgendwo ein Wolf oder ein Bär über den Weg laufen. Du warst ein riesiger Tierfan und so unglaublich heiß darauf, ein frei lebendes Raubtier zu sehen - und davon zu erzählen, denn darum ging es vor allem -, dass du einfach eins gesehen hast.

»Da, zwischen den Bäumen, da ist ein Bär!«

Alle fuhren herum, konnten jedoch nichts entdecken, denn - so lautete deine Erklärung - der Bär war zwischen den Bäumen verschwunden. Überflüssig zu erwähnen, dass dort kein Bär gewesen war, doch das hatte dich nicht daran gehindert, diese sagenhafte Begegnung jahrelang zum Besten zu geben und jedes Mal ein wenig reicher auszuschmücken.

Ein anderes Mal erzähltest du, du hättest Autodiebe in die Flucht geschlagen oder geholfen, einen Brand zu löschen.

Im Märchen erzählen warst du unübertroffen. Das Erwachsenwerden hatte daran nichts geändert, und nach der Veröffentlichung deines Romans war es eindeutig schlimmer geworden. Die Wirklichkeit zu verdrehen war keine gelegentliche Laune mehr, sondern Methode.

Du verzapftest Märchen über die - selbstverständlich äußerst ehrenhaften – Beweggründe deines Schreibens, über deine Lektüre, die Verkaufszahlen, die Zahl der Übersetzungen, die von deinen Lesern erhaltenen Mails, die Rezensionen – die guten waren fantastisch, die schlechten existierten nicht, oder du hattest sie nicht gelesen.

Einen Vorteil hat es, dass alles den Bach runtergegangen ist. Du hast aufgehört, Scheiße zu erzählen; generell und insbesondere, was das Schreiben betrifft. Stechen im Ellenbogen. Weißer, bohrender Schmerz. Ein kurzer Moment, dann lässt er nach, und du findest zu deinem Schritttempo und deinen Gedanken zurück.

Eine ganze Weile war es einfach gewesen, Agata die Schuld an allem zu geben. Ein hervorragendes Alibi, aber wenn du ehrlich bist, war dein vermeintlicher zweiter Roman schon längst gestorben, als sie dich rausgeschmissen hat. Nach der Trennung hast du es dann nicht mal mehr versucht. Wie auch, unter gewissen Umständen kann man einfach nicht schreiben. Wer hat das eigentlich behauptet? Egal, es klingt nach einer guten Entschuldigung.

Du merkst, dass du schon ein ganz schönes Stück gelaufen bist. Inzwischen bist du nicht mehr weit vom Krankenhaus, und während du weitergehst, fällt dir auf, dass du diese Straßen gar nicht kennst. Als du zum Studium nach Florenz gegangen bist, warst du noch nicht einmal neunzehn. Nur wenige Ecken in Bari bedeuten dir wirklich etwas, und die sind ganz woanders. Einen Augenblick lang weißt du nicht, wo du bist – an welchem Ort der Welt –, und das ist kein schönes Gefühl. Dann geht es vorbei – fast alles geht vorbei –, und du nimmst wieder das einsame Geräusch deiner Schritte wahr.

Inzwischen bittet dich keiner mehr um ein Interview. Eine ganze Zeit lang war das häufig der Fall. *Eines der fulminantesten literarischen Debüts der letzten Jahre*, hatte ein Journalist geschrieben, der allerdings der Presseabteilung deines Verlages sehr zugetan war. Literarische Qualitäten deines Romans hin oder her – du bist es leid, daran einen weiteren Gedanken zu verschwenden –, er stand monatelang ganz oben in den Bestsellerlisten, wenn auch nie auf dem ersten Platz. Ein kleiner Wermutstropfen, den du niemals zugegeben hättest, schließlich ist es ziemlich unsouverän, sich um Banalitäten wie Bestsellerlisten zu scheren.

Die Journalisten rissen sich um dich, und du ließest sie mit der höflichen und leicht gelangweilten Herablassung des Neulings gewähren. Doch je tiefer dein Buch in den Bestsellerlisten rutschte, desto rarer wurden die Anfragen. Immer weniger überregionale Zeitungen, immer mehr Käseblätter, Internetseiten, drittklassige Literaturblogs. Und dazu die ständige Frage, wann dein nächster Roman erscheinen würde, die du immer gleich beantwortetest, darum bemüht, deine Panik zu unterdrücken. Du seiest mit Recherchen beschäftigt; du sortiertest gerade deine Notizen; du befändest dich in den letzten Zügen der Gliederung; du hättest tolle Figuren, die du noch befragen müsstest, um dir ihre Geschichte erzählen zu lassen. Letztere war die anmaßendste, lächerlichste und unerträglichste deiner Schwachsinnsbehauptungen.

An all das hast du schon länger nicht mehr gedacht. Wahrscheinlich sind die Unterhaltung mit deinem Bruder und der lange Spaziergang durch einsame, gespenstische Straßen daran schuld.

Du kommst an einer Art Disco-Pub vorbei und überlegst, reinzugehen und noch was zu trinken, um die wachsende Beklommenheit hinunterzuspülen. Doch die Kneipe ist gerammelt voll mit Jungvolk, und dein Alkoholdurst ist nicht groß genug, um dich in diese vor jugendlichen Hormonen, Billigdeos, Pickeln und Minzbonbons strotzende Menge zu stürzen. Also lässt du es bleiben und machst dich auf den Weg zur Unterführung Quintino Sella, in der früher alle naselang jemand überfallen und ausgeraubt wurde. Fast wünschst du dir, angegriffen zu werden, dich zu prügeln und dich blutig lebendig zu fühlen. Doch heute Nacht ist niemand dort, und außerdem siehst du nicht aus wie jemand, den es sich zu überfallen lohnt.

Also denkst du ans Geld, um die Beklommenheit zu drosseln. An das, was du mit deinem Scheißjob, besser gesagt mit deinen Scheißjobs verdienst. An das Geld zu denken - an das, was du verdienst, und an das, was du für Notfälle angespart hast, die bestimmt eintreten werden beziehungsweise schon eingetreten sind - hat in den letzten Jahren immer geholfen. Es gibt dir eine lähmende, trübe, tröstliche Sicherheit. Du sagst dir zum x-ten Mal, dass das, was du jedes Jahr zusammenbringst, mehr als ein Gehalt ist und sehr wahrscheinlich mehr als das, was du mit deinen Scheißromanen verdienen würdest, wenn du sie denn fertigbrächtest. Das Wort *Scheiße* kommt ein bisschen oft. Das ist kein gutes Zeichen, und obendrein merkst du, dass du noch einen Zahn zugelegt hast. Es ist, als wolltest du schneller sein als deine Gedanken, doch die halten mühelos Schritt, und schon seid ihr am Kino Royal angelangt, ehemals Lucciola-Kino, ehemaliger Eisenbahner-Feierabendtreff.

Endlich ein Ort, der ein paar Erinnerungen in dir wachruft. Zum Beispiel *Saturday Night Fever*, den du in einem proppenvollen Kino gesehen hast, die Leute saßen überall, damals nahmen es die Kinos mit den Sicherheitsvorschriften nicht so genau. Wenige Jahre davor ein Episodenfilm, dessen Namen du vergessen hast. Einer von diesen sexy Siebzigerjahre-Streifen mit Edwige Fenech, Barbara Bouchet und vor allem Giovanna Ralli, deinem Jugendschwarm.

Und dann drängt sich eine weiter zurückliegende, unangenehme Erinnerung nach vorn. Das Wort *symbolisch* fällt dir ein. Korrekt, es handelt sich um eine symbolische Erinnerung. Du gingst auf die Giovanni Pascoli, in die sechste Klasse, und eines grauen Februarmorgens war die gesamte Schule zur Show eines Zauberers unterwegs, zum Magier Navlis – Silvan rückwärts gelesen. Wirklich verrückt, diese Hunderte von Schülern, die sich um neun Uhr morgens vor dem ehemaligen Lucciola drängelten, das bald danach in Kino Royal umgetauft wird. Wer weiß, weshalb die Schule einen solchen Ausflug organisiert hatte und worin der pädagogische Sinn dieser Show bestand.

Der Großteil der Schülerschaft war total aufgekratzt und kaum zu bändigen. Hunderte Kinder standen drängelnd, grölend und Witze reißend vor den noch geschlossenen Türen. Du kannst dich noch an einen Jungen erinnern, der die Hände wie Saugnäpfe aneinanderpresste und damit unglaubliche, ohrenbetäubende Furzgeräusche von sich gab. Er machte eines direkt an deinem Ohr, und in dem Moment wurde dir klar, dass du den Draht zu deinen Klassenkameraden verloren hattest. Du standst inmitten von Unbekannten, die dich rempelten, schubsten, dir in die Ohren johlten; einer hinter dir verpasste dir einen Schlag in den Nacken, und irgendwann war mit deiner Selbstbeherrschung einfach Schluss. Du bist in Tränen ausgebrochen und hast verzweifelt versucht, dich aus der Menge herauszukämpfen und das Weite zu suchen. Ein Lehrer hat dich gesehen, er hielt dich zurück und erkundigte sich, was los sei, doch du schluchztest nur und brachtest kein Wort heraus. Er nahm dich bei den Schultern und schüttelte dich. Du kannst diesen Griff noch förmlich spüren, er war fest und sanft zugleich und tat seine Wirkung. Allmählich beruhigtest du dich so weit, dass du dir eine passende Lüge ausdenken konntest, um deine Überreaktion zu rechtfertigen. Jemand habe dir in den Bauch geboxt. Nein, keine Ahnung wer, bei dem Riesenchaos; du fühltest dich nicht so gut, ob du wohl auf die Vorstellung verzichten und nach Hause gehen könntest. Der Lehrer war ein netter Kerl, er sah aus wie ein Werkunterrichtslehrer – was er auch war –, mit schwieligen Händen, nach Kernseife riechendem Hemd und einem jungen Spencer-Tracy-Gesicht. Er sagte, ohne die Erlaubnis deiner Eltern könne er dich nicht gehen lassen. Dann schleuste er dich durch die lärmende Kinderschar ins Kino und setzte dich in die erste Reihe, die eigentlich für die Lehrer reserviert war. Von diesem privilegierten Platz aus hast du die aus dem Zylinder gezauberten Kaninchen und Tauben, die Levitation, die zersägte Frau und einen Haufen anderer Dinge bestaunt, an die du dich nicht mehr erinnerst. Du warst so nah dran, dass du sehen konntest, wie fadenscheinig und abgewetzt der Frack des Magiers an den Ellenbogen war und dass die Assistentin Laufmaschen hatte. Du warst so nah dran, dass dir der Geruch nach Schweiß, Mottenkugeln und staubigen Kleidern in die Nase drang. Du hast nie jemandem von dieser Sache erzählt; du hast sowieso nie jemandem von deinen ganzen Kindheits- und Jugendängsten erzählt. Es waren so viele, dass deine Biografie ungefähr so anfangen könnte: »Als Kind hatte ich vor allem und jedem Angst.«

Du bist auf der Via Rossi angelangt, jetzt sind es nur noch ein paar Blocks, und du merkst, dass du schon wieder einen Schritt zugelegt hast. Du gehst so schnell, dass dein Puls zu rasen beginnt und es unter den Kleidern heiß wird.

Die Erinnerung an die Panik jenes grauen Wintermorgens hat dir gutgetan. Du beschließt, morgen – nicht jetzt, denn dann würde es mit dem Schlafen schwierig werden – eine Bestandsaufnahme deiner Ängste zu machen.

Die Idee gefällt dir, auch wenn du nicht weißt, warum. Als wäre es nach langer Zeit endlich ein Anfang.

»Was ist passiert?«, fragte Celeste, als sie die Klasse betrat und meinen Verband sah. Es war ihre dritte Philosophiestunde, und seit ihrem Einstand waren zehn Tage vergangen. Ich wich den Blicken der anwesenden Augenzeugen aus und erzählte die Geschichte, die ich mir in den vergangenen Tagen zurechtgelegt hatte. Ich war auf dem Moped eines Freundes mitgefahren, wir hatten eine Kurve falsch genommen, waren gestürzt und hatten uns verletzt. Es hätte schlimmer kommen können, fügte ich mit lakonischer Abgeklärtheit hinzu. Sie sah mich noch einen Augenblick stumm an und glaubte mir kein Wort. Ihr Ausdruck war so vielsagend, dass mir der Verdacht kam, jemand hätte ihr erzählt, wie es wirklich gelaufen war.

»Damit ihr noch ein bisschen was zum Nachdenken über die Fortschrittlichkeit der Sophisten habt, will ich euch heute von Antiphon erzählen. Er war Philosoph, Anwalt, Redner – der Begründer der großen Tradition attischer Redekunst –, aber vor allem wird ihm die *Kunst, Leid zu vermeiden* zugeschrieben, also eine Methode, psychisches Leiden durch Fragen, Gespräche und symbolische Traumdeutung zu heilen. Antiphon erfand die Gesprächstherapie gut zweitausend Jahre vor Sigmund Freud.«

Sie hielt inne, stand auf und kam mit dieser lockeren, geradezu geschmeidigen Bewegung, die ich bereits kannte, um das Pult herum.

»Wisst ihr, wer Sigmund Freud war?«

Mehrere Leute meldeten sich zu Wort. Freud war ein Philosoph, ein Psychiater, ein Politiker, ein Psychoanalytiker. Er lebte im neunzehnten Jahrhundert, im zwanzigsten Jahrhundert, noch heute. Insgesamt spiegelten die Antworten einen zwar vagen, aber alles in allem akzeptablen Kenntnisstand zum Thema wider.

»Sigmund Freud war ein österreichischer Neurologe, der auf der Schwelle vom neunzehnten zum zwanzigsten Jahrhundert lebte und die Psychoanalyse erfand, also einen Zweig der Psychologie, der sich auf das Unbewusste, die Traumdeutung, das Gespräch als Therapieinstrument stützte. Nur wenige Denker des zwanzigsten Jahrhunderts haben die Kultur – die Wissenschaft, die Philosophie, die Literatur – so beeinflusst wie Freud. Und doch sind einige seiner Ideen bereits im Werk und im Denken eines vergessenen griechischen Philosophen enthalten, der vor vierundzwanzig Jahrhunderten gelebt hat.«

An dem Tag trug Celeste einen Pulli mit V-Ausschnitt über einem weißen T-Shirt, dazu verwaschene Jeans und sah darin noch jünger aus als sonst. Sie hatte schmale, fast jungenhafte Hüften und lange, schlanke Beine.

»Aus dem großen Ideenstreit der klassischen Antike gingen zunächst Platon und dann Aristoteles als Sieger hervor, Protagoras, Gorgias, Antiphon und die anderen Sophisten waren die Verlierer, obgleich ihre Ansichten über die Notwendigkeit unterschiedlicher Sichtweisen, die grundlegende Bedeutung der Worte, die bedingte Absolutheit ethischer und rechtlicher Regeln hochmodern waren. Doch jahrhundertelang wurden ihre Gedanken als minderwertig erachtet, und der für sie verwendete Begriff *Sophistik* mit der Ableitung *Sophismus* hat bis heute eine negative Prägung. Sophismus ist der Inbegriff der Augenwischerei mit der Überzeugungskraft der Rhetorik. Ein Feind der Wahrheit.«

Girardi hob die Hand. Er war einer der Klassenbesten, ziemlich rechtslastig, aber kein Fascho. Er lernte alles, war immer vorbereitet, war Mitglied bei *Comunione e Liberazione* und ziemlich unsympathisch.

»Ja, bitte.«

»Was soll das bedeuten: *bedingte Absolutheit ethischer und rechtlicher Regeln?*«, fragte er in höflichem Ton, in dem leise Polemik mitschwang.

»Gute Frage. Was glaubst du, was es bedeuten soll?«

Wie gesagt, Girardi war mir nicht sympathisch, aber er war ein ziemlich zäher Hund. Er gab sich nicht geschlagen und nahm die versteckte Herausforderung in Celestes Worten an.

»Ich glaube, die Ethik muss einen absoluten Wert darstellen. Sonst lässt sie sich ja leicht umgehen.«

»Gut. Kannst du mir sagen, was *Ethik* bedeutet?«

»Ethik ist ein Synonym für Moral.«

»Und? Was bedeutet Moral?«

Girardi zögerte. Den Fragenden zur Definition der im Diskurs verwendeten Begriffe aufzufordern ist eine tödliche Waffe. Ich sagte während des Unterrichtes fast nie etwas. Das war schon in der Grundschule so gewesen. Einerseits, weil der Unterricht mich nur selten interessierte, und andererseits, weil ich schüchtern war, sosehr ich auch versuchte, lässig rüberzukommen.

Doch diesmal nutzte ich Girardis Zögern für mich aus.

»Mit Moral sind Verhaltensregeln gemeint. Regeln, die besagen, wie wir mit unseren Mitmenschen umgehen sollen.«

Celeste drehte sich nach der Stimme um – nach meiner –, und der Großteil meiner Klasse tat es ihr gleich. Sie waren es nicht gewohnt, mich etwas sagen zu hören.

»Gut, richtig. Das Schlüsselwort ist *Regeln*. Die Moral ist ein Regelsystem. Kann man sagen, dass dieses Regelsystem für alle und überall das gleiche sein muss, wie Girardi meint? Oder müssen wir uns damit abfinden, dass diese Regeln von den

Umständen abhängen, also vom Wo und Wann und ähnlichen Faktoren?«

»›Du sollst nicht töten‹ ist eine Regel, die für alle gilt, genau wie ›Du sollst nicht stehlen‹«, sagte Girardi.

»Ja und nein. In den alten Stammeskulturen galt die Regel, nicht zu töten, für die Mitglieder desselben Stammes, aber nicht für die anderen. Den Angehörigen eines anderen Stammes zu töten und häufig auch zu *verspeisen* ist nicht nur erlaubt, sondern erwünscht. Ihren Regeln nach.«

»Was heißt das schon, das sind primitive Wilde. Wir reden hier von Hochkultur«, entgegnete Girardi. Seine Stimme wurde schrill.

»Man kann nicht sagen, dass sie eine moralische Regel verletzen, wenn sie sie gar nicht kennen. Ich meine, wenn die Regel ›du sollst nicht töten‹ für sie nicht existiert, sondern nur ›Du sollst deine Stammesangehörigen nicht töten‹, dann tun sie nur etwas Unrechtes – ihre Moral verletzen nämlich –, wenn sie ein Mitglied ihres Stammes töten«, sagte ich.

Girardi wusste nicht, was er antworten sollte. Celeste nickte fast unmerklich mit dem Kopf, ließ ein paar Sekunden verstreichen, um zu sehen, ob noch jemand etwas beitragen wollte, und fuhr fort.

»Das Wort *Ethik* geht auf Aristoteles zurück, auch wenn es ethische Themen in der griechischen Kultur schon sehr viel länger gibt. Sowohl die homerische Dichtung als auch die Tragödien setzen sich mit Fragen der Moral auseinander, doch mit den Sophisten wird diese Auseinandersetzung eindeutig philosophisch. Vor ihnen löste man die Frage von Recht und Unrecht auf einfache Weise. Recht war, was die von den Göttern gegebenen Gesetze des Staates stärkte, Unrecht all das, was diesen Gesetzen zuwiderlief. Die Sophisten hingegen stellen Untersuchungen an, die wir heute als soziologisch bezeichnen würden und in denen sie die Gesetze unterschiedlicher Staaten miteinander vergleichen, und dabei stellen sie fest, dass das, was für einen Staat richtig ist, häufig nicht für einen anderen gilt und umgekehrt.«

Sie ließ uns einen Moment darüber nachdenken und sprach weiter.

»Wenn die Gesetze von den Göttern stammten, müssten sie für alle gleich sein. Aber da dem nicht so ist, können wir daraus schließen, dass Gesetze und Moral vom Kontext abhängen, in dem sie entstehen, und dass sie letztlich ein Produkt der Gesellschaft, der Kultur, der Wirtschaft und keine absoluten, durch die Götter offenbarten Wahrheiten sind, wer auch immer diese Götter sein mögen. Nehmen wir eine Regel, über die wir uns alle einig sind: das Verbot zu lügen. Hat diese Regel absolute Gültigkeit? Ist sie zwingend, oder ist es unter gewissen Umständen erlaubt oder gar moralisch notwendig, nicht die Wahrheit zu sagen?«

Mehrere Schüler meldeten sich gleichzeitig zu Wort und platzten mit ihren Meinungen und Kommentaren heraus. Ich sah, wie Salvatore sich rührte, vielleicht war es auch nur sein Gesichtsausdruck, als hätte er auch etwas sagen wollen und es sich dann anders überlegt.

»Ist jemand, der behauptet, er würde *immer* die Wahrheit sagen, glaubhaft? Und ist so ein Verhalten überhaupt wünschenswert, vorausgesetzt, es existiert? Fragt euch einmal, wie viele Lügen ihr in den letzten Tagen oder allein in den letzten Stunden verzapft habt«, sagte sie und blickte mich unverwandt an, »und fragt euch, welche dieser Lügen ein Verstoß gegen das moralische Verbot zu lügen, welche harmlos und welche moralisch unumgänglich waren.«

»Wie kann eine Lüge moralisch unumgänglich sein?«, fragte jemand.

»Stellen wir uns folgende Situation vor. Wie befinden uns im Jahr 1944, auf von den Nazis besetztem Gebiet. Eine jüdische Familie auf der Flucht vor der Säuberung klopft an die Tür eures Landhauses und bittet um Unterschlupf. Ihr lasst sie hinein, gebt ihr zu essen und bringt sie im Keller, auf dem Dachboden oder sonst wo unter. Kurz darauf klopft es abermals. Diesmal ist es ein Trupp SS-Soldaten, ihr Anführer fragt euch, ob ihr Juden auf der Flucht gesehen habt oder ob welche bei euch sind, und weist euch darauf hin, dass man SS-Offizieren bei der Ausübung ihrer Pflicht die Wahrheit sagen muss. Was tut ihr?«

Alle redeten durcheinander, doch unterm Strich sagten natürlich alle das Gleiche. Niemand hätte den Nazis verraten, Juden aufgenommen zu haben.

»Gut, dann sind wir uns darin ja alle einig. Wir sagen den Nazis *nicht* die Wahrheit und retten dadurch – oder versuchen es zumindest – die Juden, die uns um Hilfe gebeten und sich uns anvertraut haben. Aber wie halten wir es dann mit der Pflicht, stets die Wahrheit zu sagen? Ein großer Philosoph, den ihr in der Dreizehn durchnehmen werdet, nämlich Kant, war der Ansicht, dass Lügen niemals zulässig ist und dass die Lüge – jede Lüge – ein Vergehen gegen die Rechte der gesamten Menschheit darstellt. In diesem Fall stehen wir vor einem Dilemma. Wenn wir die Wahrheit sagen, verurteilen wir die Juden zum Tode – ganz zu schweigen von dem Risiko, dem wir uns selbst aussetzen. Wenn wir lügen, verstoßen wir gegen die Vorschrift, stets die Wahrheit zu sagen. Wie kommen wir aus dem Dilemma wieder raus?«

Das Gemurmel steigerte sich fast zu einem kleinen Tumult. Jeder wollte mit seiner Antwort herausplatzen.

»Kommt darauf an, was genau im Spiel ist und was davon das Wichtigste ist. Wenn eine abstrakt unmoralische Tat wie die Lüge dazu dient, Menschenleben zu retten, wird sie zu konkreter Moral«, haspelte ich hervor, um den anderen zuvorzukommen.

Celeste deutete ein halb bewunderndes, halb ironisches Lächeln an. Mir war, als würden alle anderen verschwinden, als würden die Stimmen verebben und als wären in diesem Klassenzimmer nur noch wir beide, Auge in Auge. Nie werde ich ihr Gesicht vergessen, fast wäre ich in Tränen ausgebrochen, so schön war sie, und hätte man mich in jenem Augenblick aufgefordert, einen Wunsch zu äußern, hätte er gelautet, mein ganzes Leben mit ihr zu verbringen.

»Sehr gut, Vallesi, wie ich sehe, hat der *Verkehrsunfall* dein Denkvermögen nicht beeinträchtigt. Genauso ist es«, fügte sie hinzu und wandte sich wieder an die Klasse, »ethische Entscheidungen werden aufgrund allgemeiner Regeln getroffen, die von Gesellschaft zu Gesellschaft variieren können, sowie durch Abwägen des konkreten Für und Widers. Die Methode – und der Geist – der Argumentation, die uns zu einer solchen Feststellung befähigt, wurde von den Sophisten begründet, und das ist der Grund, weshalb wir sie heute studieren und nicht vergessen sollten.«

Die Stunde war zu Ende. Sie ging zum Pult, schlug das Klassenbuch auf und notierte etwas.

»Dir gebe ich eine Zwei plus, Girardi: Es ist gut, den Mut zu haben, die eigenen Ansichten zu verteidigen.« Sie zögerte einen Moment.

»Du bekommst eine Eins, Vallesi. Deine Antwort zum Erwägen des Für und Widers war... brillant«, sagte sie schließlich, und schon klingelte es.

Enrico

Die Adresse lag in der Altstadt, die damals noch gefährlich war und um die wir Jungs aus gutem Hause einen weiten Bogen machten. Man konnte sich leicht im Gewirr der engen Gässchen verlaufen und noch leichter von gleichaltrigen Jugendbanden, die mit den Härten des Lebens sehr viel vertrauter waren als wir, überfallen, verprügelt und ausgeraubt werden. Jeder von uns hatte dazu eine mehr oder weniger wahre, mehr oder weniger übertriebene Geschichte auf Lager, was ihm während eines plötzlichen Überfalls in der Bareser Altstadt passiert war.

Am Tag zuvor waren mir die Fäden gezogen worden, und über meiner rechten Augenbraue prangte eine leuchtend rote Schmarre, die mir etwas Verwegenes gab. Ich hatte beschlossen, es cool zu finden: *Schmarren-Enrico* klang nicht übel. Und vielleicht auch deshalb übertrat ich entschlossen die Grenze Corso Vittorio Emanuele, betrat die düsteren Gassen der Altstadt und brauchte kaum zehn Minuten, um mein Ziel zu finden. Niemand griff mich an oder versuchte mich auszurauben.

Es war ein riesiges Wohnhaus, das dermaßen baufällig war, dass es einer Ruine glich. Salvatore hatte mir gesagt, ich solle in den dritten Stock hinaufgehen und an die Tür mit dem Schild des Italien-Kuba-Vereins klopfen. Einen Aufzug gab es nicht, und während ich die trüb beleuchteten Stufen hinaufstieg, zogen mir alle möglichen Gerüche in die Nase: nach Küche, Wäsche, Feuchtigkeit, Katzenpisse, Bleichlauge, Staub und anderem, das ich nicht benennen konnte. Meine eben noch empfundene Kühnheit verpuffte. In diesem Treppenaufgang und im ganzen Haus lag etwas Bedrohliches in der Luft, als lauerte jemand – *etwas* – in den Mauernischen und schattigen Winkeln, hinter den knarrenden Türen.

Während ich durch das Halbdunkel tappte, fragte ich mich, wieso ich eigentlich hierhergekommen war. Im zweiten Stock begegnete ich einer hässlichen Alten mit garstigen Augen. Vielleicht lag es an meiner schreckhaften Fantasie, doch für mich sah sie genauso aus wie die Hexen aus meinen bösen Kindheitsträumen. Sie zischte etwas, das ich nicht verstand und auf das ich nicht reagierte, doch es verursachte mir eine Gänsehaut. Ich war kurz versucht, auf dem Absatz kehrtzumachen, die Beine in die Hand zu nehmen und auf Nimmerwiedersehen zu verschwinden. Aber ich tat es nicht. Mit pochendem Herzen erreichte ich den dritten Stock, fand unter den vier Türen, die am geräumigen Treppenabsatz lagen, die des Italien-Kuba-Vereins und drückte vorsichtig auf den Klingelknopf. Es war nichts zu hören. Ich drückte abermals, diesmal länger, mit dem gleichen Ergebnis. Gerade überlegte ich, ob ich anklopfen oder einfach gehen sollte, als sich die Tür quietschend öffnete. Vor mir stand ein älterer, gedrungener Junge mit Mardergesicht, rotem Haar und kleinen, misstrauischen Augen.

»Wer bist du?«

»Ich bin ein Freund von Salvatore, er hat mich herbestellt.«

Er ließ sich nicht anmerken, ob die Antwort ihm passte. Er musterte mich lange und ohne sich zu rühren, dann warf er einen Blick über meine Schulter, als wollte er kontrollieren, ob ich allein war. Offenbar kam er zu dem Schluss, dass ich keine Gefahr darstellte, denn er öffnete die Tür ein wenig mehr, trat zur Seite und ließ mich ein.

Später sollte ich feststellen, dass die Klingel in dieser Wohnung zwar außer Betrieb war, stattdessen aber in sämtlichen

Zimmern rote Lampen aufblinkten, sobald jemand den Klingelknopf betätigte. Mit dieser Vorrichtung sollte Zeit gewonnen werden, falls die Bullen oder die Carabinieri vor der Tür standen. Der Beamte versuchte zu klingeln und hörte nichts. Lag kein besonderer Grund vor, die Wohnung zu stürmen, würde er vielleicht ein wenig warten, noch einmal drücken, dann von der Klingel ablassen und es mit Klopfen versuchen. Derweil waren auf der anderen Seite der Tür die roten Blinklichter angegangen, jemand war zum Spion geschlichen, hatte die Schmiere gesehen und lautlos Alarm gegeben, falls es irgendetwas gab – Flyer, Eisenstangen, Schraubenschlüssel, Ketten, Messer, Sonstiges –, das besser verschwinden sollte.

Im Gänsemarsch durchquerten wir vier oder fünf Zimmer, in denen sich Regale voller Bücher und Papierkram befanden, ein durchgesessenes Sofa, aus dem die Sprungfedern wie Fabelwesen hervorlugten, Schreibtische, alte Schreibmaschinen, ein Hektograf, schäbige Kleiderschränke, ein Bett, ein großes Radio, ein Plattenspieler und eine Katze. Von den schmutzigen, heruntergekommenen Wänden bröckelte der Putz. Manche waren nachlässig mit politischen Plakaten beklebt. Es stank nach Rauch, Druckerschwärze, Dreck und – stärker noch als auf der Treppe – Muff. Bis auf ein dürres Mädchen, das auf einer Schreibmaschine herumtippte und mich ignorierte, schien niemand da zu sein.

Schließlich betraten wir einen Raum, der sehr viel größer war als die anderen – in besseren Zeiten musste es ein Salon gewesen sein – und einer Turnhalle ähnelte. Es gab uralte rostige Hanteln, einen vielfach mit Paketband geflickten Boxsack, ein paar Sprossenwände, Lkw-Reifen. Dort stand Salvatore vor sechs oder sieben Jungen – manche im Trainingsanzug, andere in Straßenkleidung –, die Liegestütze machten, und zählte. Jede Zahl klang wie ein Peitschenknall.

»Du bist also gekommen«, sagte er, als er mich sah, und setzte mit dem Zählen aus. Ich nickte, weil ich nicht wusste, was ich sagen sollte.

»Du hast die Fäden ziehen lassen.«

»Ja, heute.«

»Gut, dann kannst du ja mit uns trainieren.«

»Aber ich hab nichts ...«

»Was soll das heißen: *Ich hab nichts?*«

»Ich weiß nicht, Sportsachen, Schuhe.«

»Das macht nichts. Schau dir die anderen an. Wenn du das nächste Mal in Trainingsklamotten kommen willst, bitte, aber Straßenkleidung ist auch okay. Nur Sportschuhe bringst du besser immer mit – heute geht's auch mal so. Zieh die Jacke aus, stell dich da hin, und spring fünf Minuten auf der Stelle, um warm zu werden. Dann sage ich dir, was du machen sollst.«

Dem gab's nicht viel hinzuzufügen, und so begann ein Abschnitt meines Lebens, den ich nie mehr vergessen würde.

»Mal sehen, wie gut du in Form bist«, sagte er, als er meinte, ich hätte mich ausreichend warm gemacht. Er wollte sehen, wie viele Liegestütze ich schaffte. Ich legte nicht gerade eine Glanzleistung hin. Mit Müh und Not kam ich auf zehn, in nicht gerade vorbildlicher Haltung und mit zitternden Armen. Ich hatte Liegestütze immer gehasst. Vielleicht, weil diese – neben einer ganzen Reihe anderer häuslicher Bodybuilding-Übungen – die Marotte meines Vaters waren. Jeden Morgen machte er hundert, in zwei Einheiten à fünfzig. Als mein Bruder groß genug war, hatten sie angefangen, sich gegenseitig herauszufordern, und natürlich gewann mein Bruder mit der Zeit immer öfter. Ich hatte mich stets geweigert, bei diesem Wettkampf mitzumachen, den ich völlig albern fand und dem ich, wie diese erste Trainingseinheit mit Salvatore zeigte, nicht im Mindesten gewachsen gewesen wäre.

Als ich aufstand, schüttelte Salvatore den Kopf.

»In einem Monat musst du mindestens dreißig schaffen und in zwei Monaten mindestens fünfzig. Sonst breche ich dir die Beine«, fügte er nach kurzem Nachdenken hinzu. Es sollte ein Witz sein, doch aus seiner Stimme war nichts Scherzhaftes herauszuhören.

Unterdessen waren die anderen mit ihrem Aufwärmtraining fertig, hatten sich zu zweit zusammengetan und vollführten so etwas wie Fechtübungen, bei denen sie einander Schläge mit der flachen Hand und den Ellenbogen versetzten.

»Fäuste gibt's nicht, wie du siehst.«

»Wieso nicht?«

»Weil du ein Profi sein musst, um einen Faustschlag zu setzen, der dir weniger wehtut als deinem Gegner. So hingegen lernst du schnell kämpfen, ohne die Zeit damit zu verplempern, ein Profi zu werden.«

Es sei dazugesagt, dass diese Unterhaltung und die ganze Situation völlig irreal waren. Ich war ein Junge, der nichts für Sport übrighatte – Fußball ausgenommen –, jedwedes Training hasste und nie im Traum dran gedacht hatte, »kämpfen zu lernen«. Doch in dem Moment kam mir alles ganz selbstverständlich vor, so wie in manchen Träumen.

»Wenn du mit der flachen Hand zuschlägst, bringst du deinen Gegner sehr viel mehr aus dem Konzept als mit der Faust, und du tust dir nicht weh. Wenn du mit dem Ellenbogen triffst, fügst du ihm weitaus größere Schmerzen zu als mit der Faust, aber auch dabei tust du dir nicht weh.«

In einer Ecke des Raumes lagen Motorradhelme auf dem Boden. Er griff sich einen und hielt ihn mir vors Gesicht.

»Versuch mal, mit der Faust draufzuhauen. Aber nicht zu fest, sonst brichst du dir die Hand.«

Ich versuchte es, nicht zu heftig, so wie er mir geraten hatte, und obwohl ich mir nicht die Hand brach, tat es höllisch weh.

»Wenn du es mit einem Helmträger aufnehmen musst, und du keine Waffe hast, was tust du?«

Ich war kurz davor zu fragen, weshalb ich es wohl *mit einem Helmträger* würde aufnehmen müssen, aber irgendetwas sagte mir, dass es nicht der richtige Moment für solche Fragen war.

»Keine Ahnung.«

Er legte den Helm auf den Boden und zeigte mir, wie man mit der flachen Hand zuschlägt. Die Bewegung war mehr oder weniger die gleiche wie mit der Faust, nur dass man die Handfläche benutzte. Fast behutsam traf er meine Schulter. Der blaue Fleck war eine Woche lang zu sehen. Dann griff er wieder nach dem Helm und hielt ihn mir abermals vors Gesicht.

»Jetzt versuch ihn mit der Handfläche zu treffen, genauso fest wie vorhin.«

Mit einer seltsamen Selbstverständlichkeit schlug ich zu und tat mir nicht weh.

»Wenn du einen Helmträger mit offener Handfläche triffst, verwirrst du ihn mehr, als wenn du ihm eins mit dem Schraubenschlüssel überziehst.«

Dann zeigte er mir die Technik des Ellenbogenhiebs, die mir ebenso selbstverständlich gelang. Salvatore war ein guter Lehrer, es war, als zeigte er einem eine Fähigkeit, die man bereits besaß und nur entdecken musste.

»Jetzt stell dich vor den Sack, und übe die beiden Sachen, die ich dir gezeigt habe. Aber langsam, sonst tust du dir weh. Schlag mit der Handfläche, Ellenbogenhieb, Treffer, zurück, Stellungswechsel und von vorn. Mach zwei, drei Runden um den Sack und dann in die entgegengesetzte Richtung, mit umgekehrten Armen, und zwar so lange, bis ich dir sage, du sollst aufhören.«

Eine halbe Stunde später, als ich die Arme nicht mehr halten konnte und japsend nach Luft rang, sagte er mir, ich solle aufhören. Mir tat alles weh, doch war das nichts gegen die Schmerzen, die ich in den folgenden beiden Tagen spüren sollte.

»Wir trainieren hier jeden Tag, aber morgen wirst du dich nicht rühren können, also komm übermorgen wieder. Jetzt geh duschen.«

»Aber ich hab nichts dabei, Sporttasche, Bademantel…«

Er ließ ein kurzes, unnatürliches, fast mechanisches Lachen hören.

»Du hast mich wohl nicht verstanden. Du sollst zu Hause duschen. Das hier ist kein Fitnessklub, hier gibt's keine Umkleide. Du kannst höchstens aufs Klo gehen und dir das Gesicht waschen, was trinken und pissen, wenn's sein muss.«

Ich kam mir ungemein dämlich vor. Ich holte meine Jacke, während die anderen mit dem Training weitermachten. Sie hatten sich in zwei Gruppen aufgeteilt und gingen mit Lkw-Reifen aufeinander los, eine Gruppe gegen die andere, eine Art kollektiver, zäher Kampf, der aus irgendeinem Grund etwas zutiefst Bedrohliches hatte.

»Wenn du hierherkommst, musst du dem Verein einen Beitrag zahlen. Jeder gibt das, was er kann, wenn er kann. Ich finde, du kannst zehntausend Lire im Monat zahlen.« Dann drehte er sich um und ging grußlos zu den anderen.

7

Heute ist ein wunderschöner Tag. Sonne, frischer Wind, der Himmel von einer Farbe, die du vergessen hattest. Als du losgehst, denkst du, dass dein letzter Spaziergang in dieser Stadt an einem solchen Frühlingsmorgen mindestens zwanzig Jahre her ist.

Als du in der Via Sparano bist, bleibst du vor der Laterza-Buchhandlung stehen, wirfst einen Blick in die Schaufenster und widerstehst der Versuchung hineinzugehen. Du weißt ganz genau, dass du irgendwann anfangen würdest, nach deinem Roman zu suchen, und willst nicht die demütigende Erkenntnis riskieren, dass kein einziges Exemplar mehr vorhanden ist. Du hast wirklich keine Lust, dir die gute Laune an diesem Morgen verderben zu lassen. Also lässt du die Buchhandlung links liegen, erreichst den Corso Vittorio Emanuele und biegst ab zum schönen, verwahrlosten Teatro Margherita. Angeblich soll ein Museum für moderne Kunst daraus werden. Angeblich, doch momentan ist es eine leere, trostlose Hülle. Aber heute hast du keine Lust auf Trostlosigkeit, deshalb gehst du zügig daran vorbei und nimmst Kurs auf die Mole Sant'Antonio. Aus den offenen Fenstern eines haltenden Autos schallt ein uraltes Stück von Bennato: *È stata tua la colpa* – es war deine Schuld. Wer weiß, ob dieser Soundtrack etwas zu bedeuten hat, fragst du dich, ehe du an etwas anderes denkst.

Es ist halb elf, und es wird wärmer. Bald wirst du dir das Jackett ausziehen und die Ärmel aufkrempeln müssen. Auf der

Innenseite der Mole, von der aus man die Silhouetten der Altstadt und der Neustadt reglos, stumm und surreal nebeneinanderliegen sieht, sind vier Angler. Drei stehen; einer, der organisierter ist als die anderen, sitzt auf einem stoffbezogenen Klappsitz, Typ Regiestuhl.

Soweit du dich erinnerst, fängt man dort Seebarsche und vor allem Meeräschen. Als Kind, mit acht, neun Jahren, hatte dich die Angelleidenschaft gepackt. Oder besser: die Leidenschaft für die *Idee* des Angelns. Schon als Kind hattest du eine Schwäche für literarische, vornehmlich abstrakte Leidenschaften. Du hattest deine Eltern überredet, dir die Ausrüstung zu schenken - Angelrute, Rolle, Schnur, Haken, Blei, Schwimmer -, und dein Vater war zweimal mit dir zur Sant'Antonio-Mole gegangen, um nach Meeräschen zu angeln. Weder das erste noch das zweite Mal hast du etwas gefangen, derweil die Angler um dich herum - die wahren Angler - Fische in allen Größen aus dem Wasser zogen. Nach dem zweiten fruchtlosen Versuch war die Leidenschaft fürs Angeln erlahmt, und du hast dich auf etwas anderes gestürzt.

Doch bist du nicht hierhergekommen, um deiner wenig aufregenden Angelabenteuer zu gedenken. Du bist gekommen, weil dieser Ort eine deiner Kindheitsängste wachruft. Beide Male, die du hier warst, war außer den wahren Anglern noch eine Gruppe badender Jungs da, die sich grölend und johlend mit Hechtsprüngen von der Mole stürzten.

Das Wasser war - und ist noch immer - dunkel und tief. Dass es dunkel und, nun ja, dreckig war, konnte man sehen; dass es tief war, konnte man daraus schließen, wie lange die Jungs nach jedem Sprung brauchten, um wieder aufzutauchen.

Damals konntest du noch nicht schwimmen. Du hast diese Teufelskerle beobachtet, die schwankend auf der Kante der Mole standen und dann spritzend und schreiend im trüben, bedrohlichen Wasser verschwanden, und bei dir gedacht, dass du dich so etwas niemals trauen würdest.

»Von denen holt sich noch einer 'ne Salmonellenvergiftung«, sagte dein Vater irgendwann. Diese Bemerkung löste in dir eine boshafte und uneingestehbare Befriedigung aus, wie sie Feiglinge empfinden, wenn sie an die möglichen Konsequenzen kühner Wagnisse denken. Doch in deinem tiefsten Inneren wusstest du, dass du das Risiko dieser seltsam klingenden Krankheit im Tausch mit der Unbekümmertheit dieser Jungs gern eingegangen wärst. Im Tausch mit dem Mut, auf dieser schwindelerregenden Kante zu balancieren und sich in das tümpelschwarze Wasser zu stürzen.

Was aus diesen Jungen wohl geworden ist? Du kanntest sie nicht, kannst dich noch nicht einmal an ihre Gesichter erinnern, und sowieso ist das eine Frage, auf die es keine Antwort gibt. Eine – wieder einmal – spekulative Frage. Spekulativ und langweilig obendrein.

Dir geht durch den Kopf, dass einer der vier anwesenden Angler einer der Jungen von damals sein könnte. Nein, unmöglich. Der eine sieht zu jung und die anderen sehen entschieden zu alt aus.

Jedenfalls ist dies ein guter Ort, um die Bestandsliste deiner Ängste aufzustellen, an die du letzte Nacht gedacht hast. Die Angst vor tiefem Wasser blieb lange, auch nachdem du schwimmen gelernt hattest. Ebenso intensiv waren die Angst vor dem Fall – Balkone, Terrassen, jede Art von Höhe – und die Angst vor der Dunkelheit in sämtlichen Varianten. Du erinnerst dich an den Hausflur deiner Urgroßmutter, der nach Mottenkugeln, alten Kleidern und Katze roch. Der Lichtschalter war genau auf halber Strecke zwischen Wohnzimmer und Bad. Um aufs Klo zu gehen, musste man also ein ganzes Stück bedrohliche Dunkelheit durchlaufen. Der Flur war voller Schlupfwinkel – Schränke, Nischen, staubige, halb leere Regale –, und jedes Mal, wenn du dich mit klopfendem Herzen zu dem Schalter tastetest, stelltest du dir Dämonen und Hexen vor, die mit Krallenhänden nach dir haschten.

Dann war da das Dunkel deines Zimmers, des vertrautesten Ortes von allen, und selbst dort schrecktest du manchmal mitten in der Nacht aus einem Albtraum hoch. Dann musstest du das Licht anschalten und lesen, bis das erste Morgenlicht durchs Fenster sickerte und du wieder einschlafen konntest, wenn auch nur kurz.

Einmal geschah etwas besonders Gruseliges. Dir war, als wärest du wach, auch wenn die Tatsache, dass du die Augen im Dunkeln geöffnet hieltest, dich hätte stutzig machen sollen. Das hättest du niemals gewagt. Du hattest immer entweder die Augen geschlossen und die Decke bis über beide Ohren hochgezogen, oder du machtest das Licht an. In jener Nacht lagst du jedoch mit offenen Augen da, zumindest schien es dir so, und starrtest auf deine Zimmertür. Plötzlich trat deine Mutter ein und blieb in der Dunkelheit stehen. Du brauchtest einen Moment, um zu begreifen, dass sie die Tür nicht geöffnet hatte, sondern hindurchgeglitten war; und nun stand sie dort im Dunkeln, jedoch leicht schwebend, ohne den Boden zu berühren.

Mit einem verzweifelten Schrei fuhrst du aus dem Schlaf, besessen von einem übermächtigen Gedanken: Das, was du gesehen hattest, war ein Geist – nur Geister können durch geschlossene Türen dringen und über dem Boden schweben; deine Mutter war ein Geist; also war deine Mutter tot. Erst viele Jahre später sollte ein Psychiater dir erklären, was passiert war. Du hattest eine hypnagoge Wahrnehmung gehabt – eine Art Halluzination, die in der ersten Schlafphase recht häufig auftritt –, also ein bisweilen beängstigendes, aber völlig natürliches Phänomen. Doch trotz dieser Erklärung jagt dir die Erinnerung an dieses Erlebnis einen Schauder über den Rücken, und du musst dich zwingen, an etwas anderes zu denken.

All diese Ängste und auch die anderen – Menschenmengen, große Fluginsekten, Hunde – waren ganz unbemerkt verschwunden. Am Ende des Gymnasiums waren sie so gut wie weg, und rückblickend könntest du nicht sagen, wann und wieso sie sich aufgelöst haben. Als du mit neunzehn aus Bari weggegangen bist und eine Art Bewusstseinskatalog aufgestellt hast, blieb nur noch eine leise Unruhe beim Hinunterblicken aus großer Höhe und die Abneigung, allein weit hinauszuschwimmen. Das war alles.

Du hast das Ganze nie hinterfragt, es hat dich nie interessiert, für dich war es das Resultat einer natürlichen Entwicklung. Als Kind hat man Angst vor allem, dann wird man groß und hat keine Angst mehr. Basta.

Doch jetzt bist du neugierig geworden, und als du ein bisschen genauer über diese Jahre nachdenkst, geht dir auf, dass die Ängste in der zehnten Klasse noch da waren. Danach hast du keinerlei Erinnerung mehr an sie.

»Sie wollen sich doch wohl nicht ins Wasser stürzen?«

Die Stimme ist ziemlich tief, ein wenig heiser, eine kaum wahrnehmbare Ironie liegt darin, und sie reißt dich aus der leichten Trance, in die du gefallen bist. Du merkst, dass du ziemlich nah an der Molenkante stehst.

»Nein, nein. Ich war nur in Gedanken«, sagst du, machst einen Schritt zurück und drehst dich zu dem Besitzer der Stimme um. Er ist etwa Mitte sechzig, hat dichtes, kurzes weißes Haar, blaue Augen und einen ordentlich gestutzten, ebenfalls weißen Bart. Er sieht ein bisschen aus wie Hemingway, nur kleiner und schmächtiger.

»Und was waren das für hypnotische Gedanken, wenn ich

fragen darf?«, erkundigt er sich, das Gesicht zu dir gewandt, ohne dass die gen Horizont gerichtete Angel sich rührt.

Du fragst dich, was du ihm antworten sollst, als plötzlich die Angelschnur sich spannt und die Rute sich biegt.

»Entschuldigen Sie«, sagt er, »ich bin gleich wieder bei Ihnen. Offenbar ist gerade jemand am anderen Ende.« Er fängt an, mit der Rolle zu hantieren und sich leicht nach vorn und wieder nach hinten zu lehnen. Nach rund einer Minute taucht der Fisch auf, doch macht er nicht den Eindruck, als wollte er klein beigeben. Er zappelt herum, springt im Zickzack und versucht sich zu befreien. Der Angler gibt ein wenig nach, dann zieht er wieder und dreht an der Rolle, sodass der Fisch immer näher kommt. Schließlich schießt die Meeräsche am Haken aus dem Wasser. Für einen winzigen Moment bilden Mensch, Angel, Schnur und Fisch eine harmonische Einheit.

Der Mann zieht den Fisch heraus – er ist ziemlich klein –, fängt ihn mit einem Kescher, nimmt ihn in die Hand, öffnet ihm das Maul und befreit ihn behutsam vom Haken. Dann hält er ihn sich vor die Augen, als wollte er ihm etwas sagen, und wirft ihn ins Wasser zurück.

»Wieso haben Sie das getan?«

»Zu klein. Unter zwanzig Zentimetern darf man sie gar nicht angeln. Den hole ich mir ein anders Mal, wenn er größer ist.«

Er bückt sich geschmeidig wie ein junger Mann und legt die Angel auf den Boden.

»Und, welche Gedanken haben Sie so dicht an den Rand der Mole getrieben, dass Sie fast bei den Meeräschen gelandet wären?«

»Ich habe daran gedacht, wie ich auch mal hierher zum Angeln gekommen bin, vor vielen Jahren, als Kind.«

»Sind Sie aus Bari? Sie klingen gar nicht so, auch wenn ich Ihren Akzent nicht zuordnen könnte.«

»Ich bin in Bari aufgewachsen, aber nach dem Gymnasium bin ich weggegangen, um zu studieren. Seitdem lebe ich in Florenz.«

»Und als Kind sind Sie hierhergekommen und haben Meeräschen geangelt.«

»Keinen einzigen Fisch hab ich gefangen. Ich bin zweimal hier gewesen, hab nichts geangelt und es sein lassen. Enttäuschungen habe ich noch nie gut wegstecken können.«

»Vielleicht haben Sie nicht den richtigen Köder benutzt. Den Fehler machen viele. Nicht nur beim Angeln.«

»Schon möglich. Welches ist denn der richtige Köder?« Nicht nur beim Angeln, liegt dir auf der Zunge.

»In Sardellenpaste getränkte Brotkrumen. Man kann es auch mit einer Ködermischung aus Brot und Käse versuchen. Wie Sie gesehen haben, gibt sich die Meeräsche nicht gern geschlagen, so klein sie auch sein mag.«

»Und wie isst man sie?« Während du fragst, kommt dir die ganze Unterhaltung angenehm surreal vor.

»Ich mache sie im Ofen mit Zitrone oder, noch besser, gedünstet mit ein wenig Öl. Viele mögen sie gebraten, aber ich kann den Gestank von gebratenem Fisch nicht ausstehen. Haben Sie denn noch nie Meeräsche gegessen?«

»Nicht dass ich wüsste.«

Gutmütig entrüstet schüttelt der Angler den Kopf.

»Sie sind aus Bari und haben noch nie Meeräsche gegessen. Dieser Fisch hat einen schlechten Leumund, aber wie bei vielen Dingen ist es nur eine Frage des Namens.«

»Was meinen Sie?«

»Wissen Sie, was Bottarga ist?«

»Natürlich.«

»Haben Sie sie schon einmal gegessen?«

»Ja, sie ist köstlich.«

»Halten Sie sie für eine Delikatesse?«

»Unbedingt.«

»Und halten Sie Meeräsche für eine Delikatesse?«

»Ehrlich gesagt nein. Ich habe sie zwar nie probiert, aber als Delikatesse würde ich sie nicht bezeichnen.«

»Und wissen Sie, von welchem Fisch die Bottarga stammt?«

»Nein...«

»Von der Meeräsche.«

»Ach. Das wusste ich nicht, ich hätte gewettet, sie stammt von einer Art Stör oder so. Wie groß sind denn die, die Sie normalerweise fangen?«

»Einmal habe ich eine von fast vier Kilo geschnappt. Ich hab über zwanzig Minuten gebraucht, um sie rauszuziehen. Die hat gekämpft wie eine Furie.«

»Vier Kilo?« Eine Meeräsche von vier Kilo. Das klingt übertrieben, selbst für einen Ahnungslosen wie dich.

»Sie halten das wohl für die typische Anglermär. Tatsächlich wiegen die Meeräschen, die man hier fängt, normalerweise um die zweihundert, dreihundert Gramm. Manchmal ein halbes Kilo. Eine vier Kilo schwere Meeräsche zu angeln ist etwas Außergewöhnliches, aber Sie können in jedem Tierkundebuch nachschlagen, dass Meeräschen bis zu acht Kilo schwer werden können, auch wenn mir so eine noch nie untergekommen ist. Die größte, die ich je gesehen habe, war meine. Ich habe Fotos davon. Sie war sechzig Zentimeter lang und hat sich gewehrt wie der Teufel. Wenn Sie mir Ihre E-Mail-Adresse geben, schicke ich Ihnen ein Foto. Ich mit dem Riesenfisch.«

Du weißt nicht, was du sagen sollst. Er grinst und sieht auf einmal aus wie ein Kind, das einen Witz gemacht hat.

»Na, schön. Sie wog keine vier Kilo und war keine sechzig Zentimeter lang. Aber sie war trotzdem riesig. Über zwei Kilo schwer und fünfundvierzig Zentimeter lang, und ich habe wirklich lange gebraucht, um sie rauszuziehen. Die größte, die ich je gesehen habe. In solchen Fällen muss man einfach lügen, denn einer, der nicht viel davon versteht wie Sie, wäre von der Wahrheit nicht besonders beeindruckt.«

»Das verstehe ich gut. Mein ganzes Leben lang habe ich ähnliche Lügen verzapft«, sagst du und lächelst ebenfalls.

»Was machen Sie eigentlich im Leben? Mir ist, als hätte ich Ihr Gesicht schon einmal irgendwo gesehen. Bin ich schon so vertrottelt, oder kann es sein, dass wir uns schon einmal begegnet sind?«

»Das glaube ich nicht.« Ohne drüber nachzudenken, fügst du hinzu: »Ich heiße Enrico Vallesi.«

»Vallesi ... etwa der Schriftsteller?«

Du nickst leicht verlegen. Wieso, zum Henker, hast du deinen Namen gesagt?

»Ach, natürlich, dann habe ich irgendwo ein Foto von Ihnen gesehen. Vor ein paar Jahren habe ich Ihren Roman gelesen. Aber ich kann mich nicht an den Titel erinnern. War es nicht eine Art Zitat?«

»*Wir möchten lieber nicht.*«

»Ja, richtig. Sie haben *Bartleby, den Schreiber* zitiert.«

»Ja, das war die Idee.«

»Aber dann sind mir von Ihnen keine Bücher mehr untergekommen. Haben Sie nichts mehr veröffentlicht, oder lasse ich bei meinen täglichen Streifzügen durch die Buchhandlungen etwa auch schon nach?«

Du schüttelst den Kopf. Du hast nichts mehr veröffentlicht, und er lässt gewiss kein bisschen nach. »Und was machen Sie?«, fragst du, ehe er weitere Fragen stellen kann.

»Ich bin in Rente«, entgegnet er, aber ohne die Wehmut, die häufig in dieser Antwort mitschwingt. In seinen Augen liegt ein irgendwie jungenhaftes, fast übermütiges Funkeln.

»Davor war ich Gymnasiallehrer. Italienisch und Latein.«

»An welchem Gymnasium?«

»Am Socrate.«

»Ich war auf dem Orazio Flacco.«

»Da war ich auch. Aber ich hab's mir nicht ausgesucht, zu meiner Zeit gab es nur das.«

»Wie ist es so, in Rente zu sein?« Die Frage hättest du nie gestellt, wenn du nicht diesen leisen Schalk hättest aufblitzen sehen.

»Die Rente ist etwas Seltsames. Während der letzten Arbeitsjahre habe ich jeden einzelnen Tag darauf hingefiebert. Ich hatte die Nase voll von Schulleitern, Kodirektoren, Kollegen, Lehrerzimmern, Schülern und vor allem Eltern, der bei Weitem unerträglichsten Kategorie. Ich hatte die Nase voll davon, über Dinge zu reden, die die Schüler nicht interessierten und mich schon gar nicht mehr. Kurz: Ich wollte bloß noch weg. Dann ist der letzte Tag gekommen, sie haben ein Fest für mich gegeben, wie ich es in den sechsunddreißig Jahren Schule x-mal erlebt hatte. Jedes Mal hatte ich diese Feste albern gefunden, und jedes Mal war mir die Rührung derer, die in Pension gingen und weinten und untröstlich darüber waren, die bis dahin aus tiefstem Herzen verabscheute Welt zu verlassen, lächerlich erschienen. Ich *wusste* einfach, dass es für mich nicht so wäre. Und dann war ich wie ein Volltrottel zu Tränen gerührt, ich habe einen Haufen Leute umarmt, die ich nicht hatte ausstehen können oder die mir bestenfalls gleichgültig gewesen waren. Als ich mit meiner Uhr aus dem Schultor getreten bin – was für ein Scheißgeschenk, verzeihen Sie meine Ausdrucksweise, aber eine Uhr, in dem Moment kann man alles gebrauchen, aber bestimmt keine weitere Erinnerung daran, dass die Zeit vergeht –, stand ich auf der Straße und kam mir vollkommen verloren vor. Einfach alt. Aber womöglich langweile ich Sie.«

»Nein. Ich höre Ihnen gern zu.«

»Nun, aus Ihrem Mund ist das wohl ein Kompliment. Ich mach's kurz: Das erste Jahr war ziemlich bitter, aber dann bin ich auf den Geschmack gekommen. Ich habe jemanden kennengelernt, wir sind einander sehr zugetan, verstehen uns prächtig, aber jeder wohnt für sich. Ich reise, lese viel, schreibe hier und da etwas für die lokale Presse. Und wie Sie sehen, komme ich hierher zum Angeln. Ich gehe oft ins Kino und ins Konzert. Nur ins Theater nicht, das hat mich immer zu Tode gelangweilt. Mögen Sie Theater?«

Bis auf wenige Ausnahmen hattest du auch nie viel fürs Theater übrig. Agata leider schon: Sie war ganz verrückt nach diesem Avantgardekram, den du ungefähr so begeisternd fandst wie einen Zahnarzttermin. Du erinnerst dich noch an ein Theaterevent, das einer ihrer alternativen Freunde organisiert hatte und das den Titel *Waisenheiten – Reflexionen über den fehlenden Vater* trug. Du musstest den ganzen Zirkus über dich ergehen lassen, ohne heute noch sagen zu können, was du gesehen hast. Du hast eine vage Erinnerung an Männer in Strumpfhosen und Zylinder, Frauen in altmodischen Badekostümen, eine Bahre in der Mitte der Bühne und vor allem an unfassbare, unsäglich quälende Langeweile.

Du hattest es vergessen, aber jetzt kommen dir zahllose im Dunkel stinkiger Zuschauerräume verbrachte Abende in den Sinn, an denen du nur darauf gewartet hast, dass endlich alles vorbei war und man wenigstens essen gehen konnte. Diesen Aspekt eurer Trennung hattest du gar nicht recht bedacht. Keine muffigen kleinen Theater und schwachsinnigen Darbietungen mehr. Das ist doch schon was. Du lächelst und beschließt endgültig, dass der Lehrer dir gefällt.

»Nein, normalerweise langweile ich mich auch.«

»Na, bitte. Als ich noch unterrichtete, hätte ich nie den Mut gehabt, so etwas zuzugeben. Doch wenn man es recht bedenkt, war es keine Frage von Mut. Ich wusste einfach nicht, dass ich Theater nicht mochte. Das war so weit weg von der Vorstellung, die ich von mir hatte – will heißen: vielbeschäftigter Intellektueller mit zahlreichen Interessen –, dass ich es niemals hätte zugeben können. Vor vielen Jahren habe ich im Petruzzelli Brechts *Der gute Mensch von Sezuan* gesehen…«

»Den von Strehler?«

»Ganz genau. Haben Sie es gesehen?«

»Nein.«

»Ich, wie gesagt, schon. Verstehen Sie mich nicht falsch: Ich will weder das Werk noch die Inszenierung schlechtmachen. Ganz und gar nicht. Doch die Vorstellung dauerte vier Stunden. Verstehen Sie? *Vier Stunden.* Mindestens zwei Drittel der Aufführung habe ich mich gefragt, wie lange es wohl noch dauert. Selten habe ich mich dermaßen gelangweilt. Das ist eindeutig mein Problem. Ich hoffe, Sie als Schriftsteller und Intellektueller denken nicht allzu schlecht von mir.«

»Also, Sie lesen, gehen ins Kino…«

»Ich unternehme Reisen, aber nicht diese trostlosen Gruppenreisen. Solange ich noch kann, reise ich allein oder mit meiner Freundin. Finden Sie es lächerlich, dass ein Siebenundsechzigjähriger sagt, er hat eine Freundin?«

»Nein.«

»Hin und wieder beschleicht mich der Verdacht der Lächerlichkeit.«

»Es ist gut, diesen Verdacht zu haben.«

»Ja, das mag stimmen. Wo war ich stehen geblieben? Ah, ja. Die Ferien. Da ich nicht an Ferienzeiten gebunden bin, steige ich außerhalb der Saison ins Auto oder in den Zug oder ins Flugzeug und sehe mir Dinge an, auf die ich Lust habe. Eine Ausstellung, eine Stadt, die ich nicht kenne, oder vielleicht irgendetwas in der Natur. Vor Kurzem war ich zum Beispiel in der Poebene. Kennen Sie die Gegend?«

Du schüttelst den Kopf. Du bist nie dort gewesen.

»Sie sollten hinfahren, es gibt dort hinreißende Orte, das glaubt man kaum.«

»Auf den Spuren von Bassani.«

»Genau. Es macht mir Spaß, literarische Orte zu entdecken. Aber ich rede zu viel. Wenn ich schon mal einen Schriftsteller treffe, sollte ich ihn auch zu Wort kommen lassen. Schreiben Sie gerade an etwas?«

Du merkst, dass du keine Lust mehr hast zu lügen, als hättest du einen Sättigungspunkt erreicht. Wie schon gestern Abend mit deinem Bruder hast du Lust zu *reden*.

»Wieso gehen wir nicht etwas trinken?«

Der Lehrer nickt, als wärt ihr alte Freunde und als wäre dein Vorschlag ganz natürlich.

»Lassen Sie mich eben noch meine Sachen ins Auto räumen«, er deutet Richtung Strandpromenade und Fort, »und dann setzen wir uns in eine Bar auf der Piazza Ferrarese.«

Zwanzig Minuten später sitzt ihr mitten auf dem Platz unter dem Sonnenschirm einer Bar, wenige Meter von den Ausgrabungen der Via Appia entfernt, fast gegenüber dem alten Fischmarkt. Auf den Vorschlag des Lehrers hin habt ihr zwei Gläser Milch mit Eis und Minze bestellt. Sehr gut. Du musstest der Versuchung widerstehen, Weißwein zu bestellen, aber du bist froh darüber.

»Sie haben also Probleme mit dem Schreiben, richtig?«

»Das ist schön gesagt. Aber ja, sagen wir, ich habe *Probleme mit dem Schreiben.*«

»Dann hatte ich also recht. Nach dem Roman haben Sie nichts mehr geschrieben.«

»Nach dem Roman habe ich zwölf Bücher geschrieben.«

Er sieht mich ratlos an.

»Ich fürchte, ich verstehe nicht recht.«

»Ich habe sie nicht unter meinem Namen geschrieben. Sie laufen unter anderen Autorennamen. Ich habe sie zwar verfasst, aber die Namen auf dem Umschlag sind immer andere.«

»Und wieso schreiben Sie Bücher unter anderen Namen?«

»Das ist eine ziemlich lange Geschichte. Ich weiß nicht, ob Sie Zeit und Lust haben, sie zu hören.«

»Wie gesagt, ich bin in Rente.«

Du bist drauf und dran zu sagen, dass diese Geschichte nicht weitererzählt werden darf. Es gibt Verträge, Verschwiegenheitsklauseln, Vertragsstrafen. Doch du verkneifst es dir - wen kratzt es schon? - und fängst an zu erzählen, von ganz vorn.

»Als ich den Anruf bekam, sie würden meinen ersten Roman veröffentlichen, empfand ich etwas, das ich nicht beschreiben kann. Kein besonders schöner Satz für einen Schriftsteller. Schließlich sollte man doch Dinge beschreiben können, die sich nur schwer beschreiben lassen. Aber das ist nicht der Punkt. Wie auch immer, ich war glücklich. Es war Mai. Ich weiß noch, dass ich in eine Buchhandlung gegangen bin, in eine von diesen kleinen, die jetzt nach und nach verschwinden. Die Luft war frisch, strahlend, klar, herrlich. Eigentlich war es genau so ein Tag wie heute. Ich betrachtete die Buchauslagen und versuchte mir vorzustellen, wie wohl meines aussehen würde. Welche Farbe, welche Beschaffenheit der Umschlag wohl hätte. Wie das Papier riechen würde. Meine Haut war so sensibel, als hätten sich die Nervenenden verdoppelt. Ich spürte den Hemdstoff auf meiner Haut, und hin und wieder lief mir ein köstlicher Schauder über Rücken und Arme. Die schönste Zeit meines Lebens begann. Dachte ich.«

»Die schönste Zeit meines Lebens. Das hat etwas Filmhaftes à la Frank Capra.«

»Mag sein, aber ich habe kein Ende à la Capra.«

»Haben Sie ein Ende?«

Du meinst, einen harten Unterton aus dieser Frage herauszuhören. Als hätte er gesagt: Glaubst du *wirklich*, du hast ein Ende? Glaubst du wirklich etwas derart Mittelmäßiges? Aber vielleicht hast du dir das nur eingebildet, und du redest weiter, ohne darauf zu achten. Vielleicht.

»Ich fürchte ja. Jedenfalls wurde das Buch veröffentlicht, und ein paar Monate danach wurde es zu einem Ereignis, wie man so schön sagt. Es hatte den Kritikern gefallen, und vor allem gefiel es den Lesern.«

»Ich erinnere mich. Damals unterrichtete ich noch. Eine Zeit lang waren Sie und Ihr Roman in aller Munde. Ich muss gestehen, ich kaufte ihn nicht sofort, ich habe nun einmal etwas gegen Dinge, die gerade angesagt sind. Ein kleiner Tick von mir. Doch ein paar Kollegen, mit denen ich fast freundschaftlich verbunden war und denen ich traute – ich meine: ihrem Geschmack –, sagten, ich müsse ihn lesen, es sei ein schöner Roman, der Autor stamme aus Bari und so weiter. Schließlich kaufte ich ihn, las ihn, und er gefiel mir sehr. Wie viele Jahre sind seit seinem Erscheinen vergangen?«

»Um die zehn.«

Der Lehrer stößt fast einen Pfiff aus.

»Jesses, hätte nicht gedacht, dass das so lange her ist. Und was ist dann passiert?«

»Mindestens ein Jahr lang habe ich wie in einem Rausch zugebracht. Bestsellerlisten, Auslandsrechte, Filmoptionen, Lesereisen durch ganz Italien, volle Buchhandlungen. Ich war high. Und als wäre das alles nicht genug, kommt auch noch das Angebot des großen Verlages. Ein Vertrag über zwei Bücher mit einem unglaublichen Vorschuss.«

»Und Sie haben angenommen.«

»Es war unmöglich abzulehnen, zumindest glaubte ich das. Ein paar Tage später, als ich den bei Vertragsunterzeichnung ausgezahlten Teil des Vorschusses auf dem Konto hatte, habe ich meinen Job geschmissen.«

»Was war Ihr Job?«

»Bibliothekar. Ich habe ihm keine Träne nachgeweint. Meine Unterschrift unter diesen Vertrag zu setzen erschien mir wie eine letzte kleine Formalität, hinter der sich die Zukunft als einziger, endloser Triumphzug voller Geld und Erfolg entrollte.«

»Aber so war es nicht.«

Du schüttelst den Kopf. Nein. So war es ganz und gar nicht.

»Wieso erzähle ich Ihnen das alles? Das, was jetzt kommt, habe ich noch nie jemandem erzählt.«

Der Lehrer nippt an seinem Glas. Er kneift die Lider zusammen, als suchte er nach den richtigen Worten.

»Das ist eine schwierige Frage. Es gibt Momente im Leben, da sind manche Dinge einfach fällig. Dann reicht eine zufällige Begegnung wie die unsere. Und manchmal fällt es leichter, mit einem Fremden zu reden. Man muss sich weniger rechtfertigen.«

Das ist eine klare, deutliche Erklärung, ohne überflüssiges Drumherum. Überflüssiges Drumherum gilt es zu vermeiden, das weißt du ganz genau. Aber das ist dir irgendwann nicht mehr gelungen. Diese schnelle, unangestrengte und klare Antwort macht dir gute Laune. Nein, es ist mehr als gute Laune. Es ist ein Gefühl angehender Euphorie, wie du es schon seit Langem nicht mehr verspürt hast. Es ist so lange her, dass du dich an das letzte Mal gar nicht mehr erinnern kannst. Und während du dich noch darüber wunderst, wirst du plötzlich – als hätte jemand einen Schalter umgelegt – der Geräusche ringsum gewahr. Zwei Jungen unterhalten sich laut in Dialekt, ein Moped knattert verbotenerweise über den verkehrsberuhigten Platz, ein Handy klingelt wie ein altes Bakelittelefon, in der Ferne läutet eine Kirchenglocke, und von irgendwo, vielleicht aus einer Wohnung, erklingt eine Melodie, die du nicht erkennst. Das Seltsamste ist, dass sich, kaum hörst du die Geräusche, deine Wahrnehmung des Platzes verändert, geradezu impressionistisch wird. Alles wird diffus, als hätten sich deine sensorischen Energien allesamt auf das Gehör verlagert und das Sehvermögen eingeschränkt.

»Was geschah nach der Vertragsunterzeichnung?«

Du schreckst auf, tauchst aus den Geräuschen des Platzes auf, die erneut zu einem Hintergrundrauschen verebben, und stellst die Bilder wieder scharf. Ehe du antwortest, denkst du, dass du das soeben Empfundene notieren solltest. Das ist dir seit einer Ewigkeit nicht mehr passiert – zu denken, dass du dir etwas notieren solltest.

»Ich hatte einen Haufen Ideen und sogar schon die Titel im Kopf. Ich verfasste drei Exposés, machte Notizen, schrieb ein paar Anfänge...«

»Von was denn?«

»Tja, genau das hatte ich noch nicht entschieden. Ich wechselte von einer Idee zur nächsten, und anfangs hielt ich es für ein Glück, die Wahl zu haben. Monate vergingen, ohne dass ich mich entschied. Ich machte mir weiter Notizen und sprang von einer Geschichte zur anderen. Fragte mich, welche dieser Geschichten wohl die größten Aussichten hatte, ein echter Bestseller zu werden.«

»Wie lange hatten Sie für den ersten Roman gebraucht?«

»Schwer zu sagen. Wenn wir von reiner Schreibzeit reden, von der ersten Seite bis zur letzten, würde ich sagen, ungefähr acht Monate. Aber ich hatte viel über die Geschichte nachgedacht, mindestens drei Jahre. Und irgendwie vielleicht auch schon viel länger.«

»Und Sie hatten keine Zweifel, diese Geschichte niederschreiben zu müssen.«

»Nein, gar keine.«

Er sagt nichts und sieht dich an. Du sammelst dich ein wenig und erzählst weiter.

»Na ja, irgendwann beschloss ich, dass eine der drei Geschichten besser sei als die anderen, und fing an, sie zu schreiben. Doch sofort war klar, dass die Sache nicht funktionierte. Ich nahm mir ein Kapitel vor und hörte mittendrin wieder auf, erstellte Handlungsschemata, Figurentabellen, Dialogskizzen. Ich schrieb sogar eine ganze Seite möglicher Titel und ein paar Schlusssätze, aber je mehr Zeit verging, desto klarer wurde mir, dass ich nicht weiterkam.«

Der Schmerz im Ellenbogen kommt wie immer ganz plötzlich, und du verziehst schmerzhaft das Gesicht. Ehe der Lehrer Fragen stellen kann, sagst du ihm möglichst knapp, was Sache ist. Dann erzählst du weiter.

»Während ich so herumruderte, wurde meine Mutter krank und starb nur wenige Monate später. Soll ich Ihnen sagen, was ich noch nicht einmal mir selbst eingestehen zu können glaubte?«

»Was denn?«

»Meine Mutter lag im Sterben, und ich dachte an meinen Roman, den ich nicht fertigkriegte, und an meine erbärmliche Schriftstellerkarriere.«

Der Lehrer fasst sich an den Bart, als wollte er sichergehen, dass er noch da ist und ihn schützt.

»Das haben Sie nie jemandem gesagt?«

»Nie.«

»Ihr Vater ist ...«

»Er ist vor fast zwanzig Jahren gestorben. Ganz plötzlich, im Krankenhaus – er war Arzt –, gleich nach seiner Visite. Seine

Kollegen haben nichts mehr tun können. Ich war in Florenz, wir hatten uns seit mindestens sechs Monaten nicht gesehen.«

Der Alte greift nach seinem Glas, hebt es aber nicht vom Tisch. Er dreht es ein paarmal in den Händen, dann hält er inne, ohne es loszulassen, als wäre es ein Griff, an dem er sich festhalten muss. Du spürst, dass du sofort in Tränen ausbrechen könntest, was absurd ist, denn nicht einmal damals hast du geweint.

»Habe ich das richtig verstanden: Sie hatten bereits Schlusssätze geschrieben?«

Die Stimme des Lehrers ist wie eine Ohrfeige, die man einem Ohnmächtigen oder einem Benommenen gibt, um ihn wieder zu sich kommen zu lassen. Es funktioniert.

»Ja. Das hatte ich auch beim ersten Roman gemacht. Das letzte Kapitel, den Epilog hatte ich schon geschrieben, da war ich mit dem Roman noch längst nicht fertig. Damals hatte es funktioniert.«

»Und was hat es mit diesen von Ihnen unter anderen Namen geschriebenen Büchern auf sich?«

»Eines Tages kam der Programmleiter für italienische Literatur zu mir nach Florenz. Als er mich anrief und mir sagte, dass er mich besuchen kommen wolle, ergriff mich die Panik. Ich schrieb nicht, die Abgabefrist war längst überschritten, und ich dachte, ich müsste den Vorschuss zurückzahlen und das Erbe meiner Mutter dafür hernehmen, denn das Geld war bereits weg. Er war sehr nett, sehr beschwichtigend. Er sagte Sachen wie: ›Wir alle wissen, dass du Schwierigkeiten hast. Da bist du nicht der Erste, mach dir keine Sorgen. Natürlich setzt dich dieser Roman unter Druck, und das hat dich ein bisschen gelähmt. Du hast Angst vor der Meinung der Leser und der Kritik und bist blockiert. Das vergeht, und bitte, wir wollen dir bestimmt keinen Stress wegen der nicht eingehaltenen Abgabefrist machen.‹ Die letzten Sätze kamen einfach *zu* freundlich rüber. Wie wenn man jemandem sagt, sich *nicht* den Kopf über etwas zu zerbrechen oder sich *keine* Sorgen über etwas zu machen, und genau das Gegenteil bewirkt. Wenn ich Ihnen sage, *nicht* an einen Elefanten zu denken, an was denken Sie?«

Der Lehrer lächelt.

»Er meinte also, er wolle mir keinen Stress mit der verstrichenen Abgabefrist machen, aber damit wurde der Stress nur noch größer.«

»Sie machen mir den Typen nicht sonderlich sympathisch.«

»Nein, das war er mir auch nicht. Er meinte, wenn jemand etwas beherrscht - so wie ich das Schreiben -, dann verlernt er das nicht von einem Tag auf den anderen. Man müsse das Problem nur anzupacken wissen, und er habe da eine Idee, mit der ich meine Blockade überwinden, Geld verdienen und etwas für das Verlagshaus tun könne. Aus seinem Mund klang *Verlagshaus* wie ›Heilige Kirche‹ oder ›Oberste Behörde‹.«

Du hältst inne und machst eine überraschende Feststellung: Die Demütigung ist verschwunden, und die Erinnerung lässt dich lächeln. Du platzt fast vor Freude bei dieser Erkenntnis, und deine Geschichte kommt dir auf einmal unterhaltsam vor: Da war dieser berühmte Typ aus dem Fernsehen, der einen Vertrag für eine Art romanhafte Autobiografie unterschrieben hatte. Sie hatten ihm einen Autor zur Seite stellen wollen, um ihm das Schreiben zu erleichtern, doch er meinte, er käme allein zurecht. Das Ergebnis war wie zu erwarten: ein Schiffbruch im Grammatik- und Syntaxstrudel. Das war der Grund, weshalb sie dich aufgesucht und an deine Schulden erinnert hatten.

»Der Programmleiter zog einen bedruckten Papierstoß und einen USB-Stick aus seinem Rucksack: ›Wir wollen, dass du das noch mal durchgehst und zurechtfeilst.‹ Er nannte mir das

Honorar. Wenn ich annehmen würde, fügte er hinzu, wäre allen ein Gefallen getan.«

»Denen zweifellos. Was haben Sie geantwortet?«

»Ich hab hier und da einen Blick in das Geschreibsel geworfen und ihm gesagt, dass es da nichts durchzugehen gebe. Das müsse man ganz neu schreiben. Er lächelte verschmitzt: Das war ihm sonnenklar, weshalb wäre er sonst zu mir gekommen? Wir saßen noch lange zusammen. Ich sagte, er solle mir alles dalassen, in ein paar Tagen würde ich ihm eine Antwort geben. Nach drei Wochen gab ich ihm die komplett neu geschriebene *Autobiografie* zurück. Und so begann meine neue Karriere.«

»Wie ist das Buch gelaufen? Kommerziell, meine ich.«

»Sehr gut, ich glaube, es hat sich mindestens hunderttausend Mal verkauft.«

»Und danach haben sie Ihnen weitere Bücher angetragen.«

»Danach haben sie mir weitere Bücher angetragen, und es ist zu meinem Job geworden. Ich habe nichts Eigenes mehr geschrieben. Das ist alles.«

Der Lehrer scheint kein bisschen davon überzeugt zu sein, dass *das alles ist.*

»Wie lange brauchen Sie, um so ein Buch zu schreiben?«

»Zwischen drei Wochen und höchstens zwei Monaten.«

»Drei Wochen für ein ganzes Buch?«

»Wenn ich meinen Namen und mein Gesicht nicht dafür hinhalten muss, bin ich ziemlich schnell. Ich komme auf zwanzig Seiten pro Tag, und wissen Sie, was lustig ist? Manchmal werden meine Bücher – also die von mir unter anderem Namen geschriebenen – rezensiert. Vor ein paar Jahren habe ich die *Autobiografie* eines Fußballers geschrieben. Ein recht renommierter Journalist – der einzige übrigens, der meinen Roman damals verrissen hat und meinte, die Story wäre banal und aufgesetzt und klänge, als stammte sie aus der Feder eines pubertären Strebers – hat eine begeisterte Rezension darüber geschrieben. Er sprach von einem nüchternen, klaren Ton, von einer… lassen Sie mich kurz nachdenken… genau: von einer Geschichte, die den bitteren Geschmack der Wahrheit hat. Mein Buch offenbare ein außergewöhnliches, geradezu ursprüngliches erzählerisches Talent. Einen *Fauve*-Ton.«

»*Fauve*? Wie die Fauvisten, die Maler?«

»Wie die Maler.«

»Und was sollte das heißen?«

»Wild und echt, glaube ich. Aber ganz sicher bin ich mir nicht. Ich hatte keine Gelegenheit, ihn um eine Erklärung zu bitten.«

Der Lehrer schüttelt grinsend den Kopf.

»Glauben Sie, dass Sie das für den Rest Ihres Lebens tun werden?«

»Ich habe keine Ahnung. Morgens stehe ich auf, gehe frühstücken und mache mich an die Arbeit: das Buch eines anderen schreiben oder das Buch eines anderen redigieren, einen Klappentext für das Buch eines anderen schreiben. So sieht's aus.«

»Darf ich ehrlich zu Ihnen sein?«

»Bitte.«

»Ich höre da einen selbstmitleidigen Unterton, der mir nicht sonderlich gefällt.«

Du weißt nicht, was du sagen sollst. Er leert sein Glas, lässt die Eiswürfel klimpern und nippt die letzten Tropfen seines Getränks.

»Ich kann mich noch gut an Ihren ersten Roman erinnern. Es war eine schöne, nüchtern und direkt erzählte Geschichte ohne Firlefanz; die Figuren waren wahrhaftig, und wenn man einmal angefangen hatte zu lesen, konnte man nicht mehr aufhören. Jemand mit einer solchen Gabe hat nicht das Recht, in Selbstmitleid zu versinken. Verzeihen Sie meine Direktheit, aber das ist feige.«

»Ich kann's nicht mehr.«

»Blödsinn. Es ist viel einfacher, so einen Blödsinn zu verzapfen, als sich einen Ruck zu geben und seine Pflicht zu tun. Wie alt sind Sie?«

»In ein paar Tagen werde ich achtundvierzig.«

»Stellen Sie sich einmal sich selbst in zwanzig Jahren vor, in meinem Alter.«

»Was meinen Sie?«

»Stellen Sie sich vor, was dieser Mann darum geben würde, die Zeit zurückdrehen zu können. Versuchen Sie sich vorzustellen, was Sie ihm sagen würden! Sind Sie bereit, das zu ertragen?«

Er hält jäh inne, als wäre ihm plötzlich klar geworden, wie weit er sich vorgewagt hat.

»Entschuldigen Sie. Ich habe mich in Dinge eingemischt, die mich nichts angehen.«

»Nein, Sie müssen sich nicht entschuldigen. Sie haben recht.«

Und ob er recht hat, ihr wisst es alle beide, und plötzlich ist der Moment des Abschieds gekommen. Er zieht ein Notizbuch aus seiner Jacke, notiert etwas, reißt die Seite heraus und hält sie dir hin. Dort steht seine E-Mail-Adresse in eleganter, gestochener Handschrift.

»Sie müssen mir Ihre nicht geben. Ich möchte nur, dass Sie mich wissen lassen, wenn Sie wieder mit dem Schreiben anfangen.«

Du spürst, wie dir die Tränen in die Augen schießen. Also antwortest du hastig, weil du nicht willst, dass auch noch deine Stimme versagt.

»Natürlich, das mache ich.«

Dann drückt ihr euch die Hand und geht in verschiedene Richtungen davon.

Enrico

Was in dem Schuljahr alles passiert ist, kriege ich nicht mehr richtig auf die Reihe.

An vieles erinnere ich mich zwar noch genau, aber es ist, als läge ein Haufen Einzelbilder vor mir auf dem Tisch. Ich sehe sie, sie sind scharf, aber abgesehen von einigen wenigen Ereignissen weiß ich nicht, welches zuerst und welches danach kommt.

Die Monate zwischen November und April waren eine Art gedehnte Gegenwart, in der sich alles veränderte, deren Ablauf ich aber nicht mehr rekonstruieren kann.

Nach meinem ersten Besuch wurde das Training im Italien-Kuba-Verein zur Gewohnheit. Ich war fast jeden Nachmittag dort, Samstag und Sonntag ausgenommen, und bald fing ich an, auch zu Hause zu trainieren, allein in meinem Zimmer oder manchmal im Bad.

Ich trainierte heimlich, denn ich wollte auf keinen Fall, dass mein Bruder oder – noch schlimmer – mein Vater etwas bemerkten. Es wäre einer demütigenden Wandlung, einer Verleugnung meiner Rolle gleichgekommen – der weltentrückte, rebellische junge Literat, der die banale Mär von äußerer Erscheinung und Konstitution mit Verachtung straft –, die ich bis dahin so stolz gespielt hatte.

Also schloss ich mich in meinem Zimmer ein, übte wie besessen die verschiedenen Techniken – Ellenbogenhiebe, Kniestöße, Tritte, Kampftaktiken, die einen hypothetischen Gegner zu Fall brachten – und machte bis zur Besinnungslosigkeit Kniebeugen, Klappmesser und vor allem Liegestütze. Salvatore musste mir nicht die Beine brechen. Nach einem Monat lag mein Rekord bei fünfunddreißig Liegestützen, und im Laufe der Zeit, in der noch so einiges passierte, kam ich auf zweiundsechzig, mein einsamer Rekord. Ich hätte meinen Vater herausfordern und schlagen können oder sogar meinen Bruder, wenn meine Wandlung nicht ein perfekt gehütetes Geheimnis geblieben wäre. Zu Hause fiel meine Veränderung niemandem auf, und im alltäglichen familiären Rollenspiel war ich der Gleiche wie immer.

Für die Schule tat ich wenig, doch das war nichts Neues. Schon als Kind hatte ich mich nicht auf etwas konzentrieren können, das mir keinen Spaß machte. Vor Jahren las ich in einer Zeitung, dass die Zahl der unter Aufmerksamkeitsdefizit leidenden Kinder steigt. Die Sache machte mich neugierig, und ich warf einen Blick auf die Symptome. Es waren mehr oder weniger folgende: Schwierigkeit, die Aufmerksamkeit auf Details zu richten; Schwierigkeit, die Aufmerksamkeit auf zu erreichende Ziele zu richten; Schwierigkeit, sich an Anweisungen zu halten; Schwierigkeit, sich zu organisieren; Widerstand gegen Aufgaben, die eine längere mentale Aufmerksamkeit erfordern; schnelle Ablenkung durch äußere Reize; Zerstreutheit.

Ich hatte sie alle, vom ersten bis zum letzten. Wäre ich heute Kind, ich wäre ein Musterexemplar an Aufmerksamkeitsdefizitstörung.

Natürlich gab es auch Aktivitäten, die mich vollkommen in Beschlag nahmen und mich die Welt um mich herum vergessen ließen: Lesen, Gitarre spielen und vor allem Schreiben.

Ich verbrachte Stunden damit, auf den Tasten meiner geliebten Lettera 22 herumzuhämmern und darüber die Zeit und irgendwie auch mich selbst zu vergessen. Ich schrieb Gedichte – die zum Glück verloren gegangen sind –, Lieder, Erzählungen und entwarf einen Roman, der alles verändern sollte. Natürlich nicht mich. Ich wollte die Welt verändern. Manchmal malte ich mir die Zukunft wie eine abenteuerliche und herrlich unbeschwerte Abfolge von Reisen, Lieben, Geschwindigkeit, Poesie, Wagemut, Musik und Geschichten aus, die alle lesen und die alle berühren, begeistern, beglücken und verändern würden, wie es meine Lieblingsbücher mit mir getan hatten. Es waren Momente reinen Glücks, in denen ich mir von meiner geheimnisvollen Zukunft als Schriftsteller erzählte. Ein derart heftiges und vollkommenes Glück, dass es mir den Atem nahm.

Doch manchmal funktionierte der Zauber nicht, und vor mir tat sich eine endlose Abfolge gleichförmiger grauer Tage auf: antriebslose Morgen und öde, beklemmende Abende. Ich würde keinen Job finden, weil ich für einen normalen Job nicht geeignet war – daran hatte ich nie gezweifelt –, und würde nicht Schriftsteller werden, weil mir das nötige Talent fehlte. Ich würde in diesem Kinderzimmer alt werden, einsam und traurig, während alle anderen im Steilflug dem Glück und dem Leben entgegenstrebten. Die Pubertät ist ein vertracktes Alter.

* * *

Doch mit Celestes Auftauchen änderte sich mein Verhältnis zu Schule und Lernen. An den Tagen, an denen wir bei ihr Unterricht hatten, kam ich beschwingt in die Klasse und ließ mir kein Wort von ihren Erklärungen und Abfragungen entgehen – was vielleicht bedeutet, dass ich doch nicht am Aufmerksamkeitsdefizitsyndrom litt und die Sache anders lag. In den anderen Stunden hingegen lief alles wie vorher. Ich hörte den Lehrern nicht zu, mogelte mich durch die mündlichen Prüfungen und Klassenarbeiten und könnte heute beim besten Willen nicht mehr sagen, worum es in irgendeiner dieser mündlichen Prüfungen und Klassenarbeiten ging. Ich war einfach nicht anwesend, und mein schulisches Überleben verdankte sich einem rudimentären Kenntnisapparat, einer Art Autopilot oder Radar, mit dem ich Hindernisse erkennen und ihnen ausweichen konnte, obwohl ich in Gedanken ganz woanders war.

Eine der wenigen klaren Erinnerungen betrifft eine Sportstunde. Unser Lehrer hieß Filomeno Barbagallo und hatte große Ähnlichkeit mit dem Schauspieler Danny Kaye – nun ja: einem Danny Kaye mit breitem Bareser Provinzdialekt.

Barbagallo hatte eine Schwäche für Koprolalie und Kasernenspäße. Hin und wieder kombinierte er seine beiden Leidenschaften: Sein Lieblingsscherz bestand darin, einem Schüler herausfordernd die Hand zu geben und dann etwas zu sagen wie: »Oha, das ist das erste Mal, dass ich in die Scheiße greife.« Er verbrachte die Stunden damit, die *Gazzetta del Mezzogiorno* zu lesen oder Kreuzworträtsel zu lösen, während wir Volleyball oder Basketball spielten, durch die Schule rannten und uns Medizinbälle an den Kopf warfen. Er nannte uns nie beim Vor- oder Nachnamen, und wenn er einen von uns auf sich aufmerksam machen wollte, rief er nur: »He, Schwulette.«

Eines Tages betrat Barbagallo die Turnhalle, in der wir schon seit ein paar Minuten warteten, und verkündete, er würde uns *abfragen.*

»Sollen nur die anderen mündliche Prüfungen machen dürfen, oder was? Bin ich ein Scheißlehrer, oder was?«, fragte er, als er unsere verdatterten Gesichter sah. Es lag einem auf der Zunge, diese tatsächlich sehr zutreffende Definition zu bestätigen, doch am Ende blieben alle mucksmäuschenstill und warteten.

»Ich muss Vierteljahresnoten vergeben«, schob er nach. »Also mache ich eine mündliche Prüfung. In Liegestützen.«

Er erklärte uns kurz, dass wir einer nach dem anderen so viele Liegestütze machen sollten, wie wir konnten; von der Anzahl würde die Zensur für das erste Vierteljahr abhängen. Wie alle Neuigkeiten, die den öden Schultrott aufmischten, kam die Idee gut an, und die *mündliche Prüfung* wurde sofort zu einer Art Wettkampf mit Anfeuerungen, Foppereien, frustriertem Stöhnen, Jubelgeschrei, höhnischen Furzgeräuschen - Barbagallo schien nichts dagegen zu haben, im Gegenteil, je lauter, desto besser - und Applaus.

Aus alphabetischen Gründen war ich als Letzter dran. Als ich an die Reihe kam, schien der Wettkampf schon so gut wie gelaufen, und anfangs schaute gar keiner hin. Salvatore war Erster mit dreiundsechzig Liegestützen. An zweiter Stelle war Guastamacchia, der Griechisch-Römisches Ringen machte, mit siebenundvierzig; Pontrandolfi, der Tenniskreismeister, war Dritter mit einunddreißig. Alle anderen - der übergewichtige Filipponio ausgenommen, der keine einzige schaffte - lagen zwischen zehn und zwanzig mehr oder weniger gelungenen Liegestützen. Die anderen mochten alles Mögliche von mir denken, aber bestimmt nicht, dass ich Muckis hatte und mich in einem solchen Wettstreit hervortun könnte.

Ehe ich anfing, hatte ich Salvatore einen Blick zugeworfen, und er hatte zurückgenickt. Dann hatte ich Luft geholt, mich auf den Boden geworfen und losgelegt. Mir war, als würde das Gemurmel leiser werden, als ich den zwanzigsten Liegestütz gemacht und mir den vierten Platz gesichert hatte, was für mich schon eine beachtliche Leistung war. Als ich auf die dreißig zusteuerte, wurde es still. Als ich Pontrandolfi überholte, sagte jemand: »Scheiße, habt ihr Vallesi gesehen? Wie Rocky.«

Nach dem vierzigsten Liegestütz wurden die Armbeugen weniger geschmeidig. Ich sagte mir, dass ich an nichts denken durfte. Ich musste einfach weitermachen und das Letzte aus mir rausholen, denn plötzlich und unerwartet ging es bei diesen Liegestützen um Leben und Tod. Jemand zählte mit, laut und immer langsamer, je stärker die Erschöpfung die Arme und den Körper vergiftete: zweiundvierzig, dreiundvierzig, vierundvierzig. Fünfundvierzig.

Sechsundvierzig.

Siebenundvierzig.

Achtundvierzig, und ich hatte auch Guastamacchia überholt. Kleiner Beifall brach los, und ich hätte niemals geglaubt, dass mich so etwas derart glücklich machen könnte. Ich hätte aufhören können, auch weil ich Salvatore ohnehin nicht eingeholt hätte, das wusste ich. Doch ich hörte nicht auf. Ich weiß nicht genau, ob ich den Grund erklären kann, aber ich glaube, es hatte etwas mit dem Publikum zu tun, mit dem Wunsch, es nicht zu enttäuschen, ihm noch einen kleinen Kitzel zu bescheren. Ein »Olé«, ein »Zugabe«, ein ergriffenes Seufzen. Also machte ich weiter, wenn auch unter größten Mühen.

Neunundvierzig.

Fünfzig.

Einundfünfzig.

Zweiundfünfzig.

Bei Dreiundfünfzig brach ich zusammen, und als ich mich endlich hochrappeln konnte, merkte ich, dass alle stumm dastanden, einschließlich Barbagallo. Es war eine Großtat gewesen. So etwas wie: Scheiße, Mann, weißt du noch damals in der Elf, als Vallesi fünfzig Liegestütze gemacht hat? – also bitte, fast dreiundfünfzig. Ich überlegte, wie vollkommen mein Glück gewesen wäre, wenn Celeste mich gesehen hätte. Dann kam Barbagallo wieder zu sich.

»Gut gemacht, Schwulette. Fast dreiundfünfzig Liegestütze. Und ich dachte, du bist 'ne Schwulette«, schob er nach, als hätte er das nicht bereits hinreichend klargemacht. Oder vielleicht wusste er einfach nicht, was er sagen sollte. Auch er war, ohne es zu wissen, Zeuge eines außergewöhnlichen Ereignisses geworden.

* * *

Mädchen waren kein Problem für mich. Das heißt, es gab sie nicht. Die erste und einzige Freundin in meinem Leben war eine Mitschülerin in der zweiten Klasse gewesen. Und genau wie die anderen Frauen, die mir in meinem Leben noch begegnen sollten, hatte sie alles in die Hand genommen: Eines Tages hatte sie mir gesagt, dass ich von nun an ihr Freund wäre – das war eine Konstatierung, kein Vorschlag –, und ein paar Wochen darauf setzte sie mich noch lakonischer in Kenntnis, dass sie mit mir Schluss mache, weil sie jetzt mit einem anderen gehe. Ende.

Bei meinem Bruder war das anders. Er hatte seine erste Freundin mit vierzehn, und es folgten viele weitere. Er wechselte sie häufig, und oft waren sie schön. Wenn meine Eltern nicht zu Hause waren, brachte er sie mit und schloss sich mit ihnen in seinem Zimmer ein. Manchmal schlich ich an der Tür entlang und horchte angestrengt auf die Geräusche, die aus dem Zimmer drangen. Oft war Musik zu hören, die alles andere überdeckte. Doch manchmal hörte ich Getuschel, unterdrücktes Kichern und, so meinte ich, auch Stöhnen, das in mir einen Strudel aus Verlangen, Niedergeschlagenheit, Erregung, Neid und Scham auslöste. Mehrmals war ich kurz davor, durchs Schlüsselloch zu spähen. Ich tat es nie, aber nicht aus Ethik oder Anstand. Ich hatte einfach zu viel Angst, er könnte es bemerken und plötzlich die Tür aufreißen, während das kleine Ferkel spannte. Ich dachte an diese Mädchen und überlegte, dass die Welt der jungen Erwachsenen, die sich begegneten, miteinander gingen, herumknutschten, miteinander schliefen, miteinander Schluss machten und ganz lässig und vergnügt wieder von vorn anfingen, mir aufgrund meiner totalen und unabänderlichen Unzulänglichkeit auf ewig verschlossen bleiben würde.

Ein paar meiner Altersgenossen waren wie mein Bruder. Ihnen fiel alles leicht - anbaggern, die Mädchen zum Lachen bringen, mit ihnen ausgehen, knutschen, Schluss machen, von vorn anfangen. Ein paar hatten, so behaupteten sie zumindest, schon *gefickt*, und das erschien mir unfassbar, so unglaublich wie ein Sechser im Lotto oder ein Spielervertrag bei Inter oder Juventus.

Das einzige Mädchen, mit dem ich etwas zu tun hatte, war Stefania. Sie wohnte mit ihren Eltern in einem wunderschönen alten Gründerzeit-Mietshaus. Die Berberians waren eine Künstlerfamilie, was im trüben Bari der späten Sechzigerjahre ziemlich exotisch war. Der Vater entwarf und baute Möbel. Die Mutter unterrichtete an der Kunstakademie und malte.

Die Zimmerdecken waren mindestens vier Meter hoch, die Räume hell, und von überall sah man das Meer. Es roch nach Zedern, Weihrauch, Pfeifentabak (den die Mutter rauchte), Zimt und häufig auch nach frisch gebackenem Kuchen. Im Spätfrühling, wenn die Fenster offen standen und der Wind aus der richtigen Richtung kam, konnte man sogar das Meer riechen.

Stefania war Einzelkind und hatte ein riesiges Zimmer für sich allein. Eine Wand war mit einer Art Fresko geschmückt, das ihre Mutter gemalt hatte. Ich weiß nicht mehr, was es darstellte, oder vielleicht hatte ich auch nie richtig hingeschaut. Aber ich erinnere mich an die Farben - die dominierende war Indigoblau - und wie verblüfft ich war, als ich das Zimmer das erste Mal betrat. Bei uns waren Wände weiß oder cremefarben, und allein die Idee, sie mit einem Stift oder einer Farbe zu verunzieren, war unerhört.

Stefanias Bett war niedrig und bestand aus einem doppelten

Lattenrost, der auf Holzpaletten lag. Auf einem großen Schreibtisch, der, wie die meisten Möbel in der Wohnung, vom Vater gebaut worden war, lag alles Mögliche herum, Bücher, Peanuts-Hefte, eine Rolleiflex-Kamera, ein Pantograf, von Stefania gemachte und von ihrer Mutter entwickelte Schwarz-Weiß-Fotografien.

Theoretisch ging ich zum Lernen zu ihr. Das war der offizielle Grund. Tatsächlich lernten wir so gut wie nie; wir redeten, über alles Mögliche; ich brachte ihr das Gitarrespielen bei; wir lasen, zusammen oder jeder für sich.

Keine Wohnung hat mir je wieder so gut gefallen wie diese. In keiner anderen habe ich mich so frei gefühlt.

Über einem vollgestopften Bücherregal stand ein Malraux-Zitat an der Wand: »Die Heimat eines Menschen, der wählen kann, ist dort, wo sich die Wolken am weitesten ausdehnen.«

Einmal lagen wir beide nebeneinander auf dem Bett, die Hände hinter dem Kopf verschränkt, den Blick gen Decke gerichtet.

»Wenn wir mit der Schule fertig sind, gehe ich aus Bari weg«, sagte ich irgendwann.

»Und wohin?«

»Keine Ahnung, aber ich will weg von hier. Vielleicht nach Paris.«

»Und was machst du dann in Paris? Kannst du überhaupt Französisch?«

»Ist doch egal. Französisch kann man lernen, und wenn man irgendwo hingeht, lernt man die Sprache sofort. Da werde ich dann Schriftsteller.«

»Nach der Schule? Und was ist mit der Uni?«

»Okay, vielleicht studiere ich irgendwo in Italien, und dann gehe ich nach Paris. Ich suche mir einen Job und schreibe. Und du, willst du etwa in Bari bleiben?«

»Nein, ich will auch weg. Aber ich weiß nicht wohin. Vielleicht gehe ich ein bisschen hierhin, ein bisschen dahin.«

»Und was willst du machen? Stell dir vor, du hättest einen Wunsch frei, was du mal machen willst, wenn du groß bist, als Job, meine ich, was würdest du sagen?«

Ich weiß nicht, ob ich mich bewegte, um bequemer zu liegen, oder ob sie es tat. Jedenfalls lagen wir plötzlich näher aneinander, mein linker Ellenbogen über ihrem rechten.

»Fotografin«, antwortete sie, stützte sich auf den Ellenbogen und legte das Kinn in die Hand. Ich tat es ihr gleich. Jetzt waren wir uns sehr nah. Obwohl mir nicht sonderlich danach war, dachte ich, ich *müsse* es tun; diese Gelegenheit, das erste Mal ein Mädchen zu küssen, dürfe ich mir nicht entgehen lassen. Danach wäre alles anders und viel leichter. Ich dachte das nicht bewusst, aber darauf lief es mehr oder weniger hinaus. Glaube ich.

Ich kam noch ein wenig näher – sie wich nicht zurück – und drückte ihr mit himmelschreiender Unbeholfenheit einen Kuss auf die Lippen. Sie erwiderte den Kuss, nahm sich meiner Unfähigkeit an und zeigte mir behutsam, wie man es machte. Ein paar Minuten lang ließ sie mich üben, ganz sanft und völlig ungerührt. Als wir genug hatten, lächelte sie mich an, und ich lächelte verlegen zurück. Sie blickte mich auf eine Art an, die mir in Zukunft noch öfter begegnen sollte. Viele Frauen würden mich so ansehen, mit dem Ausdruck eines Menschen, der etwas weiß, was du selbst nicht weißt – und vielleicht noch nicht einmal ahnst –, und sich geduldig daranmacht, es dir zu erklären.

»Ist das dein erster Kuss?«

»Nein«, log ich hastig. Dann stammelte ich etwas von einem Mädchen, das ich vorigen Sommer kennengelernt hätte, und hoffte, sie würde mich nicht nach den Details fragen. Sie tat es nicht, sie hatte etwas anderes im Sinn.

»Du bist mein bester Freund.«

Ich wusste nicht, was ich von so einem Satz in so einer Situation halten sollte.

»Ich mag dich auch«, sagte ich, weil ich es für das Passendste und Unverfänglichste hielt.

»Aber...«

»Aber?«

»Wenn ich dir jetzt was sage, versprichst du mir, dass du es niemandem weitererzählst?«

»Klar.«

»Schwör es.«

»Ich schwöre.«

»Ich glaube, ich mag Mädchen.«

Ich brauchte einen Moment, um zu begreifen, was sie meinte.

»Wie... wie meinst du das?«

»Ich steh nicht besonders auf Jungs. Ich steh auf Mädchen.«

Ich wusste nicht, was ich sagen sollte. Das alles überstieg mein Begriffsvermögen.

»Aber sei jetzt nicht beleidigt. Das hat nichts mit dir zu tun – ich find dich toll –, sondern nur mit mir. Ich kann nichts dafür, ich steh halt auf Mädchen«, sagte sie noch einmal, als wäre die Sache nicht klar und müsste beharrlich wiederholt werden.

Als bei mir endlich der Groschen gefallen war – eigentlich gab's daran ja nicht viel zu verstehen, ich war nur total unvorbereitet –, geschah etwas Überraschendes: Ich fühlte mich befreit und erleichtert.

Stefania war ein süßes Mädchen, aber – das ging mir jetzt auf – ich fühlte mich nicht zu ihr hingezogen. Vielleicht hatte ich, ohne es zu merken, bereits gespürt, was sie mir soeben offenbart hatte. Oder vielleicht, und das war wahrscheinlicher, war es wegen Celeste. In jenen Monaten konnte ich mir beim besten Willen nicht vorstellen, mit einem anderen Mädchen zusammen zu sein, solange sie in der Welt war. Das machte mein pubertäres Gefühlsleben noch vertrackter. Ein Beispiel: Auch meine Fantasien waren zum Problem geworden. Einsame Praktiken waren nie besonders mein Ding gewesen, doch seit ich Celeste kannte, war ihre Unvermeidlichkeit beschämend. Wenn ich bestimmte Sachen machte – und sosehr ich mich auch bemühte, ich konnte mich nicht immer beherrschen –, war ich eine perverse Sau und ihrer nicht würdig. Wenn es mich also überkam, fühlte ich mich schuldig, dreckig und unglücklich, als hätte ich meine Liebe in einem schäbigen Puff betrogen.

Indem sie mir sagte, dass sie auf Mädchen stand – und dass meine Unfähigkeit somit gar keine Rolle spielte –, hatte Stefania mich von dem Druck befreit, es bei ihr versuchen zu müssen, und unsere Freundschaft somit einfacher gemacht. Außerdem würde ich jetzt sagen können, ich hätte schon Erfahrung. Ich hatte ein Mädchen geküsst, mit Zunge und allem. In den peinlichen Gruppenunterhaltungen, in denen meine Freunde ihre Storys zum Besten gaben – viel härteres Zeug, aber in diesem Moment wollte ich es nicht so genau nehmen –, würde ich nicht mehr lügen müssen.

Also gab ich Stefania noch einen Kuss, ohne Zunge, aber mit einer Selbstsicherheit, die mir gefiel, und schenkte ihr eines der wenigen unbeschwerten Lächeln meiner Jugendzeit.

»Du hast es geschworen«, sagte sie und lächelte ebenfalls.

»Ich hab's geschworen«, gab ich zurück und dachte, dass das Ganze wirklich etwas Besonderes war und dass ich dieses Geheimnis gerne teilte.

* * *

Während jenes Schuljahres starb im Februar Tante Costanza.

Ich nannte sie zwar Tante, aber genau genommen war sie die Tante meines Vaters, die Schwester eines Großvaters, den ich nie kennengelernt hatte. Also war sie eine Großtante, und wenn ich jetzt darüber nachdenke, wäre das eine perfekte Bezeichnung für sie gewesen: Großtante Costanza.

Vierzig Jahre lang hatte sie Französisch an der Mittelschule unterrichtet und sich nach ihrer Pensionierung ihrer sogenannten Berufung gewidmet: Gedichte schreiben. Sie schrieb vor allem traurige Gedichte und bei Bedarf Trauergedichte. Ihre Lieblingsthemen waren das Unglück des Lebens, vergebliche Hoffnungen und vor allem der Tod.

Ebenfalls nach ihrer Pensionierung entwickelte sie die Angewohnheit, mindestens zweimal die Woche und zu den unmöglichsten Zeiten unangekündigt bei uns aufzukreuzen, womit sie sich in kürzester Zeit ziemlich unbeliebt bei uns machte. In der Zeit zwischen ihrem Klingeln an der Haustür und ihrem Auftauchen an der Wohnungstür spielten sich bei uns die verschiedensten Dinge ab. Mein Bruder erging sich in nicht sonderlich eleganten apotropäischen Gesten und schloss sich in seinem Zimmer ein. Meine Mutter keifte, so könne es nicht weitergehen, und ihre Verwandten seien nicht so übergriffig, um nicht zu sagen, kein bisschen übergriffig und sie könne nicht mit Tante Costanza auf dem Sofa hocken, sie habe schließlich zu tun und gehe jetzt ins Arbeitszimmer, sollen wir uns doch kümmern. Mein Vater, sofern er zu Hause war, schrie zurück – doch meine Mutter war schon im Arbeitszimmer verschwunden –, er könne doch nichts dafür, außerdem sei sie doch nur eine harmlose alte Dame und was sei denn schon dabei, wenn sie ein bisschen Gesellschaft brauche. Doch binnen weniger Minuten verschwand er ebenfalls, weil er dringend im Krankenhaus oder sonst wo zu tun hatte, weit weg von zu Hause und von den Gedichten der Tante.

Und so war am Ende immer ich derjenige, der sich um sie kümmern musste. Ich hätte es niemals zugegeben – vor meiner Familie gab ich mich total genervt –, aber ich mochte Tante Costanza. Trauergedichte hin oder her, sie hatte immer interessante – zum Teil wohl erfundene – Geschichten auf Lager, die ich mir gern anhörte und die sie lebendig zu erzählen wusste.

Unsere Treffen spielten sich ungefähr wie folgt ab: Sie betrat das Wohnzimmer, ohne etwas von der wilden Flucht, die eben noch darin stattgefunden hatte, zu ahnen, und brachte ihren typischen Duft nach Zigaretten, Puder und Mottenkugeln mit.

»So, jetzt machen wir uns einen schönen Kaffee, und dann rauche ich ein Zigarettchen«, sagte sie fast immer zum Auftakt und mit einer bereits brennenden Zigarette zwischen den Fingern. Ich ging einen Kaffee kochen und brachte ihn ihr, und fast jedes Mal fragte sie mich nach etwas Süßem – hast du eine Praline, ein Plätzchen, ein Törtchen? Wenn ich verneinte, wirkte sie immer ein wenig verschnupft. Sie hatte eine Art, die Nase hochzuziehen, die klang wie: *Nun, das ist nicht die Gastfreundschaft, die einer Dame meines Ranges gebührt. Aber weil ich eben eine Dame meines Ranges bin, will ich keine große Sache daraus machen.* Tante Costanza war überdies ziemlich taub. Einmal hatte sie mich wie immer um eine Süßigkeit gebeten, und wir hatten eine Packung süße Schnitten da, also bot ich ihr eine an.

»Süßer Schnitter? Wieso kommst du mir damit?«

So verliefen die Gespräche, und vielleicht hätte ich sie notieren sollen, genauso wie ich die Gedichte, die sie mir zu lesen gab, hätte aufschreiben und die beiden Sammelbände, die sie auf eigene Kosten bei irgendwelchen heimischen Wald-und-Wiesen-Verlagen – einer hieß, wenn ich mich recht erinnere, Edition Strandpromenade – veröffentlichte, hätte aufheben sollen.

»Ich habe diese Woche zwei neue Gedichte geschrieben, willst du sie hören?«

Das war eine rhetorische Frage, außerdem hätte sie die Antwort ohnehin nicht gehört, es sei denn, ich hätte sie ihr ins Ohr gebrüllt. Die Gedichte waren sich alle ziemlich ähnlich: Unter den Bäumen stand die Zypresse bei ihr an erster Stelle; *Not* reimte sich auf *Gebot* und natürlich auf *Tod*; die Kälte der Grabsteine war eine häufige Metapher, um die Herzlosigkeit der Menschen zu versinnbildlichen.

Doch leider sind mir vom dichterischen Werk der Tante nur ein paar Verse im Kopf geblieben.

Sei's heute, morgen, gestern bloß
Ein mattes Grablicht ist unser Los.

Na ja, die Gedichte waren wirklich schlecht. Doch tatsächlich besaß Tante Costanza ein poetisches Wesen, das sich zeigte, sobald sie nicht versuchte, Dichterin zu sein. Sie *benahm* sich poetisch. Einmal, als sie wie immer eine Zigarette nach der anderen rauchte, sagte sie mir etwas, das mich zutiefst beeindruckte.

Damals hatten die Häuser noch keine Klimaanlagen. Dieses Massenphänomen kam erst viele Jahre später. Der Sommer war heiß, und wir ertrugen ihn, und es gab Tage – und Nächte –, in denen man es in der Stadt nicht aushielt und sich nur ans Meer flüchten konnte. Tante Costanza hatte ihre eigene Lösung gefunden: Sie ging in die Kirchen. Nicht, um die Messen zu besuchen oder zu beten oder zu beichten, denn Priester hatte sie schon als Kind nicht ausstehen können. Sie ging hin, weil es dort so schön kühl war und um zu lesen oder Gedichte zu schreiben. Die heißen Nachmittagsstunden über saß sie in einer Kirchenbank – allerdings brachte sie sich immer ein Kissen mit –, bis der Küster sie zum Gehen aufforderte, da die Kirche schloss. Der einzige Nachteil an den Kirchen war, so meinte sie, dass man nicht rauchen durfte. Jahre später stieß ich auf eine Novelle von Pirandello, die beinahe die gleiche melancholische und poetische Geschichte erzählte, von einem alten

Mann, der sommers in die Kirchen ging, um zu lesen und die Kühle zu genießen.

Eines Februarabends beobachtete jemand, wie Tante Costanza auf der Straße stehen blieb und sich wie bei jähem Schwindel oder plötzlicher Mattigkeit an einem Auto festhielt. Mit automatischen, allenfalls leicht zittrigen Bewegungen zündete sie sich eine Zigarette an – sie tat das stets auf sehr männliche Art, mit um das Streichholz gewölbten Händen, selbst in geschlossenen Räumen –, sackte kurz darauf auf die Motorhaube und dann zu Boden.

Vielleicht merkte sie es noch nicht einmal. Sie nahm den letzten Zug ihres Lebens und verschied.

Als ich es erfuhr, reagierte ich völlig unerwartet. Ich tat so, als wäre nichts, schloss mich in mein Zimmer ein und weinte. Hätte mir jemand gesagt, dass ich um Tante Costanza weinen würde, ich hätte es nicht geglaubt, und ich achtete tunlichst darauf, dass niemand aus meiner Familie es merkte. Zum ersten Mal in meinem Leben wurde mir herzzerreißend deutlich bewusst, dass Dinge tatsächlich und unwiderruflich enden.

8

Du und dein Bruder seid auf einem Balkon und spielt Ball.

Ihr habt einen Super Tele, einen von diesen billigen, leichten, unberechenbaren Plastikfußbällen. Das Spiel besteht darin, sich den Ball zuzuwerfen, ohne dass er den Boden berührt. Man darf den Kopf, das Bein oder die Brust einsetzen, und es wird so lange gezählt, bis der Ball fällt. Ihr seid schon eine Weile dabei, und je mehr Zeit vergeht, desto unruhiger wirst du. Dein Bruder hingegen ist ganz entspannt, seine Treffer sind sicher und genau, er bewegt sich geschickt und geschmeidig. Irgendwann springt er auf das Geländer und steht darauf, ohne die Balance zu verlieren. Du wirst starr vor Schreck, als du ihn dort oben über dem Abgrund siehst. Du willst ihm zuschreien, er soll sofort runterkommen, denn sonst ist er in null Komma nichts *tot.* Doch du bringst keinen Ton heraus, und dein Bruder schießt dir den Ball mit einem Kopfstoß zu, du musst also weiterspielen. Du triffst mit dem rechten Innenfuß und versuchst, so genau wie möglich zu zielen. Angelo nimmt den Ball mit der Brust an, kickt ihn ruhig mit den Knien hin und her und spielt ihn zurück. Er ist *verrückt geworden*, denkst du und merkst, wie dein Atem kürzer, die Muskeln steifer und die Bewegungen schwerer und langsamer werden. Trotzdem schickst du den Ball irgendwie zurück, doch diesmal ist der Schuss unsauber und verfehlt sein Ziel. Auf dem Boden wäre das kein Problem, ein kleiner Sprung zur Seite würde genügen. Doch Angelo balanciert auf einem Geländer. Er versucht trotzdem, an den Ball zu kommen, der ins Leere segelt. Die Szene wird langsamer, eine endlose, beklemmende Zeitlupe, bis Angelo vor deinen geschockten Augen *das Gleichgewicht verliert und fällt.*

In dem Moment bemerkst du deine Eltern. Sie sind auch auf dem Balkon, haben die ganze Szene mit angesehen und starren dich nun stumm und traurig an. Dann drehen sie sich um und treten ans Geländer. Du rennst davon – du kannst nicht hinuntersehen, dein Bruder reglos auf dem Bürgersteig – und denkst, du warst nicht schnell genug. Du warst nicht schnell genug. Du warst nicht schnell genug.

Die Panik und das Gefühl einer unumkehrbaren Katastrophe sind auch nach dem Aufwachen noch da und vergehen erst, als du das Bett verlässt. Du weißt, es ist kindisch und abergläubisch, doch das Erste, was du tust, ist zum Telefon greifen und deinen Bruder anrufen. Sein Handy ist aus. Es wird nichts sein, sagst du dir. Um diese Zeit ist Angelo im Krankenhaus und macht seine Visite. Mühsam unterdrückst du einen Schwall unguter Gedanken und hinterlässt eine Nachricht. Hallo, ich bin's, rufst du mich an, wenn du kannst?

Dann gehst du frühstücken, und diesmal ist die Küche nicht leer und still. Zwei dänische Touristinnen sind da, um das Land des Olivenöls und die coolste Gegend Italiens zu erkunden. Genauso drücken sie sich aus: *land of olive oil and the coolest region in Italy*, was in deinen Ohren total schräg klingt, denn für eine *cool region* hast du die Gegend, aus der du vor Jahren geflohen bist, noch nie gehalten.

Die Däninnen entsprechen nicht dem Klischee der nordischen Schönheiten. Beide sind klein, weder hübsch noch hässlich, unscheinbar und sehr gesellig. Vielleicht zu gesellig, und an diesem Morgen bist du nicht in Plauderlaune. Also wechselst du ein paar Floskeln, gibst ein paar Sightseeingtipps – sie müssen nach Castellana fahren und sich die Höhlen ansehen, zur Pinakothek nach Barletta, nach Alberobello, möglichst nachts, wegen der Trulli, und nach Castel del Monte, wegen der Burg Friedrichs des II., eines der rätselhaftesten Bauwerke der Geschichte –, kochst dir einen doppelten Espresso und nimmst ihn zusammen mit einem Stück nach Orange und Zimt duftenden Ricottakuchen mit auf dein Zimmer. Gewissenhaft isst du es auf, bis zum letzten Krümel, trinkst deinen Kaffee und hörst, wie ein Stockwerk über dir jemand anfängt, Klavier zu spielen. Das Stück kommt dir bekannt vor, doch du weißt nicht, wie es heißt. Dir gefällt diese gedämpfte Begleitmusik. Sie leistet dir Gesellschaft und lindert die Unruhe. Manchmal ist man doch nicht allein auf der Welt.

Du schaltest den Computer ein, hockst dich auf die Bettkante und tippst bei Google *Salvatore Scarrone* ein. Die Suchmaschine reagiert sofort und sagt dir, was du eigentlich schon wusstest. Ende der Siebziger bis Ende der Achtziger war Salvatore Scarrone in verschiedenen Untergrundorganisationen der militanten Linken aktiv. Er war für mehrere Schussverletzungen und zahlreiche Raubüberfälle verantwortlich und wurde, auch wegen Zugehörigkeit zu einer bewaffneten Bande, zu einer Gesamtstrafe von vierzehn Jahren verurteilt, die er nach einer kurzen Flucht ins Ausland verbüßte. Er hat nie mit der Justiz kooperiert. Ein paar Jahre später war er abermals in eine Reihe Überfälle auf Postämter, Juweliere und Geldtransporter verwickelt, diesmal ohne jeden politischen Hintergrund. Seit weniger als einem Jahr hatte er im offenen Vollzug gelebt.

Das Ende kennst du bereits und willst es nicht noch einmal lesen. Du würdest gern etwas über ihn erfahren, darüber, was er in all diesen Jahren getrieben hat, abgesehen von dem gewalttätigen Leben, das von Anfang an seine Bestimmung zu sein schien. Du würdest gern wissen, wie sein *normales* Leben außerhalb des Knasts aussah – wenn er denn eines hatte – und ob er so geendet ist, weil er keine andere Wahl hatte, oder ob er es seit jeher auf diesen Tod abgesehen hatte. Das ist dein Verdacht.

Um das herauszufinden, müsste man mit jemandem reden, der ihm nahestand. Mit einer Frau, Kindern, Freunden, wenn es denn welche gibt. Oder mit Komplizen. Das Wort hallt metallisch durch deinen Kopf. Komplizen. Einer mit so einem Leben hatte vielleicht eher Komplizen als Freunde. Was für ein billiger Satz, was für ein banaler Gedanke. Was weißt du schon von so einem Leben, abgesehen von Klischees und Gemeinplätzen?

Vielleicht war Salvatore auf Facebook oder Twitter, sagst du dir. Schwachsinn, verwirfst du den Gedanken sofort. Ein Berufsverbrecher hat normalerweise kein Twitter- oder Facebook-Profil. Normalerweise? Von welcher Normalität redest du? Könntest du bitte aufhören, so einen Blödsinn zu verzapfen, auch wenn du nur mit dir selbst redest? Stimmt, du redest mit dir selbst, war dir gar nicht aufgefallen. Sicherheitshalber schaust du auf Twitter und Facebook nach. Es gibt verschiedene Salvatore Scarrones, aber nicht den, den du suchst, also Schluss jetzt mit diesen brillanten digitalen Ermittlungen.

Du willst gerade den Computer zuklappen, da fällt dir noch eine kleine Internetrecherche ein. Celeste. Vielleicht findest du sie. Du bist dir nicht sicher, ob das eine gute Idee ist. Wie alt wird Celeste jetzt wohl sein? Fünfundfünfzig, sechsundfünfzig vielleicht. Sechsundfünfzig ist näher an sechzig als an fünfzig. Als Kind kamen dir sechzigjährige Leute bereits alt vor. Du solltest es vielleicht lassen. Wie hieß Celeste noch mit Nachnamen? Belforte, genau, Belforte war ihr Nachname. Also gut, jetzt gibt's kein Zurück mehr. Du tippst *Celeste Belforte* und merkst, dass du zwischen dem Drücken der Enter-Taste und dem Erscheinen der ersten Suchseite mit den blauen Überschriften den Atem angehalten hast. Es gibt keine Namensvettern, bis auf einen Mann – Celeste, ungewöhnlicher Name für einen Kerl. Prof. Celeste Belforte ist Ordinarius für Sprachphilosophie an der Universität Bari, hat verschiedene Bücher veröffentlicht, an verschiedenen Universitäten in den Vereinigten Staaten gelehrt und verfügt offenbar auch über einen Facebook-Account. Das Profilbild ist kein Foto, aber es ist wie ein Foto oder noch besser: Es ist ihr wie aus dem Gesicht geschnitten. Es handelt sich um ein Modigliani-Gemälde – *Bildnis der Jeanne Hébuterne* –, und die Ähnlichkeit dieses Porträts mit deinen fernen Erinnerungen ist verblüffend und verstörend.

In dem Moment klingelt das Telefon. Es ist die Nummer einer Telefonzentrale.

»Hallo?«

»Enrico?«

»Ja?«

»Ich bin's, Angelo ...«

»Ah, von wo rufst du an?«

»Aus der Klinik. Ich hab gesehen, dass du angerufen hast, ich war auf Visite.«

Du zögerst einen Moment, was deinem Bruder nicht entgeht. Er hat sich wirklich sehr verändert. Oder vielleicht, und das ist wahrscheinlicher, hast du ihn nie richtig gekannt.

»Alles in Ordnung?«

»Ist vielleicht blöd, aber ich hatte einen üblen Traum ... ich wollte nur sichergehen, dass alles okay ist.«

»Ein Traum von mir?«

»Ja.«

»Ist mir was passiert?«

»Ja, aber du warst noch ein Junge. Entschuldige, in letzter Zeit lässt mein Realitätssinn ein wenig zu wünschen übrig. Da warst du, und auch Mama und Papa waren da, beim Aufwachen war ich ein bisschen durcheinander.«

Dein Bruder macht eine Pause und scheint über das eben Gehörte nachzudenken. In dem Moment kommt dir eine Idee.

»Wie lange bleibst du noch in Bari?«, fragt er. »Hast du dich entschieden?«

»Bestimmt noch ein paar Tage.«

»Wieso wohnst du nicht bei uns? Wir haben jede Menge Platz.«

»Danke, ich bleibe lieber in der Stadt, aus verschiedenen Gründen. Aber bevor ich fahre, sehen wir uns auf jeden Fall noch. Und ich wollte dich was fragen.«

»Schieß los.«

»Irre ich mich, oder hattest du einen Klassenkameraden, der zur Polizei gegangen ist?«

»Du irrst dich nicht. Peppino Ciliberti, der ist stellvertretender Polizeipräsident.«

»Habt ihr noch was miteinander zu tun? Könntest du ihn um einen Gefallen bitten?«

»Bei allem, worum der mich bittet? Der lässt sich und seine Familie nebst Freunden und Kollegen alle naselang durchchecken. Klar kann ich den um was bitten.«

Dann hält er inne. Ein zögerndes Schweigen liegt in der Leitung.

»Du hast doch keinen Scheiß gebaut, oder?«

»Nein, ach was!«, sagst du und überlegst, dass die Frage dich unverhältnismäßig froh stimmt, dass es dich freut, jemand zu sein, der noch Scheiße bauen kann. »Ich muss ihn nur ein paar Sachen fragen. Könntest du ihm sagen, dass ich ihn gern treffen würde?«

9

Der Wachmann vor dem Präsidium ist ein Fettsack um die vierzig mit langem Haar, das strähnig unter seiner Mütze hervorschaut. Er fragt dich, wo du hinwillst, und duzt dich dabei. Als du sagst, Dottor Ciliberti erwartet dich, vollzieht sich an ihm eine unmerkliche Wandlung. Er wechselt zum Sie und geleitet dich in eine Art Portierloge, in der ein zweiter Polizist dich zu warten bittet, jemanden anruft und sagt, dass die von Dottor Ciliberti erwartete Person eingetroffen sei.

»Sie werden gleich abgeholt«, sagt er nach dem Auflegen. Zwei Minuten später taucht tatsächlich ein Herr um die sechzig in Jackett und Krawatte auf. Irgendetwas an seiner Kleidung stimmt nicht ganz, doch du kommst nicht drauf, was. Es ist der Obermeister Barile, und er wird dich, so sagt er, zum *Dottore* bringen, der dich erwartet. Ihr nehmt einen Aufzug, geht verschiedene Flure entlang, steigt Treppen hinauf, durchquert Türen – *ich geleite Sie*, entschuldigt Barile sich jedes Mal und geht vor –, und als du dich schon fragst, ob ihr vielleicht aus irgendwelchen unerfindlichen Gründen im Kreis lauft, steht ihr vor Cilibertis Büro.

»Der Dottore erwartet Sie«, sagt Barile noch einmal, nachdem er, wie dir scheint, seltsam förmlich angeklopft hat, und öffnet dir die Tür.

Ciliberti sieht genauso aus, wie du ihn in Erinnerung hattest: klein, dünn, olivenfarbener Teint. Wenn man's ganz genau nehmen will: Seine Haut ist jetzt *eindeutig* dunkel, was auf viel Zeit an der frischen Luft oder dauernde Solariumbesuche schließen lässt. Ohne besonderen Anlass glaubst du, dass die zweite Vermutung wohl eher zutrifft.

»Mein lieber Enrico, wie schön«, sagt er übertrieben herzlich, drückt dir die Hand und deutet auf ein Sofa.

»Danke, das war sehr nett von Ihnen, sich ein paar Minuten Zeit für mich zu nehmen…«

»Wie bitte, siezt du mich etwa?«

»Ach so, nein, natürlich nicht. Ich wollte mich erst mal bedanken, dass du die Zeit gefunden hast, mich zu sehen…«

»Es ist mir eine Freude und, ehrlich gesagt, auch eine Selbstverständlichkeit. So, wie ich deinem Bruder auf die Nerven falle. Sollen wir uns Kaffee bringen lassen? Ich bin schon bei meinem fünften heute, aber seit ich aufgehört habe zu rauchen, blickt man nicht mehr durch. Zum Glück werde ich wenigstens nicht dick.«

Der beflissene, zu diesem Behuf gerufene Barile kümmert sich auch um den Kaffee nebst Praline auf dem Unterteller. Am liebsten würdest du gleich zur Sache kommen, doch offenbar versinkt Ciliberti nicht in Arbeit und ist zum Plaudern aufgelegt.

»Du kannst dir gerne eine Zigarette anmachen. Ich habe zwar aufgehört, aber riechen tue ich's noch immer gern.«

»Nein, danke. Ich hab auch aufgehört.«

»Wusstest du, dass meine Frau ein paar von deinen Büchern gelesen hat? Sie ist ein Fan von dir.«

Du verkneifst dir eine unnötige Berichtigung: Die Verwendung des Pronomens *ein paar* ist ungenau, oder besser, falsch, schließlich hast du nur ein einziges Buch geschrieben.

»Sie liest wahnsinnig viel, das würde ich auch gern, aber leider finde ich bei all der Arbeit nie die Zeit dazu.«

Du zwingst dich zu einem Lächeln und blinzelst auf den

glänzenden, gänzlich leeren Schreibtisch. So viel zu all der Arbeit.

»Aber kommen wir zum Anlass deines Besuches. Was kann ich für dich tun?«

Du sagst es ihm. Du weißt, dass das eine etwas merkwürdige Bitte ist, aber du fragst dich, ob es wohl möglich ist, die persönliche Akte – so nennt man das doch? – von einem gewissen Salvatore Scarrone einzusehen, einem ehemaligen Terroristen, der vor ein paar Tagen während eines Überfalls auf einen Geldtransporter bei einem Schusswechsel ums Leben gekommen ist. Du nimmst an, er ist über die Sache im Bilde.

Als du fertig bist, geht dir auf, dass du sehr schnell geredet hast, um deine Befangenheit zu überspielen. Ciliberti sieht verdutzt aus, und dir kommt der Gedanke, dass deine Bitte vielleicht illegal ist. Anstiftung zum Verstoß gegen das Berufsgeheimnis oder so.

»Und wozu brauchst du diese Unterlagen?«

Du lächelst und versuchst so entspannt wie möglich rüberzukommen. Mit der Frage hattest du gerechnet und dir eine möglichst glaubhafte Antwort zurechtgelegt. Du sammelst Informationen und Unterlagen für einen künftigen Roman. Das ist natürlich gelogen. Es gibt keinen künftigen Roman, und du hast keine Ahnung, weshalb du nach zwei aus der Zeit gefallenen Tagen, die dir an diesem Morgen wie Monate erscheinen, hier sitzt. Doch während du ihm deine Lüge auftischst, kommt sie dir wie die Wahrheit vor. Eine derart heftige Wahrheit, dass sie fast nicht zu ertragen ist, wie ein Elektroschock oder eine unerwartete Entdeckung.

Ciliberti seufzt.

»Was die Verfahrensunterlagen zu dem Raubüberfall und der Tötung dieses Typen angeht, ist leider nichts zu machen. Die Ermittlungen laufen noch, und wir wissen nicht, wie lange sie dauern werden. Selbst wenn ich die Einsatzkollegen um die Unterlagen bäte, würde das für Schwulitäten sorgen. Was das Archivmaterial angeht, kann ich vielleicht was machen.«

Zu deiner eigenen Überraschung antwortest du wie ein unterwürfiger Dienstbote.

»Danke, das weiß ich sehr zu schätzen. Alles, was du für mich tun kannst, hilft mir weiter.«

»Aber wir müssen einen Pakt schließen«, fügt Ciliberti mit verschmitztem Lächeln hinzu.

»Was für einen Pakt?«

»Ich suche dir alles raus, was ich zu diesem Exterroristen finde. Aber das kostet mich ein paar Stunden, das heißt, du musst später wiederkommen. Als Gegenleistung will ich ein Exemplar deiner Bücher mit Widmung, für meine Frau.«

Deiner Bücher ist falsch, Ciliberti. Ich habe nur ein verdammtes Buch geschrieben. Der korrekte Satz muss lauten: ein Exemplar *deines Buches.*

Das behältst du für dich. Du lächelst ausdruckslos und sagst, liebend gern – du hasst den Ausdruck *liebend gern* – bringst du ihm ein Exemplar deines Buches mit und widmest es seiner Frau.

»Wunderbar«, sagt Ciliberti, steht auf und bringt dich zur Tür. »Dann rufe ich an, sobald ich etwas für dich habe. Hast du heute Morgen was vor?«

Du sagst, du hast nichts vor, du machst einen Spaziergang und kommst wieder, sobald er etwas für dich hat.

»Ach, du Glücklicher. Das Schriftstellerleben ist schon schön.«

Aber sicher, wunderschön.

Du wirst wieder Bariles Obhut anvertraut, der dich den ganzen Irrweg zurück durchs Präsidium geleitet und vor die Tür bringt, wo derselbe Wachmann von vorhin steht, doch diesmal grüßt er dich und hebt die Hand ans Visier.

Du hast keine Ahnung, wie viel Zeit du rumbringen musst. Eine leise, flimmernde Unruhe erfasst dich, wie wenn einem ein unliebsamer Gedanke durch den Kopf schießt und ein flaues Gefühl hinterlässt. Um sie loszuwerden oder zumindest nicht größer werden zu lassen, machst du dich entschlossen, aber ohne bestimmtes Ziel auf den Weg Richtung Stadtzentrum und versuchst dich auf den Takt deiner Schritte zu konzentrieren.

Du näherst dich dem Petruzzelli-Theater und überlegst, dass du gern einen Blick hineinwerfen würdest – das letzte Mal, dass du dort gewesen bist, war vor dem Brand –, als du an einem Laden vorbeikommst, in dem Gitarren verkauft und repariert werden. Du hast ihn noch nie gesehen und fragst dich, wie lange es den wohl schon gibt. Im Schaufenster steht nur eine Fender, perlmuttfarben, wunderschön. Du gehst hinein, der Laden liegt ein paar Stufen unter dem Straßenniveau, ist schummrig beleuchtet und vollgestopft mit den unterschiedlichsten Gitarren; es sieht eher aus wie eine Werkstatt. Hinter dem Tresen steht ein Typ Mitte fünfzig, hager, mit großem grauen Schnurrbart und einem viel zu weiten schwarzen Iron-Maiden-T-Shirt. Er stimmt gerade eine Elektrogitarre, scheinbar auch eine Fender, aber weniger schön als die im Fenster.

»Darf ich mich umsehen?«

Der Typ blickt auf und starrt dich an, als hättest du ihn gefragt, ob du in seinen Laden pinkeln darfst.

»Kenne ich dich?«, fragt er schließlich.

»Ich glaube nicht«, antwortest du und musst unwillkürlich grinsen.

»Du siehst aus wie ein Klassenkamerad von mir.«

»Auf welcher Schule warst du?«, fragst du, und dich beschleicht der Verdacht, er könnte tatsächlich ein Klassenkamerad von dir sein, dermaßen gealtert, dass du ihn nicht erkennst.

»Auf dem Salvemini. Du auch, oder?«

»Ich war auf dem Flacco.«

Du belässt es dabei. Der schmächtige Schnauzbart scheint ein Freak zu sein, und bei Freaks sagt man besser kein Wort zu viel. Man weiß nie, wozu das führen kann. Du schaust dich um: Es gibt Elektrogitarren, Akustikgitarren, klassische Gitarren, zwölfsaitige Gitarren, Folkgitarren, Jazzgitarren, E-Bässe, Banjos, Mandolinen, Ukulelen. Alles. Als Junge wärst du in so einem Laden schier durchgedreht.

»Du darfst sie ruhig anfassen, wenn du willst. Das ist ein Anarcho-Laden«, sagt der Typ. Du weißt nicht genau, was *Anarcho-Laden* heißen soll. Vielleicht darfst du sie nicht nur anfassen, sondern einfach eine mitnehmen, ohne zu bezahlen? Du bist kurz davor, ihn zu fragen, aber der Schnauzbart sieht nicht so aus, als würde er Spaß verstehen, also lässt du es bleiben. Du greifst nach einer schönen Gibson, die der ähnelt, die du als Kind hattest. Du hebst sie hoch, sie scheint leichter zu sein als die aus deiner Jugend, und als du nach ein paar Akkorden suchst, merkst du, wie weich und empfindlich deine Fingerkuppen geworden sind. Der Satz flammt in deinem Hirn auf wie eine Leuchtreklame: *Deine Fingerkuppen sind weich geworden.* Muss wohl eine Metapher sein. Gitarre spielen ist was für harte Jungs. Schreiben auch. Vielleicht bist du einfach nicht hart genug, weder für das eine noch für das andere.

»Spielst du?«, fragt der Anarchist.

»Ein bisschen, aber das ist lange her.«

»Was hast du so gespielt?«

»Alles Mögliche. Ich hab gern gesungen.«

»Erinnerst du dich noch an das hier?« Er stimmt ein paar unverwechselbare Akkorde an.

»*Wish You Were Here.*«

Er nickt und zupft mit seinem Plektron nachlässig weiter.

»Großartiges Stück.«

»Fantastisch.«

»Kennst du die Story?«

»Welche Story?«

»Die Story von diesem Stück.«

»Wenn ich mich nicht irre, haben sie das für Syd Barrett geschrieben, der die Gruppe verlassen hat und verrückt geworden ist.«

Jetzt grinst er dich an: Du hast den Test bestanden und darfst jetzt sein Freund sein.

»Magst du Vinyl?«

»Klar.«

»Wenn du hinten durchgehst«, er deutet zu einem Hinterzimmer, »findest du einen Haufen guter Sachen. Auch einen Haufen Scheiße, um ehrlich zu sein, aber von irgendwas muss man ja leben.«

Das Hinterzimmer ist ein kleines Kabuff, in dem sich die mit 33er- und 45er-Platten vollgestopften Regale biegen. Ein durchdringender Metallgeruch liegt in der Luft, und das Ganze hat etwas Unterirdisches, Illegales. Es gibt wirklich alles, einschließlich eines Regals mit Liedermachern und einer überraschenden Abteilung für Siebzigerjahre-Italopop, dazu alles, was die Rockmusik von ihren Anfängen bis zum Ende des Vinyls hervorgebracht hat. Eine geschlagene Viertelstunde lang kramst du begeistert überall herum, ehe du beschließt, die Single von *Dancing in the Dark* zu kaufen. Du bringst sie zu deinem bärtigen Freund an die Kasse, zahlst einen nicht gerade anarchischen Preis und gehst mit dem Gefühl, dass dir irgendetwas an diesem Ort und diesem Typen entgangen ist.

Der nächste Halt ist eine Buchhandlung, schließlich musst du deinen Roman für Cilibertis Frau kaufen. Du machst dich auf den Weg zur nahe gelegenen Feltrinelli-Buchhandlung, trittst zielsicher ein, wobei du dir ein wenig albern vorkommst, steuerst auf die Belletristik-Regale zu und findest sofort ein Exemplar deines Romans, sodass du dich glücklicherweise nicht an einen Verkäufer wenden musst. Endlich kannst du dich entspannen, denn offenkundig beachtet dich niemand, und nimmst auch einen Stoffrucksack, ein Notizbuch – seit einer Ewigkeit hast du dir kein Notizbuch mehr gekauft – und ein paar Stifte mit.

Überraschend unbeschwert schlenderst du zwischen den Büchern umher, als ein plötzlicher Impuls dich übermannt: zur Bar der Buchhandlung zu gehen, dich an einen Tisch zu setzen und ein paar Sätze aus deinem Roman abzuschreiben. Kurz entschlossen begibst du dich dorthin, isst ein Brötchen, trinkst ein Bier und hast gerade dein neues Notizbuch neben deinem alten Buch aufgeschlagen, da ruft Ciliberti an.

Zwanzig Minuten später bist du wieder im Präsidium. Barile erwartet dich bereits am Eingang, zum dritten Mal läufst du durch das Labyrinth und betrittst das Zimmer des stellvertretenden Polizeipräsidenten.

»Ich habe dir zusammengesucht, was ich konnte«, sagt er und hält dir einen gelben, mit Klebeband verschlossenen Umschlag hin. Du steckst ihn in den Rucksack und ziehst daraus das versprochene Buch hervor.

»Ist die Widmung drin?«

»Wie heißt deine Frau?«

»Marianna.«

Widmungen für Leute, die du nicht kennst, hast du schon immer gehasst – was schreibt man jemandem, den man nicht kennt? –, aber eine bange Gereiztheit hat dich erfasst, und du willst nur noch weg. Also stellst du dich an den Schreibtisch und kritzelst: *Für Marianna, von Herzen.*

Du setzt das Datum darunter, unterschreibst, drückst Ciliberti das Buch in die Hand, er bedankt sich, du bedankst dich, ihr gebt euch die Hand, und endlich kannst du gehen, keine Ahnung, wohin.

Enrico

Über die Jahre habe ich mich gelegentlich gefragt, ob es Celestes Schönheit beziehungsweise meine Verliebtheit war, die den Reiz ihres Unterrichtes ausmachte.

Jedes Mal, wenn ich mir ihre Stunden ins Gedächtnis rief, kam ich zu dem gleichen Ergebnis: Das Gegenteil war der Fall.

Es war Celestes Gabe, unerwartete Aufhänger für ihre Themen zu finden und zu überraschenden Lösungen zu kommen, die sie noch schöner machte, als sie ohnehin schon war. Die Anmut ihrer Ausführungen entwickelte einen derart verführerischen Sog, dass es dem Verstand unmöglich war, sich ihm zu entziehen.

Eines besonders düsteren Tages erzählte sie uns - scheinbar streng nach Lehrplan - von Platon und dem Höhlengleichnis.

»In seiner *Politeia* stellt sich Platon Menschen vor, die von Kindheit an in einer tiefen Höhle in Ketten gehalten werden und so festgebunden sind, dass sie nur auf die vor ihnen liegende Höhlenwand blicken können. Hinter den Gefangenen brennt ein großes Feuer, und zwischen dem Feuer und den Gefangenen verläuft ein erhöhter Weg. Auf diesem Weg gehen Menschen entlang und tragen unterschiedliche Gegenstände mit sich, deren Schatten vom Licht des Feuers auf die Höhlenwand geworfen werden.«

Sie nahm ein Blatt Papier, das sie beim Hereinkommen aufs Pult gelegt hatte, kam zwischen die Bänke und hielt es hoch: Es war eine Schwarz-Weiß-Zeichnung - vielleicht die Kopie einer Lithografie -, die das platonische Gleichnis darstellte.

»So ist es vielleicht verständlicher. Die Gefangenen sehen die Schatten, hören das Stimmenecho der Vorübergehenden und glauben, die Schatten machten die Geräusche. Da sie keinerlei Ahnung von der Außenwelt haben, sind sie überzeugt, dass die Schatten und das Echo die Wirklichkeit sind und nicht nur ein Abglanz derselben. Stellen wir uns nun vor, einer der Gefangenen würde befreit und verlässt die Höhle. Anfangs wäre er vom Licht geblendet – schließlich hat er immer in Dunkelheit gelebt –, aber nach ein paar Minuten würde er die Dinge, die Menschen und die Umgebung immer besser erkennen und am Ende begreifen, dass dies die Wirklichkeit ist und nicht das bis dahin in Ketten im Dunkel der Höhle Wahrgenommene.«

Sie blies sich die Strähne aus der Stirn und sah uns an. Alle hörten zu, wenn auch mit den unterschiedlichsten Mienen, von brennend interessiert bis ratlos. Was für einen wunderschönen Hals sie hat, dachte ich. Lang, anmutig, stark.

»Alles klar so weit? Gibt es Fragen?«

Micunco hob die Hand. Er war ein schüchterner, stumpfsinniger Streber, der so gut wie nie redete oder lächelte.

»Bitte«, sagte Celeste.

»Wie können die denn essen, die Gefangenen? Und wie gehen sie aufs Klo?«

Ein Lachen ging durch die Klasse, auch wenn Micunco bestimmt nicht witzig sein wollte und rote Flecken im Gesicht bekam. Ich war total genervt. Solche Schwachsinnsfragen waren einfach respektlos. Wieso hält Micunco nicht die Klappe?, dachte ich entrüstet und war drauf und dran, etwas Sarkastisches zu erwidern, doch Celeste war schneller als ich.

»Ihr lacht, aber Micuncos Frage ist gut, weil sie uns auf ein paar wichtige Punkte bringt. Es ist natürlich klar, dass es auf solche Fragen keine plausiblen Antworten geben kann, da es sich hierbei nicht um eine Erzählung handelt – und sei es nur ein

Märchen –, sondern um ein Gleichnis, anders gesagt: um eine Aneinanderreihung von Metaphern. Die Erzählung – ein Roman, eine Kurzgeschichte, ein Zeitungsartikel – muss wahrhaftig oder zumindest plausibel sein. Die Metapher und das Gleichnis nicht, sie zielen lediglich auf Verstand und Gefühl. Sie dienen dazu, abstrakte, schwer fassbare Ideen zu erklären und verständlich zu machen, wie bei Platons Ideenlehre. Doch darf man von Metaphern nicht das Gleiche erwarten wie von Erzählungen.«

Das Stück schwarzer Himmel vor dem Klassenfenster wurde von einem plötzlichen, nahen Blitz erhellt. Celeste hielt inne, und wir alle saßen abwartend da. Dann erscholl mit einem trockenen, gellend lauten Krachen der Donner, als wäre direkt neben uns etwas Gewaltiges zu Bruch gegangen. Als die Fensterscheiben aufgehört hatten zu beben, nahm Celeste ihren Unterricht wieder auf.

»Wenn ich in einem Roman lese, dass jemand seit seiner Kindheit angekettet in einer Höhle lebt, habe ich das Recht, mich zu fragen – und der Autor *muss* eine Antwort darauf haben, auch wenn er sie nicht geschrieben hat –, wer ihm zu essen bringt, wo er seine Notdurft verrichtet und was sonst noch alles mit seiner Figur los ist. Denn Geschichten sind ein Stück Welt – wirkliche Welt im Falle des Zeitungsartikels, fiktive Welt im Falle des Romans. Die Metapher hingegen – ich verwende jetzt nur diesen Begriff, denn das Gleichnis ist eine mehrfache, fortgesetzte Metapher – ist kein Stück Welt, sie ist ein Mittel, um eine Idee zu umreißen, sie ist eine bildhaft übertragene Idee, eine analogisch erklärte Idee, wobei man sich der Ähnlichkeit dieser Idee mit etwas aus der wirklichen Welt bedient, das wir wahrnehmen können. Wer kann mir ein Beispiel für eine Metapher geben? Abgesehen vom Höhlengleichnis.«

»Das Feuer der Leidenschaft?«, sagte ich, fast ohne es zu merken, und biss mir sogleich auf die Zunge.

Sie machte ein paar Schritte auf mich zu und musterte mich mit, so schien mir, bewundernder, zärtlicher und zugleich spöttischer Miene.

»Gut, Vallesi. Sehr gute Antwort. Wer liebt, verbrennt nicht wirklich – es hat also keinen Sinn, uns zu fragen, ob wir in den Flammen sterben können –, aber zwischen der Leidenschaft und dem Feuer gibt es Analogien. Wir verwenden das Bild des Feuers, um von der Hitze und der zerstörerischen Kraft der Leidenschaft zu sprechen. Das Feuer ist somit die Metapher für die Leidenschaft. Bist du verliebt, Vallesi?«

Ich wurde rot. Ich wollte etwas Lustiges oder Geistreiches erwidern, doch es gelang mir nicht. Ehe sie sich umdrehte und weiterredete, warf Celeste mir einen letzten, womöglich bedeutungslosen Blick zu, der mir jedoch wie ein Zeichen des Einvernehmens erschien und mein Herz fast platzen ließ.

In dem Moment fielen die ersten Regentropfen und steigerten sich sofort zu einem penetranten, beharrlichen Prasseln. Es war Winter, unsere Welt war grau und bisweilen düster, doch ich war glücklich. Mir war, als wären Celeste und ich allein an einem wunderschönen, mir nur schemenhaft bewussten Ort – Meer bei Sonnenuntergang, kühle Brise, die uns angenehm erschaudern ließ, Düfte und ferne Musik –, an dem die Regeln des Alltags, Konventionen, Altersunterschiede und all das nicht galten. Das Feuer der Leidenschaft gebiert seltsame Dinge.

»Also, Micunco, wir müssen uns nicht fragen, wie die Angeketteten essen oder aufs Klo gehen, weil sie keine erzählerischen, sondern metaphorische Figuren sind. Das Höhlengleichnis dient dazu, eine abstrakte Idee – die Ideenlehre – mittels eines genialen und konkreten Bildes zu erklären. Oder besser: mittels einer *Abfolge* genialer und konkreter Bilder. Im platonischen Mythos stehen die Gegenstände außerhalb der Höhle für die Ideen, die der Mensch nur wahrnimmt und erkennt, wenn er sich von den Ketten der *Doxa* – der Meinung – befreit, die für Platon die ursprünglichste und trügerischste Bewusstseinsform ist. So wie die Angeketteten, die nur die Schatten sehen und die Echos hören. Auch das sind alles Metaphern, ebenso wie die der Sonne, die für das Gute steht, die oberste Entität im Ideensystem.«

Celeste redete noch lang über Platon, über seine Philosophie und wie sie über Jahrhunderte die Geschichte des Denkens geprägt hatte. Doch nichts von alldem beeindruckte mich so heftig wie das, was sie über Metaphern und Erzählungen gesagt hatte. *Geschichten sind ein Stück Welt.* Dieser Satz erschien mir wie eine in aller Öffentlichkeit gemachte Offenbarung, die jedoch nur mich erreichte, als wollte sie mir einen Weg weisen.

An jenem Morgen waren mir Dinge klar geworden – übers Schreiben, über Geschichten, über mich selbst –, die ich nie mehr vergessen sollte.

Enrico

Auch während der Weihnachtsferien, als fast niemand dort war, ging ich jeden Nachmittag zum Italien-Kuba-Verein. An manchen Tagen waren Salvatore und ich allein, und das Training wurde zur Privatstunde. Hin und wieder rutschte ihm heraus, dass ich sehr schnelle Fortschritte machte und in kaum zwei Monaten die ältesten Schüler eingeholt hätte. Ich selbst war davon am meisten überrascht, aber es stimmte, ich lernte schnell und schien für diese namenlose Disziplin ein Naturtalent zu sein. Einmal, am Ende einer Trainingseinheit, fragte ich ihn, was genau das eigentlich sei, was er da unterrichtete.

Er antwortete nicht sofort.

»Das darfst du nicht herumerzählen. Ist das klar?«

»Logisch.«

»Niemandem.«

»Ist klar.«

»Das hat mir ein Genosse beigebracht, der in Kuba gelebt hat und oft dort ist. Mit dieser Methode bilden sie die Spezialeinheiten bei der kubanischen Armee und bei der Polizei aus.«

»Und wer hat ihm das beigebracht?«

»Ein Lehrer der Rebellenarmee.«

»Ist dieser Genosse aus Bari?«

»Scheiße, du stellst 'ne Menge Fragen! Was kümmert's dich, ob der aus Bari ist? Wem willst du das denn weitererzählen?«

»War nur 'ne Frage, ist mir wurscht, ob der aus Bari oder aus Mailand ist. Wenn du's mir nicht sagen willst, auch gut.«

»Er ist nicht aus Bari, sondern aus Bologna.« Dann fügte er hinzu: »Ich verlasse mich auf dich, das ist geheim, nur zwei von den Jungs hier wissen das.«

Fast hätte ich ihn gefragt, wer die zwei waren, die es außer mir noch wussten. Mit wem ich dieses Geheimnis teilte und warum. Doch ich verkniff es mir. Wir hatten unbekanntes Terrain betreten, dessen Beschaffenheit ich nur schwer ausmachen konnte, also war Vorsicht geboten.

Die kubanische Methode – so nannte ich sie von da an, und mir fällt auf, dass ich diese Worte niemals laut ausgesprochen habe – war einfach und brutal. Sämtliche Techniken dienten der sofortigen Anwendung in realen Situationen. Die Tritte vors Schienbein, in die Kniekehlen oder gegen die Knöchel beispielsweise.

»Ein anständiger Tritt gegen die Schienbeine tut höllisch weh«, pflegte Salvatore zu sagen, »und du läufst nicht Gefahr, das Gleichgewicht zu verlieren oder vom Gegner beim Bein gepackt und zu Fall gebracht zu werden.«

Dann gab es Hiebe mit dem Ellenbogen und mit der flachen Hand, mit denen wir in der ersten Stunde begonnen hatten, Kniestöße, Tricks, um jemanden zu Boden zu werfen, und Kopfstöße – *Tuzzi* im Bareser Dialekt. Salvatore war geradezu besessen von ihnen und ihrer durchschlagenden Wirkung.

»Wenn du merkst, dass jemand dich blöd anmacht, lass ihn nicht rankommen, halt ihn auf Distanz. Du bist derjenige, der entscheidet, wann ihr euch näher kommt, nicht er. Ist er dir irgendwie doch zu nahe gekommen, dann ist klar, dass er dir eine langen will. Wenn er *sehr* dicht an dir dran ist, will er dir aller Wahrscheinlichkeit nach einen *Tuzzo* verpassen. Wenn du siehst, wie er ansetzt – er legt den Kopf zurück, um auszuholen –, kannst du nur das hier machen.«

Er zeigte mir, wie man den Kopf duckte, damit die gegnerische Stirn nicht die Nase traf, sondern der Gegner mit der *eigenen* Nase so heftig gegen den Oberkopf knallte, dass sie brach und er sich selbst außer Gefecht setzte.

»Hast du schon mal 'nen *Tuzzo* auf die Nase gekriegt?«

»Nein.«

»Einen Ball?«

»Ja.«

»Wie war das?«

»Heftig. Eine Weile lang hab ich nur Sternchen gesehen.«

»Ganz genau. Bei einem Kopfstoß ist es noch schlimmer. Aber wenn man's falsch macht, ist es auch riskant, weil man sich selbst wehtun kann.«

Also zeigte er mir die Technik für den perfekten Kopfstoß gegen die Nase in all seinen Varianten. Kopfstoß mit der Stirn; Kopfstoß mit der Schläfe, falls man es mit zwei Gegnern auf beiden Seiten zu tun hatte, die einem die Arme festhielten; extra starker *Tuzzo*, bei dem man den Gegner mit einer oder beiden Händen beim Kopf oder bei den Schultern packt und nach vorn reißt, während man mit der Stirn ausholt.

»Wenn du das kannst, ist es vorbei, ehe es angefangen hat. Es ist schwer, sich nach so einer Nummer auf den Beinen zu halten.«

Er ließ mich mit einem Sack üben. Ich musste darauf zuspringen, ihn packen, an mich reißen und ihm mit der Stirnmitte einen Kopfstoß versetzen. Ich wiederholte es Dutzende Male, bis meine Stirn rot war und schmerzte. Auch den Kniehieb ins Gesicht ließ er mich x-mal wiederholen: Man packt den Gegner beim Kopf – noch besser bei den Haaren –, zieht ihn herunter, stößt das Knie nach oben und macht alles kaputt, was man trifft.

* * *

Genau wie in der Schule freundete ich mich mit keinem meiner Trainingskameraden an.

Etwas an ihnen, an ihrer Gewaltbereitschaft, ihrem Gerede darüber, wann man die Techniken anwenden könnte – oder bereits angewandt hatte, in politischen Krawallen oder bei Straßenkämpfen –, verstörte mich und hielt mich von jeder Vertraulichkeit ab.

Zwei von ihnen machten mir regelrecht Angst. Der eine war derjenige, der auf dem Großmarkt arbeitete und zusammen mit Salvatore die beiden Faschos vor der Schule fertiggemacht hatte. Er hieß Vito, tauchte nur sporadisch zum Kampftraining auf – er hatte es auch nicht mehr nötig –, hatte Arme so dick wie meine Beine und widerlegte die landläufige Vorstellung des guten, friedfertigen Riesen, indem er ständig davon redete, *den Faschos die Köpfe einzuschlagen*. Es war sonnenklar, dass das nicht nur so dahergesagt war.

Der andere war ein magerer Kerl namens Franco, nur wenig älter als ich, fast Albino, mit weißblauen Augen und dem irren Gesichtsausdruck des lächelnden Killers, der einen umbringt und dann mit seinen Freunden eine Pizza essen geht.

Das war nicht nur ein Gefühl, eines Abends hatte ich mit eigenen Augen gesehen, wozu er fähig war.

Hin und wieder ließ Salvatore uns eine Übung machen, mit der er – so sagte er – unsere *Leidensfähigkeit* steigern wollte: Nachdem man bis zum Abwinken Liegestütze und Klappmesser gemacht hatte, tat man sich paarweise zusammen und stellte sich einander gegenüber; man zog sich Trainingsjacken, Sweatshirts, Hemden und Trikots aus, sodass man mit nacktem Oberkörper dastand; auf Salvatores Kommando spannte einer der beiden so fest wie möglich die Bauchmuskeln an, und der andere boxte mit aller Kraft hinein. Das ging lange so, bis der Befehl zum Wechsel kam und man die Rollen tauschte.

Die Übung war alles andere als lustig.

»Wenn der, der die Muskeln anspannt, nachlässt, schlagt ihr weiter. Wenn er zu Boden geht, schlagt ihr weiter, immer nur in den Bauch, bis ich sage, ihr sollt aufhören. Da draußen hört auch keiner auf, wenn wir uns ergeben«, sagte Salvatore.

An jenem Abend war das Training besonders hart gewesen, doch zum Glück war der Typ, mit dem ich trainierte, nicht der brutalste. Niemand redete, nur das trockene Klatschen der Schläge – Ohrfeigen, Ellenbogenhiebe, Kniestöße –, das Schnaufen der Angreifer und das Ächzen derer, die krampfhaft die Bauchmuskeln anspannten, war zu hören.

Plötzlich ging der Junge, der mit Franco trainierte – er wurde Feixer genannt, wegen seines kaputten Schneidezahns –, zu Boden. Vielleicht hatte er die Muskelspannung nicht halten können oder einen besonders heftigen Schlag kassiert, jedenfalls gab er eine Art Husten von sich, und wir sahen, wie er sich krümmte und die Hände gegen den Solarplexus presste.

»Warte«, röchelte er. Doch Franco wartete nicht. Er schlug weiter, in den Bauch, in die Seiten, auf die Brust, und hielt sich mit erbarmungsloser Genauigkeit an die Anweisungen. Wir anderen hielten allesamt inne. Salvatore beobachtete die Szene aus einer Ecke der Halle und sagte nichts. Feixer brach zusammen wie ein leerer Sack, und Franco machte immer weiter, jetzt mit den Füßen. In dem Moment mischte sich ein Typ ein – wir hatten ihn Abraham Lincoln getauft, weil er einen Vollbart ohne Schnäuzer trug.

»Es reicht, verdammt noch mal, du bringst ihn ja um!« Er packte Franco bei den Schultern und schubste ihn zur Seite. Salvatore schoss dazwischen und versetzte Abraham eine heftige Ohrfeige.

»Das hast du das letzte Mal gemacht. Was habe ich vorhin gesagt?«

Abraham stammelte etwas Unverständliches und fing sich noch eine Ohrfeige ein.

»Ich hab dich nicht verstanden. Was habe ich vorhin gesagt?«

»... nicht aufhören, bis du es sagst.«

»Ganz genau. Wenn du das noch mal versuchst, reiß ich dir den Kopf ab. Wenn euch die Regeln hier nicht passen, könnt ihr gefälligst zu Hause bleiben, ist das klar?«

Er drehte sich zu uns um und blickte jedem von uns in die Augen.

»Ist das klar?«

Wir nickten, und niemand sagte ein Wort.

Franco stand neben mir, und ich meinte, ein böses Lächeln auf seinen schmalen Lippen und in seinen eisigen Augen aufzucken zu sehen. Doch vielleicht bildete ich mir das nur ein.

Feixer lag noch immer schwer atmend am Boden.

* * *

Irgendwann tauchten beim Training Waffen auf, also Eisenstangen, Ketten, Schraubenschlüssel, Axtstiele – die berüchtigten *Stalins*. Sie wurden in einer verkleideten Wandnische aufbewahrt, und es waren wirklich viele.

Ich kann mich noch ganz genau an die erste Lektion zum Umgang mit diesen Gegenständen erinnern.

»Fast alle benutzen Schraubenschlüssel oder Eisenstangen, um den Kopf zu treffen. Das ist Schwachsinn. Zieht man jemandem eins mit 'nem Schraubenschlüssel, 'ner Eisenstange oder 'nem Wagenheber über, hat man in null Komma nichts einen Toten an der Backe und den ganzen Ärger, der damit einhergeht. Natürlich kann man über den Sinn von radikalen Aktionen mit Waffeneinsatz diskutieren, aber wenn wir mit 'ner Eisenstange auf 'nen Fascho losgehen, dann, um mit 'ner

Eisenstange auf 'nen Fascho loszugehen, und nicht, um ihn kaltzumachen.«

Ich fragte mich – oder vielleicht hatte ich nur allzu gut verstanden –, was er wohl mit *radikalen Aktionen mit Waffeneinsatz* meinte, und merkte, dass ich nur mühsam schlucken konnte.

»Wenn wir also mit der Eisenstange zuschlagen, niemals auf den Kopf. Überhaupt, wenn wir mit Waffen kämpfen, sind die effektivsten Schläge nicht die von oben nach unten, sondern die Frontalstöße.«

Er zeigte uns, was er meinte, griff sich eine Eisenstange und hielt sie mit weit auseinanderliegenden Händen wie eine kurze Lanze.

»Wenn wir sie so halten, können wir sie vor allem zur Verteidigung benutzen«, sagte er und riss die Stange über den Kopf, um einen imaginären Schlagstockangriff abzuwehren. Dann stellte er sich vor den Sack, versetzte ihm einen zackigen Treffer mit der Stangenspitze und zog sie schnell wieder zurück. Er wiederholte die Bewegung drei- oder viermal.

»So kriegt er einen Schlag in den Magen, kann nicht mehr atmen und sich nicht mehr auf den Beinen halten. Wenn er am Boden ist, können wir ihn auf klassische Art bearbeiten, von oben nach unten, auf die Schultern, in den Bauch, gegen die Beine. Nicht so schlimm, wenn wir ihm ein paar Knochen brechen – das ist eine gute Lektion –, wichtig ist nur, dass wir ihn nicht aus Versehen umbringen.«

Mir wurde schlecht, und ich war kurz davor, mich zu übergeben. Ich versuchte, tief durchzuatmen, kniff die Augen zusammen, stellte die Ohren auf Durchzug, und nach ein paar Minuten fühlte ich mich ein wenig besser. Ich überlegte, ob ich sagen sollte, ich fühle mich nicht so gut – eine leichte Grippe vielleicht, ich hätte wohl besser daheim bleiben sollen – und ich würde gerne gehen. Ich fragte mich, was ich hier verloren hatte und wie ich aus dieser absurden Situation herauskommen könnte und was wohl meine Eltern denken würden, wenn sie erführen, was ich hier machte. Ich wollte gehen und nie mehr wiederkommen.

Doch ich sagte nichts und blieb. Nach und nach ließ das flaue Gefühl nach, und ich zog weiter mein Training durch. Und egal was ich gedacht hatte, am nächsten Tag war ich wieder dort.

Ein anderes Mal brachte Salvatore uns bei, wie man sich gegen einen bewaffneten Gegner oder einen Gruppenangriff verteidigt.

»Wenn er eine Kette oder eine Eisenstange hat oder es ein Bulle mit Schlagstock ist und wir nichts haben und nicht wegrennen können, ist das Beste, was wir tun können, das genaue Gegenteil dessen, was wir instinktiv tun würden – und womit er rechnet –, nämlich abhauen. Die Distanz kommt ihm zupass, dank der Verlängerung durch den Stock kann er uns treffen, ohne dass wir an ihn rankommen. Also müssen wir bei einem mit Stock oder Kette bewaffneten Gegner die Distanz verringern und unseren Kopf schützen, auch wenn wir ein paar Schläge kassieren. Wenn wir die Distanz verringern, ist sein Vorteil dahin, und die Waffe kann ihm sogar hinderlich werden, während wir ihn mit dem Ellenbogen, dem Knie oder dem Kopf treffen können. Wenn wir es dagegen mit einem Typen mit Messer zu tun haben – die Faschos sind gern mit Messern und Schlagringen unterwegs –, müssen wir das Gegenteil tun: Uns zu nähern ist brandgefährlich, der sticht garantiert zu. Wir müssen den Anorak oder die Jacke oder was immer wir gerade anhaben, ausziehen, um den linken Arm wickeln – oder um den rechten, wenn wir Linkshänder sind –, auf Abstand bleiben, uns mit dem umwickelten Arm schützen, den Gegner mit

Tritten oder dem freien Arm zu treffen versuchen und Zeit gewinnen, um abzuhauen. Und wenn ihr von einer Gruppe angegriffen werdet und allein und unbewaffnet seid, versucht ihr am besten sofort abzuhauen. Manchmal geht das aber nicht. Dann muss man wieder entgegen den Erwartungen und dem eigenen Instinkt handeln. Eine Gruppe, die einen Einzelnen angreift, sucht ein Opfer; sie rechnet nicht mit einem Kampf oder einer Reaktion und erst recht nicht mit einem Angriff vonseiten des Opfers. Könnt ihr mir folgen?«

Ein paar sagten Ja, andere nickten nur. Ich tat, glaube ich, nichts. Ich war mit den Gedanken woanders und fragte mich, wieso einer wie Salvatore, der so unterrichten und sich verständlich ausdrücken konnte, der die Technik, die Psychologie und den Wortschatz beherrschte, mit aller Wahrscheinlichkeit dazu verdammt war, in der Schule zum x-ten und letzten Mal hängen zu bleiben. Zum ersten Mal im Leben bekam ich eine Ahnung davon, wie flüchtig und paradox sogenannter Erfolg und sogenanntes Scheitern waren.

»Eine Gruppe Angreifer ist wie ein Rudel, und wie jedes Rudel haben sie einen Anführer. Den muss man ausmachen und als Erstes angehen, und zwar sofort und so heftig wie möglich.«

»Was heißt *heftig*?«, fragte jemand.

»Das heißt, dass wir etwas tun müssen, womit sie nicht rechnen, das sie schockt, ein paar Sekunden lang lähmt und uns die Möglichkeit zum Abhauen gibt.«

»Und wie stellt man das an?«, fragte ein anderer oder vielleicht derselbe wie zuvor.

Salvatore zog einen Schlüsselbund aus der Tasche und nahm ihn so in die Faust, dass zwei Schlüssel wie die Dornen eines Morgensterns zwischen den Fingern hervorstachen.

»Eine Möglichkeit ist, ihnen die Schlüssel durchs Gesicht zu ziehen. Man zielt auf die Augen und stößt dabei oder kurz davor einen lauten Schrei aus. Oder man schnappt sich einen Finger, bricht ihn und lacht los wie ein Irrer. Oder beides, eines nach dem anderen. Wenn ihr zur Angreifergruppe gehört oder nur als Beobachter danebensteht, werdet ihr den Typen für einen gemeingefährlichen Irren halten. Und keiner will sich mit einem gemeingefährlichen Irren herumschlagen, wenn es nicht unbedingt sein muss.«

* * *

Eines Januar- oder Februarabends hatten wir das Training beendet, das besonders anstrengend gewesen war, und ich zog gerade meine Jacke an und wollte gehen.

»Wenn du fünf Minuten auf mich wartest, können wir zusammen los«, sagte Salvatore. Ich war baff. Normalerweise blieb er nach dem Unterricht dort, und ich hatte mich manchmal gefragt, was den ganzen Tag oder die ganze Nacht über wohl hier vor sich ging. Manchmal fiel mir auf, dass das Bett gemacht war, mit Laken, Kissen und Decke, als wollte dort jemand schlafen. Manchmal fanden kleine Versammlungen statt, an denen Männer – und manchmal auch Frauen – teilnahmen, die noch älter als Salvatore waren; manchmal hektografierte jemand; manchmal waren da drei oder vier Typen, die mit wichtiger, angestrengter Miene ein paar Fotoalben durchblätterten.

»Okay«, antwortete ich möglichst gleichgültig und zuckte mit den Schultern.

Fünf Minuten später spazierten wir durch die Altstadtgassen, vor denen ich keine Angst mehr hatte. Die Luft war lau für die Jahreszeit.

»Wie alt bist du, Enrico?«

Ich war platt, dass er mich mit Namen anredete, das war noch nie passiert. Etwas ungewohnt Förmliches lag in seiner Stimme.

»Sechzehn. Im Mai werde ich siebzehn. Und du?«

»Im März werde ich neunzehn. Ich bin in der Achten hängen geblieben und letztes Jahr auch.«

»Darf ich dir was sagen?«

»Was denn?«

»Wenn du so weitermachst, ist es ziemlich wahrscheinlich, dass du dieses Jahr auch hängen bleibst.«

»Bevor ich hängen bleibe, bin ich weg.«

»Was meinst du damit?«

»Irgendwann erzähl ich's dir vielleicht.«

Wir wanderten weiter durch die dunklen Gassen.

»Hast du Lust auf ein Panzerotto und ein Bier?«

»Okay«, antwortete ich und dachte, dass ich zu Hause Bescheid sagen müsste, es war neun Uhr durch, aber das war unmöglich, ich hätte wie ein Kleinkind dagestanden, das zu einer bestimmten Uhrzeit zu Hause sein muss. Wir gingen in eine Pizzeria unweit des Castello Svevo, kauften zwei Bier und zwei Panzerotti und aßen sie auf der Mauer des Burggrabens. Als wir fertig waren, holte Salvatore seine Zigaretten hervor und bot mir eine an.

»Ich hab gesehen, dass du dich beim Training irre ins Zeug legst.«

»Macht mir Spaß«, sagte ich und vermied es, näher auf das einzugehen, was ich während der Lektion über den Gebrauch der Eisenstange und des Schraubenschlüssels empfunden hatte.

»Vielleicht ergibt sich für dich ja bald mal die Gelegenheit zu zeigen, wie du dich draußen schlägst.«

Mir schauderte, und ich nickte nur leicht, was alles und nichts bedeuten konnte.

»Wir haben nie darüber geredet, aber für mich ist klar, dass du ein Genosse bist«, fuhr er fort. Ich sagte nichts, keine Ahnung, ob ich ein Genosse war oder nicht, ich wusste nur, dass ich Faschisten definitiv nicht ausstehen konnte.

»Habe ich recht?«, bohrte er.

»Ja, klar«, sagte ich hastig und versuchte selbstverständlich zu klingen.

»Wir sehen uns morgen, jetzt muss ich wohin«, sagte er schließlich und ließ mich voller Fragen auf dem Mäuerchen sitzen.

10

Du weißt nicht, wie es kommt, aber du bist ziemlich weit weg vom Präsidium. Nicht das erste Mal, dass dir so etwas in den letzten Tagen passiert. Du kannst dich beim besten Willen nicht erinnern, was du auf dem Weg gedacht hast, und das ist nicht gut. Man muss wach bleiben für das, was um einen herum passiert, einen Kontakt mit den Dingen herstellen, sagst du dir, als würdest du einem Bekannten einen guten Rat geben. Du bist nicht weit von einer Bushaltestelle entfernt. Eine kleine Traube Wartender steht dort, und dir fällt auf, dass die meisten dunkle Haut haben und den Gesichtszügen nach vom Indischen Ozean stammen. Indien, Bangladesch, Mauritius. Ein paar Meter entfernt ist eine Bäckerei, aus der es nach Brot und Focaccia duftet; daneben ein Chinashop und daneben einer dieser grauenhaften Läden, die gebrauchtes Gold kaufen. Diese Pfandleiherbuden haben sich in der letzten Zeit wie Unkraut verbreitet, wie eine Seuche. Sie beunruhigen dich, machen dir geradezu Angst, genau wie Seuchen, aber zugleich bist du neugierig, wie es darin aussieht, was die Leute, die dort arbeiten, für Gesichter haben.

Jetzt bist du nicht weit vom Bahnhof, im Park an der Piazza Umberto. Vor Jahren hieß die Gegend hier Roter Platz und war bevölkert von Fundamentalisten, Autonomen, Extremisten und Kryptoterroristen wie deinem Freund Salvatore. Als du an dem großen Brunnen vorbeigehst, fällt dir auf, dass er Wasser hat. Eigentlich sollte es nicht verwundern, dass ein Brunnen Wasser hat, doch hätte man dich vor ein paar Tagen gebeten, ihn zu beschreiben, hättest du gesagt: leer, verdreckt, vollgesprayt mit Parolen. Also so, wie er vor über dreißig Jahren war. Wer weiß, wann sie den in Ordnung gebracht haben, fragst du dich, während du staunend den funktionierenden Brunnen betrachtest. Plötzlich dreht der Wind und weht den Geruch nach Wasser herüber. Eine unzutreffende Beschreibung, sagst du dir, Wasser ist geruchlos. Vielleicht ist es der Brunnen, die Metallrohre oder eine Spur Desinfektionsmittel. Egal was es ist, es wirft den knatternden Motor der Erinnerungen an. Wirre, schmerzliche Bilder, überlagert von weher Heiterkeit, folgen wild aufeinander und lösen sich wieder auf.

Du könntest nach Hause gehen, also zum Bed and Breakfast, das du mit einer Selbstverständlichkeit zu Hause nennst, die du vielleicht hinterfragen solltest. Du könntest dort hingehen, den Umschlag aufreißen und den Inhalt lesen, aber noch ist dir nicht danach. Du willst dir diesen Moment noch ein wenig aufheben.

Also setzt du dich wieder in Bewegung. Wieder kommst du an dem Kaufe-Gold-Laden von vorhin vorbei. Das Schaufenster ist zugeklebt wie bei einem Sexshop, sodass man nicht hineinsehen kann.

In dem Moment kommt eine alte Frau heraus. Schmächtig und ein wenig krumm, bestimmt über achtzig, mit spitzem, leidendem, jedoch edel geschnittenem Gesicht. Sie ähnelt deiner Mutter. Genauer gesagt: Sie sieht so aus, wie deine Mutter vielleicht irgendwann ausgesehen hätte, wenn sie nicht gestorben wäre. Mit beiden Händen hält sie sich den alten Mantel zu und blickt sich um wie ein verängstigtes Tier. Unter dem Mantel hat sie das Geld, das sie für das Familiengold bekommen hat, denkst du mit einer Mischung aus Traurigkeit, Wut und Sehnsucht, irgendwo anders zu sein. Sie ist dir so nah und tut dir so leid, dass du ihr am liebsten etwas sagen würdest; das, was du deiner Mutter nie sagen konntest, beispielsweise. Natürlich sagst du nichts, ihr geht aneinander vorbei, sie in die entgegengesetzte Richtung.

Mit zusammengekniffenen Lidern versuchst du, dieses jähe Gefühl zu deuten oder aber es loszuwerden, als die Frau hinter deinem Rücken einen schwachen und zugleich markerschütternden Schrei ausstößt. Du fährst herum und siehst, dass ein Junge sie gegen eine Mauer drängt und versucht, ihren Mantel aufzureißen, den sie verzweifelt geschlossen hält. Rückblickend wird dir aufgehen, dass du beinahe erleichtert warst: Die Notwendigkeit zu handeln macht vieles einfacher, klarer, unkomplizierter.

Als du bei ihnen bist, hat der Junge es fast geschafft, ihr die Tasche zu entreißen, die sie unter dem Mantel versteckt hielt. Er ist um die zwanzig, dünn, fast hager, mit stumpfem Gesicht, das dich an jemanden erinnert, und einem Piercing über der linken Braue. Noch im Laufen stößt du ihn mit beiden Händen weg und trennst ihn von seinem Opfer.

»Arschficker«, faucht er und versucht sich wieder zu fangen. Du denkst – du denkst? Es ist kein Gedanke, dazu ist die Zeit zu knapp –, dass du ihn nicht einfach so laufen lassen willst. Du hast einen Sündenbock, den darfst du dir nicht entgehen lassen. Er tut dir den Gefallen und kommt auf dich zu. Das Geld der Alten hat er vielleicht nicht gekriegt, aber irgendjemand – du – muss dafür bezahlen. Abwartend stehst du da und lässt deine flache Hand punktgenau in sein Gesicht schnellen. Als wäre das letzte Mal erst ein paar Minuten her. Er schlägt zurück, doch du spürst es fast nicht, derweil seine Nase an deiner Handfläche bricht und du das leicht eklige Knirschen der brechenden Knorpel fast zu hören meinst. Die Szene springt in Zeitlupe. Mit einer gebrochenen Nase ist es schwer weiterzukämpfen. Es ist schwer, überhaupt irgendetwas zu machen. Der Junge taumelt zurück, doch du bist mit einem Satz bei ihm und schlägst noch einmal zu, fast seelenruhig. Noch zwei harte Treffer ins Gesicht, er blutet heftig und reißt schützend die Arme hoch. Du packst ihn bei den Haaren, drehst ihn um sich selbst, trittst ihm in die Kniekehle und zerrst ihn auf den Boden. Vielleicht hättest du noch weiter auf ihn eingeprügelt. Vielleicht hättest du ihn ins Gesicht getreten oder sonst was getan. Vielleicht hättest du ihn *massakriert*, und vielleicht hätte es dir sogar Spaß gemacht. Doch in dem Moment trifft dich ein Schlag von hinten auf den Kopf. Du wirbelst herum, siehst noch einen Jungen, rechnest mit einem weiteren Angriff, doch der bleibt aus. Er wollte dich nur ablenken, damit sein Freund – sein *Komplize* – aufstehen und abhauen kann. Er macht das Gleiche, aber zuvor spuckt er dir noch erstaunlich treffsicher ins Gesicht und schleudert ein paar wütende, kehlige, halb verschluckte Flüche hinterher. Der Bareser Dialekt kann manchmal ganz schön hässlich sein.

Während du dir die Spucke aus dem Gesicht wischst, siehst du, dass die Alte noch immer da ist. Sie lehnt an der Mauer, genau dort, wo sie überfallen wurde, die Arme eng um den Körper geklammert, als wollte sie sich schützen und das für ihr Gold erhaltene Geld verteidigen.

Sie stammelt etwas, vielleicht einen Dank, aber du hörst sie kaum. Die ganze Szene klingt wie unter Wasser und ist ganz verschwommen. Du fragst sie, ob es ihr gut geht, und sie nickt mit weit aufgerissenen Augen wie ein panisches Tierchen. Du weißt nicht wie und warum – oder doch, du weißt es sehr wohl –, aber du streichelst ihr unvermittelt über die Wange und sagst ihr, sie soll nach Hause gehen.

Dann, als du langsam wieder in die Wirklichkeit zurückkehrst, überlegst du, dass es nicht so toll wäre, wenn die Carabinieri oder die Polizei auftauchten, dich da blutüberströmt stehen sähen, dich fragten, was vorgefallen ist, und dich mit aufs Präsidium oder in die Kaserne nähmen. Bei einem Blick in deinen Rucksack würden sie Unterlagen finden, die du nicht haben solltest und von denen du nicht einmal weißt, was sie beinhalten.

Du wartest, bis sie sich in Bewegung setzt, um sicher zu sein, dass sie es schafft, dann drehst du dich um und gehst davon in Richtung Bahnhofsklo, um dir Gesicht und Hände zu waschen.

11

Eure Wohnung lag in der Via Abate Gimma, zwischen Via Quintino Sella und Via Sagarriga Visconti. Der Schulweg dauerte nur fünf Minuten, und so brauchtest du erst im letzten Moment aufzustehen. Was du fast immer tatst. Du denkst daran, wie schwer du als Gymnasiast aus dem Bett gekommen bist, um nicht an das zu denken, was du gerade tust. Du weißt, dass man manche Dinge besser lassen sollte, aber nach dem, was passiert ist, nachdem du gesehen hast, wie die alte Frau, die deiner Mutter ähnelte, von diesem Kleinkriminellen angegriffen wurde, und nach all dem, was darauf folgte, hast du wohl keine andere Wahl.

Du kommst zu eurer alten Adresse, bleibst vor dem Klingelschild stehen und liest die Namen. In eurer Wohnung befindet sich jetzt eine Unternehmensberatung, in deinem Kinderzimmer werden also Gehaltsabrechnungen geschrieben. Nichts gegen Unternehmensberater - Anwälte, Steuerberater oder Ingenieure hätten auch keinen Unterschied gemacht –, aber die Vorstellung passt dir gar nicht. Es trifft dich wie eine persönliche Beleidigung, dass in den Zimmern, in denen du aufgewachsen bist, umgeben von den vertrauten Gerüchen, den Gegenständen, den Büchern, die den roten Faden einer unterschwelligen, kollektiven Existenz bildeten, jetzt Cubicles, Schreibtische, Fotokopierer, Computer, Drucker und Archivschränke herumstehen. Wenn man eine Wohnung verkauft, in der man jahrelang gelebt hat, müsste man eine Sicherheitsklausel in den

Vertrag einfügen. Eine Art Verbot, sie in eine Unternehmensberatung oder Ähnliches umzuwandeln. Dir ist zum Heulen zumute; gut möglich, dass du dich nicht beherrschen kannst. Gut möglich, dass du hier auf der Straße gleich ausflippst.

Scheiße. Scheiße. Scheiße.

Ohne nach vorn zu sehen, gehst du – rennst du – die Via Abate Gimma hinunter und stößt prompt mit einem alten Mann zusammen, der dir was über deine Schwester, die Schlampe, nachbrüllt, bis du vor einem Gebäude stehst, das wie ein Geisterschloss aussieht. Das Tor ist verrammelt und wird von zwei Löwenköpfen bewacht, die Dämonen gleichen. Die Fenster und Fensterläden auf beiden Stockwerken sind verriegelt, bis auf eines, das geradezu obszön weit offen steht und aussieht wie das Tor zu einer verborgenen, bedrohlichen Welt. An den Regenrinnen, in den Mauerspalten und auf den baufälligen Balkonen sprießen Rankpflanzen, die sich durch den Tuff stemmen und die Ziegel sprengen.

Was, zum Teufel, ist das? Wo bin ich hier? Du suchst nach Anhaltspunkten, nach etwas, das dir sagt, dass du nicht in einer Raum-Zeit-Verwerfung oder in einer von Aliens bevölkerten Parallelwelt gelandet bist, die dich in das Gebäude saugen könnten.

Dann verebbt der Schwindel, und dir geht auf, dass du dieses Gespensterschloss kennst. Im vorigen Leben war das die Schifffahrtsschule, damals die einzige fast reine Jungenschule der Stadt. Sieht nicht so aus, als wäre hier noch viel los, denkst du, während du die schmuddeligen Mauern und aggressiven Schlingpflanzen ein wenig nüchterner betrachtest. Wie jedes Mal, wenn du eine Pflanze in Augenschein nimmst, kommt dir der Gedanke, dass du ein paar botanische Basics lernen solltest. Wer hat noch mal behauptet, beim Schreiben solle man nicht von »einer Kletterpflanze«, »einem Baum« oder »einer Blume«

sprechen, sondern genau benennen, um welche Kletterpflanze, um welchen Baum und um welche Blume es sich handelt? Du weißt es nicht mehr, aber ein anderer – Calvino vielleicht? – hat das Gegenteil behauptet: Man müsse sich einen unscharfen Blick bewahren und von seinem Recht Gebrauch machen, die Namen der Bäume, Blumen und Tiere nicht zu kennen und sie trotzdem mit den uns zur Verfügung stehenden Mitteln zu benennen. Wie bei vielen anderen die Schriftstellerei betreffenden Fragen hast du nie eine eindeutige Meinung dazu gehabt.

Du beschränkst dich auf die Feststellung, dass du den Namen dieser Schlingpflanze nicht kennst und dass die Schifffahrtsschule von Bari, falls sie denn noch existiert, nicht mehr hier ist. Wer weiß, wie lange schon.

Unwillkürlich fragst du dich, ob das Quinto-Orazio-Flacco-Gymnasium ein ähnliches Schicksal erlitten hat und ob das wuchtige, sagen wir gotisch-rationalistische Gebäude an der Uferstraße auch den Schlingpflanzen, dem Verfall und den Lebewesen zum Opfer gefallen ist, die sich im Dunkel verlassener Bauten fraglos verbergen.

Du nimmst deinen Weg wieder auf, biegst links um die Ecke, gehst die Via Manzoni mit ihren Billigschuhläden und Klamottendiscountern hinunter, schlängelst dich zwischen den wartenden Bussen an der Via Crispi hindurch, passierst die Kirche San Francesco, folgst der Via Pizzoli und bist wie vom Donner gerührt, als du den Mopedunterstand und das Freizeitheim siehst, es ist beides noch da und sieht genauso aus wie damals.

Auch die Bar und die Bäckerei sind noch an ihrem alten Platz. Diese scheinbar unveränderte Geografie löst bei dir das Gegenteil dessen aus, was du erwartet hast. Entsetzliche Beklemmung. Dieser Stillstand hat etwas Unnatürliches, etwas latent und unergründlich Bedrohliches.

Fast im Laufschritt erreichst du den Schuleingang an der

Ecke Via Pizzoli und Corso Vittorio Veneto. Der Blick aufs Meer ist durch ein mehrstöckiges Parkhaus versperrt, aber am Schulgebäude wuchern keine Rankpflanzen, und die Mauern fallen auch nicht zusammen. Offenbar gibt es das alte Flacco noch.

Das Eingangstor steht halb offen, und du überlegst, ob du hineingehen und dich umsehen solltest. Dann fällt dir ein, dass du bestimmt jemandem über den Weg laufen würdest - einem Hausmeister, einem Kodirektor, einem Sekretär -, der dich anhalten und fragen würde, wer du bist und wo du hinwillst und was du um diese nachmittägliche Uhrzeit in der Schule verloren hast. Allein bei der Vorstellung, eine Hausmeisterin könnte dich mit erhobenem Zeigefinger zur Rede stellen, wird dir ganz anders. Schon immer hattest du Schwierigkeiten mit jeder Art von Autorität, vor allem mit den niederen Rängen. Du hast keine Lust zu lügen, und die Wahrheit zu sagen schon gar nicht - vorausgesetzt, du kennst sie überhaupt -, und beschließt, nicht hineinzugehen.

Du gehst zu dem großen Platz vor dem Haupteingang hinüber. Ein paar Jungs spielen Ball, und wieder überkommt dich dieser überwältigende Realitätsverlust. Die Zeit krümmt sich, und du ertappst dich dabei, wie du unter den spielenden Jungs nach einem bekannten Gesicht Ausschau hältst, nach einem Freund, einem Klassenkameraden, nach irgendwem, den du fragen kannst, ob du auch mitspielen darfst. Du brauchst eine Weile - wie lange, kannst du nicht genau sagen -, um wieder in die Gegenwart zurückzufinden. Mehr oder weniger. Es ist frisch geworden, die Sonne geht unter, und ein schönes Gläschen Wein wäre jetzt genau das Richtige. Du winkst den Geistern zu, die sich unter die spielenden Jungs von heute gemischt haben, und gehst weiter, ohne zu wissen wohin. Du brauchst ein Ziel.

Wo, hatte dein Bruder gesagt, war Stefanias Laden?

Richtig, im Madonnella-Viertel, also einigermaßen weit von hier. Werden so drei oder vier Kilometer sein. Am liebsten hättest du den Wein sofort, aber du beschließt - *beschließt* klingt gut -, dass du ihn später trinkst, zum Abendessen. Jetzt spazierst du noch ein bisschen weiter und gehst dir vielleicht Stefanias Laden anschauen. Du wirfst einen Blick in die Schaufenster - haben Bioläden Schaufenster? -, drehst eine kleine Runde und entscheidest spontan, ob du reingehst oder nicht, je nachdem, ob dir gerade danach ist. Du hast ja sonst nichts zu tun, du musst in Bewegung bleiben. Es ist gut, ein relativ weit entferntes Ziel zu haben. Zügig zu gehen, mit dem Rucksack auf dem Rücken, ist eine gute Art, die Zeit rumzukriegen, damit sich die Dinge ein bisschen setzen. Damit sie ausfällen. Wie war das noch mit der Ausfällung? Die Ausfällung - absurd, dass dir das noch einfällt - ist die Trennung einer festen Substanz aus einer Lösung. Hast du in der elften Klasse gelernt. Wie ist es möglich, dass diese Definition plötzlich aufpoppt, klar und deutlich, als hättest du gerade dein Chemiebuch - es war grün, du siehst es vor dir - für einen bevorstehenden Test durchgekaut? Es gibt einen Haufen Dinge, an die du dich nicht erinnerst und die du erst gestern oder vor ein paar Stunden gehört hast. Aber das kommt einfach so hoch. Jetzt willst du der Sache auf den Grund gehen oder es zumindest ein wenig genauer wissen und suchst im Wörterbuch deines Handys. Ausfällung: *Vorgang, bei dem ein unlöslicher Stoff oder eine unlösliche Verbindung durch Zusatz von Fällungsmitteln oder mittels eines geeigneten physischen Verfahrens aus einer Lösung ausgeschieden wird.*

Du hast eine Verbindung auszufällen, und ein strammer Spaziergang ist, obgleich du schon ein bisschen müde bist - du hast dich sogar geprügelt, denkst du flüchtig -, ein *geeignetes physisches Verfahren.*

Du machst dich auf den Weg, entschlossen, ganz im Hier und Jetzt zu bleiben, die Straßen zu benennen, die du durchläufst, und nicht zuzulassen, dass die Geister und Gedanken deiner Gegenwärtigkeit in die Quere kommen.

Du gehst die Via Pizzoli zurück, kommst abermals am Freizeitheim vorbei, gelangst zur Piazza Garibaldi, biegst nach links und durchquerst den Park. Dann die Via Sagarriga Visconti, die Via Putignani mit ihren Oleanderbäumen bis zum Petruzzelli – du solltest reingehen, denkst du wieder, und dir ansehen, was sie nach dem Brand daraus gemacht haben. Wo warst du im Oktober 1991, als es gebrannt hat? Du fängst an, dir darüber den Kopf zu zerbrechen, findest keine Antwort und verlierst, ohne es zu merken, abermals den Kontakt mit der Außenwelt. Als du die Straßen wieder wahrnimmst, hast du einige Blocks hinter dir gelassen, und dir geht auf, dass du nicht weit von Stefanias Laden bist. Gar nicht weit, wie es aussieht. Ohne besonderen Grund kommt eine sehr ferne Erinnerung hoch: Stefanias Familie stammte aus Armenien, ihre Großeltern waren nach Bari gekommen, um den Flüchtlingslagern und dem Genozid zu entgehen.

Du fragst dich, ob du das schon im Gymnasium wusstest oder ob es dir später jemand erzählt hat, und kommst natürlich nicht drauf, als du hinter dir eine Stimme hörst. Eine bekannte Stimme, trocken und klar wie ein Peitschenknall.

Enrico

Im Herbst hatte vor lauter Streiks, Sit-ins, Dauerversammlungen und anderen Aktionen zehn Tage lang kein Unterricht stattgefunden. Ende Februar, Anfang März wurde dann auch noch die Schule besetzt.

Ich weiß nicht mehr, wie es dazu kam, was der Auslöser, der Grund oder der Vorwand war. Ich erinnere mich nur an die seit einigen Tagen besetzte Schule, an die Schüler, die in den Fluren und Klassenzimmern kampierten, und an eine bereits selbstverständlich gewordene Routine, die im Wesentlichen aus dem sogenannten Gegenunterricht bestand. Ich schrieb mich bei dem Kurs über die Weltgeschichte der letzten drei Jahrzehnte ein – Kalter Krieg, Vietnam, griechische Militärdiktatur –, die im normalen Lehrplan nicht vorkam, und bei einem über die Stellung der Frau. Die Themen waren interessant, aber die Wahl meiner Kurse war vor allem der Tatsache geschuldet, dass auch Celeste unterrichten würde. Die Lehrer waren eingeladen, sich an der Selbstverwaltung zu beteiligen, doch nur wenige machten mit. Die anderen genossen den Extraurlaub und heuchelten Betroffenheit darüber, was aus der Schule geworden war.

In jenen Tagen erzählte mir jemand von Celestes Vergangenheit. Sie war Professorentochter – ihre Mutter war Amerikanerin –, hatte vor sechs Jahren ihr Abi am Orazio Flacco gemacht; und obwohl sie zu den Besten der Schule gehörte, wäre sie angeblich in der Zehnten beinahe geflogen. Irgendein ernster, nicht näher geklärter Vorfall hatte dafür gesorgt, dass sie vom Unterricht ausgeschlossen wurde. Sie war aus verschiedenen Gründen an der Schule berühmt, unter anderem wegen ihrer Schönheit und ihrer extremen Unabhängigkeit. Der vage, verstörende Hinweis auf diese Freiheit versetzte mir einen eifersüchtigen Stich und erfüllte mich zugleich mit absurdem Stolz, er gab mir die Bestätigung, dass ich mit meiner Verliebtheit nicht falschlag, weil Celeste so besonders war, und allein dadurch, dass ich sie liebte, war ich es auch. In ihrer Besonderheit lag eine Ahnung meines Abenteuer verheißenden Schicksals.

Der gleiche Stolz erfüllte mich, wenn ich zusammen mit Schülern und Schülerinnen, die sie zum ersten Mal hörten, in ihrem während des Schulstreiks abgehaltenen Unterricht saß – besonders während einer Stunde über die Stellung der Frau.

Sie betrat die Klasse zusammen mit Salvatore, der sich direkt vor ihr auf den Boden setzte, weil sämtliche Stühle bereits besetzt waren. Ich saß wie immer hinten. Die Fenster standen weit offen, und vom Meer her wehte eine prickelnde Brise herein, in der ein Hauch von Frühling lag.

»Heute wollen wir über fünf sehr unterschiedliche Frauen reden. Was sie eint, ist der Mut, die Würde und die weibliche Unabhängigkeit. Weiß jemand, wie die erste Frau von Adam, dem ersten Mann, hieß?«

Jemand fiel auf die Frage herein und antwortete Eva.

»Nein, Eva war die *zweite* Frau Adams. Einem mesopotamischen, auf das alte Judentum zurückgehenden Mythos zufolge hieß Adams erste Frau Lilith. Sie wurde verstoßen, weil sie sich weigerte, sich ihrem Mann zu unterwerfen, und wurde in ein Nachtwesen verwandelt – eine Art weiblichen Dämon, der Sturm, Unzucht und Schande bringt. Ende des neunzehnten Jahrhunderts wurde Lilith zum Symbol der Lebensenergie und des Weiblichen, das sich der männlichen Tyrannei widersetzt.

Lilith war die erste Frau und zugleich die erste Widerständlerin. Es muss erst eine lange Zeit vergehen, bis wir in der Geschichte abermals auf eine Frau treffen, die den Mut hat, sich zu widersetzen, und die sich nicht damit abfindet, dass Geistesleben, Wissenschaft und Philosophie ausschließlich männliche Domänen sind. Im Gegensatz zu Lilith ist diese Frau keine Legende, sie hat in Alexandria gelebt, ihr Schicksal ist wahr und damit von noch düsterer Symbolkraft. Hypatia war pagane Mathematikerin, Astronomin, Philosophin und Vertreterin des Neoplatonismus. Wegen ihrer gefährlichen Ansichten, ihrer Forderung nach geistiger und religiöser Freiheit, jedoch vor allem weil sie eine Frau war, wurde sie von einer Horde christlicher Mönche vergewaltigt und ermordet.«

Die Gebanntheit lag wie das Sirren einer Stimmgabel in der Luft des brechend vollen Klassenraums, einige Mädchen hatten feuchte Augen. Es war einer jener raren Momente, in denen die Klugheit des Einzelnen zur Anteilnahme vieler führt.

»Christine de Pizan wurde in Italien geboren, lebte zwischen dem vierzehnten und dem fünfzehnten Jahrhundert in Frankreich und war die erste Berufsschriftstellerin der Geschichte. Besonders eines ihrer Werke muss hervorgehoben werden: Es heißt *Das Buch von der Stadt der Frauen* und ist eine hochmoderne Abhandlung über leider bis heute aktuelle Themen zur Stellung der Frau. Zum Beispiel über das Thema Vergewaltigung und die Notwendigkeit einer angemessenen Strafe. Wenn wir uns heutige Gerichtsverhandlungen anschauen und hören, was die Anwälte über die Vergewaltiger sagen oder die Richter in ihren Urteilsbegründungen schreiben, kommen wir zu dem Schluss, dass das Problem bis heute alles andere als gelöst ist. Ein weiteres grundlegendes Thema, das im *Buch von der Stadt der Frauen* zur Sprache kommt, ist die weibliche Bildung. Dass es in der Welt der Literatur, der Philosophie und der Kultur keine Frauen gibt, liegt nicht an deren vermeintlicher natürlicher Unterlegenheit, sondern daran, dass sie, eingesperrt in den heimischen vier Wänden, niemals die Chance bekamen, zu studieren oder überhaupt etwas zu lernen. Eine kluge Frau ist zu allem fähig - sagt Christine de Pizan -, doch allein die Vorstellung, eine Frau könnte mehr wissen als sie, ist den Männern unerträglich. Heute erscheinen uns diese Gedanken selbstverständlich - was sie auch sind -, doch überlegt einmal, wie neu und revolutionär sie im damaligen Frankreich waren. Und da wir schon bei revolutionären Taten sind, will ich euch vom Mut einer weiteren Frau erzählen, Artemisia Gentileschi, bedeutende Malerin des siebzehnten Jahrhunderts. Artemisia wurde von einem Malerkollegen vergewaltigt, er hieß Agostino Tassi und war ihr Perspektivelehrer. Sie tat etwas für jene Zeit Unerhörtes und Skandalöses: Sie zeigte ihn an und nahm in Kauf, ihre Aussage während des Prozesses unter Folter zu bestätigen.«

Gemurmel wurde laut, und eine Bewegung ging durch den Raum. Ich sah zu Salvatore, der immer noch reglos wie eine Sphinx im Schneidersitz auf dem Boden saß.

»Wie ist der Prozess ausgegangen?«, fragte ein Mädchen.

»Tassi wurde verurteilt, er musste zwischen Zwangsarbeit und Exil wählen. Natürlich wählte er das Exil, doch das ist nicht das Entscheidende. Das Entscheidende ist der Prozess und die symbolische Bedeutung, die er im Lauf der Jahrhunderte bekommen hat. Heute können wir sagen, dass Artemisia Gentileschi ein Symbol für weibliches Aufbegehren ist, für den Widerstand gegen Missbrauch und männliche Dominanz. Die Bedeutung ihrer Geschichte überstrahlt ihr persönliches Schicksal. Ehe wir weitermachen, würde ich von euch gern ein paar Gedanken und Kommentare dazu hören.«

Es gab ein paar nicht sonderlich interessante Wortmeldungen, und ich schweifte ab und dachte an meinen eigenen Kram. Seit ein paar Tagen trieb mich der Gedanke um, Celeste eine meiner Kurzgeschichten lesen zu lassen, und ich fragte mich, welche ich auswählen und vor allem wie und wann ich sie ihr geben sollte. Ich sagte mir, dass ich mich für eine Geschichte entscheiden, sie fotokopieren und dann immer bei mir haben müsse, damit ich sie ihr bei Gelegenheit geben konnte.

»Die letzte Frau, von der ich euch erzählen will, ist weder eine mythische Gestalt wie Lilith noch eine Frau, die vor Hunderten von Jahren gelebt hat. Sie ist erst vor wenigen Jahren gestorben und war die erste bedeutende Philosophin der Gegenwart, auch wenn sie mit dieser Definition nicht einverstanden war. Sie heißt Hannah Arendt, und ihr verdanken wir die bedeutendste zeitgemäße Abhandlung über die Natur des Bösen.«

Es war das erste Mal, dass ich von Hannah Arendt hörte. Celeste erzählte uns die Geschichte ihres berühmtesten Werkes über die *Banalität des Bösen*, in dem sie vom Eichmann-Prozess, dem Holocaust und vor allem von der erschreckenden Normalität seiner Vollstrecker berichtet. Sie redete lange, auch wenn ich nicht weiß, wie lang die Unterrichtsstunde eigentlich dauerte. Bestimmt länger als vorgesehen, denn irgendwann ging ihr aus unerfindlichen Gründen auf, dass es schon spät war. Sie brach ab, schnappte sich Tasche und Mantel, sagte, es tue ihr leid, dass sie nicht bleiben könne, verabschiedete sich und ging in ihrem typischen, arglos aufreizenden Gang davon, den ich unter Tausenden wiedererkannt hätte.

Nach den Regeln des Gegenunterrichts hätte ich noch bleiben sollen, um an der selbst geleiteten Diskussion teilzunehmen. Doch plötzlich hatte die ganze Sache an Reiz verloren, und die anderen Schüler, die mir bis vor wenigen Augenblicken wie die Gefährten eines intellektuellen Abenteuers erschienen waren, wurden nach Celestes Verschwinden wieder zu Fremden. Also blieb ich noch ein Weilchen sitzen und ging dann. Beim Hinausgehen bemerkte ich, dass Salvatore verschwunden war.

* * *

Die Selbstverwaltung hatte ihre Regeln und folgte einer gewissen juristischen Ordnung. Es gab einen Vorstand aus Vertretern der verschiedenen politischen Lager, die die Schulbesetzung angestrengt und umgesetzt hatten: der kommunistische Jugendverband, die außerparlamentarische Linke und die Radikalen; es gab einen Ordnungsdienst, der intern darauf achtete, dass alles ohne Zwischenfälle verlief, und nach außen hin für die Abwehr eventueller faschistischer Provokationen zuständig war – so nannte man das; es gab eine Art Verwaltung, die sich um die Organisation der Vorträge und Kurse kümmerte, die Belegung der Turnhallen und Labors sowie die Benutzung der Geräte regelte und für sämtliche praktischen Anliegen rund um die Besetzung der Schule zuständig war. Ich machte bei keiner Gruppe mit.

Eines Tages holte Salvatore mich auf dem Flur ein und sagte, wir beide hätten außerhalb der Schule etwas zu erledigen.

»Und was?«

»Proviant besorgen.«

»Was soll das heißen?«

»Für die Genossen, die nachts in der Schule die Stellung halten. Was zu essen und zu trinken und so.«

»Und von welchem Geld?«

»Wer hat denn was von Bezahlen gesagt? Wir enteignen.«

Die Sache schmeckte mir gar nicht. Ich konnte mit Stolz behaupten, noch nie in meinem Leben etwas gestohlen zu haben – nicht einmal ein Bonbon im Tabakladen –, und das Wort

Dieb hatte für mich stets wie eine schändliche Beleidigung geklungen, und das wohl zu Recht. Doch ich wusste nicht, wie ich Salvatore das beibringen sollte. Also sagte ich nichts, und zehn Minuten später waren wir auf der Straße, er, ich und ein Typ aus der Zwölf, der fast immer zum Training kam. Er hieß Alfonso Soundso, trug einen dünnen Fusselbart und stank nach Schweiß.

»Wohin gehen wir?«, fragte Alfonso.

»Zum Standa, wir sind schon seit 'ner Ewigkeit nicht mehr einkaufen gewesen«, entgegnete Salvatore. Wenn Ironie in dem Wort *einkaufen* mitschwang, dann so versteckt, dass ich sie nicht mitbekam. Stattdessen wurde ich noch nervöser, weil der Supermarkt im Untergeschoss des Standa-Kaufhauses am Corso Vittorio Emanuele der Stammsupermarkt meiner Mutter war. Normalerweise sollte sie um diese Zeit bei der Arbeit sein. Aber woher sollte ich wissen – hatte ich mich das je gefragt? –, wann sie ihren freien Tag hatte und wie ihr Stundenplan aussah? Ich überlegte, ob ich den anderen sagen sollte, dass der Standa nicht das Richtige war, doch mir fehlte der Mut. Ich beschloss, dass ich, sollte ich meine Mutter oder sonst einen Bekannten sehen, Salvatore sagen würde, ich sei raus, und damit basta.

Schweigend liefen wir nebeneinanderher, und als wir am Polizeipräsidium vorbeikamen und schon fast am Ziel waren, erklärte Salvatore, wie wir vorgehen würden. Eigentlich waren seine Anweisungen nur an mich gerichtet, denn der duftende Alfonso hatte gewiss schon seine Erfahrungen mit proletarischem Einkauf gemacht.

»Sperrige Sachen meiden wir. Nur Käse, Wurst, Kekse, Süßigkeiten, Schokolade, Dosenmilch. Alles, was nahrhaft ist und wenig Platz braucht. Keine Flaschen, kein Brot, also nichts, was nicht in die Hosen passt. Ich nehme was mit zur Kasse und bezahle, und ihr geht derweil raus.«

»Und wenn wir erwischt werden?«, fragte ich und wurde mit jedem Schritt, den wir uns dem Supermarkt näherten, nervöser.

»Lass das meine Sorge sein. Du haust ab, und basta«, sagte er, und mir war, als griffe er sich kurz an die Hüfte. Doch vielleicht bildete ich mir das nur ein, oder ich habe es aufgrund dessen, was später passierte, nachträglich in meine Erinnerungen projiziert. Jedenfalls stellte ich keine weiteren Fragen.

Als ich im Supermarkt war, überkam mich ein absolut seltsames Gefühl, wie ich es nur sehr wenige Male im Leben empfunden habe. Es war, als befände ich mich an einer Zeitschwelle, jenseits derer nichts mehr so sein würde wie vorher. Es war, als nähme ich die Veränderung in dem Moment war, in dem sie sich vollzog.

Der Standa-Supermarkt war ein legendärer Ort meiner Kindheit. Ich ging immer mit meiner Mutter hin, und noch heute kann ich das wohlige Schaudern spüren, das sich einstellte, wenn man die letzte Treppe hinunterkam und an den Kühltheken vorbeiging, dazu diese einmalige Geruchsmischung – Fleisch, Gemüse, Wurst, Plastikverpackungen –, die für mich einfach der *Standa-Geruch* war. Damals gab es noch nicht so viele Supermärkte, und dorthin zu gehen war ein bisschen wie ein Kirmesbesuch zur Levante-Messe, die im September kurz vor Schulbeginn stattfand.

Bei Standa gab es Sachen, die es sonst nirgendwo gab. Bestimmte Käsesorten in Schälchen, die nach Schinken schmeckten, zum Beispiel; oder französische Kekse, die Pralinen ähnelten und die man nur zu besonderen Gelegenheiten essen durfte; und viele andere verschwundene Dinge, die mit den matten, körnigen Farben eines Super-8-Films meine Erinnerung bevölkern.

An jenem feuchten grauen Spätwintermorgen – das wusste ich ganz genau – würde ich meine Kindheit entweihen und ihr endgültig Lebewohl sagen.

Es dauerte nicht länger als eine Viertelstunde. Wir verteilten uns zwischen den Regalen, ich landete in der Keks-und-Süßigkeiten-Abteilung, und mein Herz hämmerte wie wild, als ich mich vergewisserte, dass niemand guckte, mir eine Packung Saiwa-Schokowaffeln griff und sie unter meinem Pulli in den Hosenbund stopfte. Wenn ich jetzt darüber nachdenke, war die Wahl kein Zufall: Es waren große, dick mit Schokolade überzogene Waffeln, die absolut köstlich schmeckten und bei meiner Mutter absolut verboten waren. In meiner ganzen Kindheit habe ich sie höchstens drei- oder viermal gegessen, immer heimlich und bei Kindern, deren Mütter weniger um meine Ernährung besorgt waren.

Danach war alles leichter. Ich griff mir noch mehr Kekse, Käseecken, eine Salami, Marmelade, Nutella, Thunfisch, Kaffeesahne, und während sich meine Hosen, meine Unterhosen und meine Jacke allmählich füllten, schwanden auch die letzten Skrupel.

Irgendwann, während ich unschlüssig vor einer Packung Dosenfleisch stand, kam Salvatore zu mir und sagte, wir sollten uns zum Ausgang bewegen. Er ging zur Kasse, um einen Liter Soresina-Milch zu zahlen – keine Ahnung, warum mir die Marke im Kopf geblieben ist –, wir drückten uns vorbei, während er umständlich mit dem Geld herumhantierte und die Kassiererin ablenkte, und ein paar Minuten später waren wir wieder in der Schule, in einem der leeren Klassenräume im dritten Stock, und machten eine Bestandsaufnahme unserer Beute, die auf der grünen Resopalplatte des Pultes ausgebreitet lag.

Hätten wir einen Wettstreit gemacht, wer am meisten klauen kann, hätte Alfonso klar gewonnen. Unermüdlich zog er Zeug aus seinem Parka, seinem Pulli, der Hose, der Unterhose, wie ein Zauberer aus seinem Zylinder: ein Dutzend Tafeln Edelschokolade, abgepackten Aufschnitt, Zahnpastatuben, Shampooflaschen, Dosen mit Kaviarersatz, Bonbons, Stifte, Lachs, Seifen, Chips, Kaugummi und sogar noch eine Riesenpackung süßer Pausensnacks. Wie er die noch untergebracht hatte, ohne sich erwischen zu lassen, war genauso unerklärlich wie manche Zaubertricks.

Salvatore war bescheidener gewesen, aber entgegen seiner eigenen Regel hatte er auch eine Flasche Wein und eine mit Whiskey eingesteckt.

»Hattest du nicht gesagt, keine Flaschen?«

»*Du* solltest keine Flaschen nehmen. Vielleicht beim nächsten Mal«, sagte er und zeigte sein rares, unergründliches Lächeln. Dann aßen wir jeder eine Tafel Schokolade, ließen den Whiskey herumgehen und rauchten Salvatores Zigaretten. Ich fühlte mich gut, als hätte ich mich von einer leidigen Last befreit. Unsere kleine Feier wurde von Alfonso besiegelt, der zwar nicht viele Worte machte, aber über ungeahnte Fähigkeiten verfügte. Als er aufgeraucht hatte, nahm er noch einen Schluck aus der Flasche, trommelte sich mit den flachen Händen auf den Bauch und stieß ein unsägliches Rülpskonzert aus. Das war der Soundtrack zu meinem kriminellen Einstand.

* * *

Auf Stefanias Bitten brachte ich eines Tages die Gitarre mit in die Schule. Der Ort für musikalische Darbietungen – und für alles Mögliche andere: Ein Schüler, der offenbar mit Zirkusleuten verwandt war, hatte eine atemberaubende Jongleurnummer vorgeführt – war die große Aula, und dort versuchte sie mich zum Spielen zu überreden.

»Das ist mir peinlich, das ist ja, als würde ich auftreten wollen.«

»Abgesehen davon, dass es nicht schaden kann, vor anderen Leuten aufzutreten, tritt man nun mal auf, wenn man ein Konzert gibt. Außerdem kann's dir doch egal sein, wir stellen uns in eine Ecke, du spielst, wir singen, und wer Bock hat, hört zu, schließlich ist keiner dazu gezwungen.«

So machten wir es. Anfangs war ich verkrampft und sang fast flüsternd. Dann entspannte ich mich allmählich, und nach und nach versammelte sich eine beachtliche Traube Zuhörer. Es war der erste wirkliche Auftritt meines Lebens, und schon bald war mir klar, dass ich es enorm genoss. Ich war gerade mit *Harvest* von Neil Young fertig, als mir aufging, dass mitten im Schülerpublikum Celeste stand. Mein Herzschlag setzte aus, und ich fragte mich, seit wann sie schon dort stand und wie ich wohl gespielt hatte, während sie zuhörte. In meiner plötzlichen Benommenheit sagte ich mir, dass dies eine Chance war, die ich nicht vertun durfte.

Mein Lieblingslied – zumindest von den italienischen Liedern – war damals *Pezzi di vetro* von Francesco De Gregori. Seit ich es das erste Mal gehört hatte, wusste ich – wie es bei Romanen, Gedichten und eben auch Liedern passiert –, dass es darin um mich ging. Ich war der Junge, der auf Scherben ging, ohne sich zu verletzen, und ich wusste, wenn ich mich verliebte, würde es genauso vollkommen sein, wie es diese Worte und diese Musik beschrieben. Es war also unvermeidlich, es für sie zu singen. Ich senkte den Blick, schluckte trocken und schlug das unverwechselbare Arpeggio in e-Moll an.

Ich spielte und sang das Lied von Anfang bis Ende und hielt den Blick die ganze Zeit gesenkt, als würde ich mich auf meine Finger und die Saiten konzentrieren. Das war gar nicht nötig, ich kannte jeden Akkord dieses Liedes im Schlaf und hätte es mit verbundenen Augen spielen können. Doch ich konnte nicht aufsehen, aus Angst, Celestes Blick zu begegnen, aus Angst, jemand würde mich durchschauen.

Nach dem letzten Akkord nickte ich dankend in Richtung

Publikum. Die Vorstellung war vorbei, und langer Beifall erscholl, auch Celeste klatschte, und ich bekam Gänsehaut. Dann, während die Schüler auseinandergingen und in schwatzenden Grüppchen die große Aula verließen, kam sie auf mich zu.

»Du bist sehr gut, Enrico. Das war fast besser als das Original«, sagte sie und berührte meine linke Hand. Es war wie ein Stromschlag, doch was mich noch mehr umhaute, war, sie meinen Namen flüstern zu hören.

Ich hatte meine Kurzgeschichte in der Tasche, die ich fotokopiert hatte, um sie ihr zu geben, sobald sich die Gelegenheit dazu böte. Mir blieb nur sehr wenig Zeit, um mit ihr zu reden, ohne dass mich jemand hörte.

»Ich wollte Ihnen etwas geben«, haspelte ich hervor und wurde rot.

»Was denn?«

Ich steckte die Hand in die Tasche und blickte mich um, um sicherzugehen, dass niemand uns sah. Vor allem Stefania nicht, die mich sonst hart in die Mangel genommen hätte. Offenbar sah uns niemand, doch mir blieb sowieso keine Wahl. Ich zog die vier zerknitterten Blätter hervor und drückte sie ihr verstohlen in die Hand. Ohne eine Frage zu stellen, steckte sie sie in die Tasche.

»Das ist was, das ich geschrieben habe.«

Einen Moment lang wirkte sie unentschlossen, und mich durchschoss der irre Gedanke, sie wollte mich küssen. Dann nickte sie nur mit unergründlicher Miene und ging ebenfalls davon.

Enrico

Zwei Tage waren vergangen, seit ich Celeste meine Geschichte gegeben hatte. Ich stand an einem der Fenster, von denen aus man den Hafen, das Meer, den Leuchtturm und die Schiffe am Horizont sehen konnte, als mich jemand an der Schulter berührte.

»Kann ich dich fünf Minuten sprechen, Enrico?«

Ich war so verdattert, dass ich keinen Ton herausbekam. Ich nickte, und sie bat mich, ihr ins nur wenige Meter entfernte Lehrerzimmer zu folgen. An dem großen rechteckigen Tisch saß niemand, und wir setzten uns an eine Ecke gegenüber der Tür. Eine geradezu metaphysische Spannung lag in dem leeren Raum.

»Ich habe deine Erzählung gelesen.«

Sie hatte wunderschöne Haut, ihre Augen waren aus der Nähe noch größer, und sie roch wie immer nach Patschuli.

»Ich wollte dich etwas fragen, aber ich möchte nicht, dass du mich falsch verstehst.«

»Nur zu«, sagte ich mit einem Nachdruck, den ich sofort bereute.

»Das, was du hier geschrieben hast«, sie zog meine Blätter aus der Tasche, »ist das alles von dir?«

Ich brauchte ein paar Sekunden, bis ich die Frage verstand, und wurde rot. Sie dachte, ich hätte abgeschrieben, und vor Kränkung und Wut schossen mir die Tränen in die Augen.

»Ich hab nicht abgeschrieben. Aber ist ja auch egal. Kann ich das bitte wiederhaben ...«, sagte ich mit zitternder Unterlippe. Als ich nach den Blättern griff, zog sie sie blitzschnell zurück.

»Entschuldige. Ich wollte dich nicht kränken, das war eine blöde Frage.«

Sie legte meine Erzählung auf den Tisch und fuhr sich auf ungewohnte Weise mit den Händen übers Gesicht und durchs Haar. Es schien, als suchte sie nach Worten.

»Es ist nun mal so, deine Erzählung ist ... sehr schön, und es ist schwer vorstellbar, dass sie ein Junge deines Alters geschrieben haben soll. Zum Beispiel diese Passage, in der es um die Sehnsucht nach den ungeschehenen Dingen geht. Was weiß ein Sechzehnjähriger davon? Woher kennst du diese Sehnsucht? Was weißt du schon davon?«

Ich blieb stumm – was hätte ich auch sagen sollen?

»So schreiben zu können ist ein Privileg, aber auch eine Verantwortung. Wenn einer eine solche Gabe besitzt, darf er sie nicht vergeuden. Verstehst du, was ich meine?«

»Ich glaube ja.«

Sie wollte gerade noch etwas sagen, als die Hausmeisterin Antonietta, Chefin der seit Generationen für die Schulleitung tätigen Geheimpolizei, mit geräuschvollem Räuspern das Lehrerzimmer betrat. Antonietta war vielleicht einen Meter fünfzig groß, wog rund achtzig Kilo, handelte mit Pausensnacks – zu der Zeit gab es noch keine Kioske oder Süßigkeitenautomaten in den Schulen –, wusste alles, was in der Schule vor sich ging, und leitete es an den Direktor weiter.

Die beiden Frauen blickten einander lange an, und Celestes Miene bekam eine nie da gewesene Härte. Ich fragte mich, was zwischen den beiden vorgefallen sein mochte. Denn dass etwas vorgefallen war, möglicherweise schon zu Zeiten, als Celeste noch ganz normale Gymnasiastin gewesen war, lag auf der Hand.

Antonietta schien etwas sagen zu wollen, senkte jedoch stattdessen den Blick und verließ grummelnd den Raum. Wir waren wieder allein, doch der Moment war vorüber. Celeste reichte mir die Blätter, und ich winkte übertrieben nachdrücklich ab.

»Nein, nein. Sie waren... sie sind... na ja, ich möchte, dass Sie sie behalten.«

Sie kniff die Lippen zusammen und steckte die Blätter in die Tasche zurück.

»Du gehst jetzt besser.«

Ich stand auf, und da ich nicht wusste, wie ich mich verabschieden sollte, hob ich die Hand auf Brusthöhe und winkte linkisch. Sie tat das Gleiche und lächelte leise, ohne etwas zu sagen.

Als ich wieder auf dem Flur stand, war ich wie betrunken. Die Welt drehte sich, alles war leicht verschwommen, und ich fühlte mich so vollkommen glücklich wie nur selten in meinem Leben.

12

»Vallesi!«

Du bist an ihr vorübergegangen, ohne sie zu erkennen, was ausnahmsweise nicht an deiner Gedankenverlorenheit liegt. Denn die Frau, die vor dir steht, ist nicht wirklich Stefania. Manche Menschen verändern sich mit den Jahren kaum. Sie gehört nicht dazu.

Stefania war ein hübsches, knackiges Mädchen mit rundem Gesicht, großen Brüsten und langem rötlich braunen Haar.

Dein Gegenüber ist dünn, um nicht zu sagen dürr; das Gesicht ist hart, geradezu ausgemergelt; das Haar raspelkurz und beinahe weiß. Nur in den Augen, jetzt fällt es dir auf, liegt noch das fröhliche, fast übermütige Blitzen deiner Freundin aus Jugendtagen.

Nach kurzem Zögern umarmt ihr euch. Sie riecht gut, herb und frisch, wie frisch gewaschene Laken.

»Ich fasse es nicht: Enrico Vallesi taucht plötzlich aus der Vergangenheit auf und steht mir nichts, dir nichts vor mir.«

Sie fragt nicht, was du hier machst, und sagt, ihr Laden sei nur einen Steinwurf entfernt, du müsstest ihn dir unbedingt anschauen. Du sagst, klar, sehr gern, es ist dir eine Freude, und sie starrt dich noch immer mit einem Gesichtsausdruck an, als schössen ihr zig Dinge gleichzeitig durch den Kopf.

»Gut siehst du aus, Vallesi, das Älterwerden steht dir. Du bist viel hübscher als früher.«

Du willst etwas antworten, doch du weißt nicht was und

kannst den Blick nicht von ihrem Haar losreißen, was ihr nicht entgeht.

»Sie sind nicht wirklich alle weiß. Aber irgendwann, als ich gemerkt habe, dass die weißen in der Überzahl sind, habe ich beschlossen, den Prozess zu beschleunigen. Na ja, die paar, die noch nicht weiß sind, färbe ich.«

»Du siehst super aus.«

In dem Moment entdeckt sie einen kleinen Blutfleck auf deinem Hemd.

»Ist das Blut? Was ist passiert?«

»Ach, das. Ich hatte ein bisschen Nasenbluten... hab ich gar nicht bemerkt...«

Stefania guckt leicht verdutzt und ein wenig besorgt. Etwas Verletzliches liegt in dieser Besorgtheit oder etwas anderes, das dich unangenehm berührt.

»Warum hast du Nasenbluten? Hast du dich untersuchen lassen? Wenn du willst...«

»Nein, nein, der Arzt meint, es ist nichts. Nur eine Kapillarschwäche, nichts Ernstes. Gehen wir uns deinen Laden anschauen?«

Ihr Laden heißt Bio-Logie. Es ist eine Art kleiner, behaglicher Supermarkt mit viel hellem Holz, bunten Flaschen, Seifen, einer Bekleidungsabteilung voll sanfter, beschwichtigender Farben und einer Obst-und-Gemüse-Abteilung, in der es auch Topfpflanzen gibt. Es läuft gedämpfte Hintergrundmusik, und du brauchst ein Weilchen, bis du erkennst, dass es eine Jazzversion von Mozarts *Türkischem Marsch* ist. Also alles andere als das, was du als *Hintergrundmusik* bezeichnen würdest. Ein einladender Duft liegt in der Luft.

»Wonach riecht es hier?«

»Gefällt's dir?«

»Sehr. Am liebsten möchte man hier gar nicht mehr weg.«

»So ist es auch gedacht. Ich habe den Duft erst vor wenigen Wochen kreiert. Bulgarische Rose, Kumquat, Yuzu, Patschuli und eine winzige Prise Jasmin, um die anderen vier im Gleichgewicht zu halten.«

»Yuzu?«

»Yuzu. Eine Art Bittermandarine.«

»Verkaufst du das? Das Parfum, meine ich, nicht die Bittermandarine.«

Sie lacht. »Ja, das verkaufe ich. Aber wenn du brav bist, schenke ich es dir. Wie viele Jahre haben wir uns nicht gesehen?«

»So um die zwanzig, würde ich sagen.«

»Stimmt, so um die zwanzig. Ich fass es nicht. Na schön, schau dich ruhig um. Ich muss nur ein paar Kleinigkeiten erledigen, dann bin ich wieder bei dir.«

Stefania verschwindet hinten im Laden, und du siehst dich um. Offenbar gibt es zwei Angestellte: eine große, hagere junge Frau an der Kasse und einen Herren um die sechzig in der Obst-und-Gemüse-Abteilung. Beide tragen blaue Kittel und gleichen eher Laborassistenten als Verkäufern. Kunden kommen und gehen – vor allem Frauen. Bei deinen weiteren Erkundungen stellst du fest, dass es ganz hinten, fast im hintersten Winkel des Ladens auch eine Bücherecke gibt. Du gehst hin und rechnest mit New-Age-Literatur, Ratgebern für die Herstellung von Kräutertees und Früchteshakes, Sufi-Kochbüchern und chinesischen Horoskopen. Doch nichts dergleichen. Es ist eine bunt gemischte Minibuchhandlung. Hier findet dich Stefania, als sie wieder auftaucht.

»Ich würde niemals eine richtige Buchhandlung haben wollen, in der ich jeden Mist verkaufen muss. Hier habe ich nur Bücher, die ich selbst gelesen habe, die mir gefallen und die ich weiterempfehlen kann. Deins ist selbstverständlich auch dabei, hast du gesehen?«

Du hast es gesehen und nickst.

»Es ist schön hier«, sagst du, um das Thema zu wechseln, aber auch weil es stimmt.

»Inzwischen mag ich es auch. Es gibt den Laden seit rund zehn Jahren, aber in den letzten zwei habe ich sehr viel geändert. Die Einrichtung der Bücherecke gehört dazu.«

Du lächelst verlegen.

»Eine Kundin hat mich gefragt, wer das ist.«

»Wer wer ist?«

»Wer du bist. Sie meinte, du seist ein hübsches Kerlchen.«

»Ein hübsches Kerlchen? Wie alt ist die Kundin?«

Stefania prustet los.

»So um die siebzig, aber sie sieht sehr gut aus, ich schwör's dir. Ich glaube, sie hat auch eine ziemlich wilde Vergangenheit – *skandalös,* würde ein Freund von mir sagen –, und ich glaube, sie gibt noch immer keine Ruhe. Willst du ihre Nummer?«

»Danke, sehr nett, dass du mir den Abend organisieren willst.«

»Um ehrlich zu sein, hätte ich da bereits eine Idee. Hast du heute Abend was vor?«

»Dies und das. Soll ich es absagen?«

»Geh mit mir essen. Ich zeig dir ein ganz nettes vegetarisches Restaurant.«

Wenig später siehst du zu, wie die junge Frau vom Tresen und der Typ aus der Gemüseabteilung den Laden schließen. Beide sind freundlich und offenbar stumm. Beim Abschied winken sie, ohne ein Wort zu sagen. Du überlegst, dass die beiden interessante Figuren für eine Story über eine Alien-Invasion abgeben würden, die sich von Bari-Süd aus über den gesamten Planeten Erde verbreitet.

Stefania hakt dich unter und führt dich durch die Straßen von Madonnella, die du zum ersten Mal zu sehen meinst. Das gleiche Gefühl wie auf dem Heimweg von deinem Bruder, denkst du und gibst dich wohlig dem Orientierungsverlust hin. Zehn Minuten später erreicht ihr ein Restaurant, das Grüntee heißt und aussieht wie eine Dorftrattoria, mit rotweiß karierten Tischdecken und Peperonisträußen an den Wänden. Der Inhaber hat euer Alter und einen Bauch, langes, zu einem Pferdeschwanz gebundenes Haar und Koteletten wie ein Droschkenkutscher. Er macht ein beseeltes Gesicht, als hätte er gerade was Starkes geraucht und noch nicht genug davon. Er bringt euch zum Tisch, lässt dich wissen, dass er mit Stefania ganz dicke ist, erläutert die Speisekarte, erzählt dir, dass er in einem früheren Leben mal Programmierer war, aber Wirt zu sein gefällt ihm besser, und setzt dich abschließend in Kenntnis – mit gedämpfter Stimme, damit die anderen Gäste es nicht mitkriegen –, dass er zwar ein vegetarisches Restaurant hat, aber zu einem schönen Steak dann und wann nicht Nein sagt.

Ihr bestellt eine Flasche Bio-Aglianico, Kürbis-Koriander-Suppe, Tofuwürstchen und Rote-Bohnen-Eis.

»Und jetzt erzähl mir ein bisschen von dir, Vallesi. Zwanzig Jahre im Schnelldurchlauf. Vielleicht sogar dreißig, denn bei unserer letzten Begegnung haben wir, soweit ich mich erinnere, nicht viel miteinander geredet.«

Während du die Suppe löffelst, die erstaunlicherweise nach etwas schmeckt, saugst du dir eine angemessen mit Wahrheiten, Lügen und Auslassung bestückte Geschichte aus den Fingern.

»Nun ja, ich bin viel verlegerisch tätig, Lektoratsarbeit, Gutachten und so weiter. Das Privatleben lässt zu wünschen übrig, aber es kommen auch bessere Zeiten.«

Du siehst sie an und setzt ein warmherziges und durch und durch geheucheltes Lächeln auf, nach dem Motto: So weit alles ganz normal, wie du siehst. Mit Hochs und Tiefs, aber ganz normal.

»Entschuldige, aber das ist alles ein bisschen wirr. Schreibst du an was?«

»Sagen wir, ich pausiere seit einer Weile. Ein Zwischenstopp, ehe es wieder losgeht.«

Du kommst dir blöd vor, noch ehe du den Satz zu Ende hast.

»Zwischenstopp? So ein Scheißwort, entschuldige die elegante Ausdrucksweise. Ich weiß nicht mehr wer, aber irgendjemand hat mal gesagt, dass es im Leben keine Zwischenstopps gibt. Entweder es geht vorwärts, oder es geht rückwärts. Wieso schreibst du nicht?«

»Weil ich es nicht mehr kann, oder vielleicht weil ich keine Lust mehr habe.«

»Du hast keine Lust mehr?«

Du zuckst die Achseln und sagst nichts.

»Und geht's dir gut damit?«

»Nein.«

Stefania seufzt. Du nippst an deinem Aglianico.

»Erzähl mir von dir.«

»Was willst du hören?«

»Keine Ahnung, von deinem Leben, was du so gemacht hast, was du so machst. Lebst du allein, hast du jemanden?«

»Und du?«

»Allein. Seit einer Weile.«

»Ich auch. Seit einer Weile. Hör mal ...«

»Ja?«

»Es gibt da etwas, von dem ich nicht will, dass zufällig die Sprache drauf kommt. Das passiert immer in den ungünstigsten Momenten und macht die Sache umso unangenehmer. Deshalb würde ich es lieber gleich loswerden.«

»Worum geht's denn?«

»Vor drei Jahren wurde mir Lungenkrebs diagnostiziert.«

Krack.

Zuerst ein trockenes Knacken und dann ein Flügelrauschen. Etwas bewegt sich ganz nah, direkt neben dir. Eine Gegenwart. Gleich darauf überkommt dich der Schauder, du hättest gern darauf verzichtet. Du willst gerade fragen, warum sie dir nichts davon gesagt hat, aber dir geht auf, dass das eine bescheuerte Frage ist. Ihr habt euch das letzte Mal vor über zwanzig Jahren gesehen, und wenn du Krebs oder etwas ähnlich Abscheuliches bekommen hättest, hättest du bestimmt nicht Stefania davon erzählt.

»Vor drei Jahren ...«

»Vor drei Jahren. Aber jetzt geht's mir gut, krampfige Fragen und taktvolles Herumgerede kannst du dir also sparen.«

Der Schauder scheint vorüber zu sein, doch nichts an diesem Tisch ist wie vorher. Ihr raspelkurzes Haar beispielsweise hat jetzt eine andere Bedeutung.

»Wurdest du operiert?«

»Ja, wurde ich, ich hab eine Chemo gekriegt, mir sind die Haare ausgefallen, die Therapie schlug an, und am Ende hieß es, es sei zur *Remission* gekommen. Um sagen zu können, ich sei *geheilt,* muss ich allerdings noch ein paar Jahre mit Kontrolluntersuchungen abwarten. Aber bis jetzt ist alles gut, auch wenn es jedes Mal wieder schrecklich ist, wenn die Untersuchungen näher rücken. Aber die Haare waren schon vorher kurz, die haben nichts mit der Chemo zu tun.«

Du denkst, dass du keine Lust hast, Details zu hören. Du denkst, dass du gern das Thema wechseln und diese Gegenwart, deren Flügelschlag du kurz zuvor wahrgenommen hast, vertreiben würdest. Du denkst, dass du ein Feigling bist, du bist es immer gewesen, und als du anfängst zu reden, klingt deine Stimme wie die eines anderen.

»Wie... wie verändert man sich nach einer solchen Sache?«

»Gute Frage. Du bist der Erste, der mich danach fragt, dabei ist das die wesentliche Frage, wenn man überlebt. Wie hat man sich verändert, *hat* man sich verändert?«

Sie trinkt einen Schluck Wein und presst die Lippen aufeinander, bis sie weiß werden. Du sagst nichts und wartest. Du wartest zwei, drei Minuten, die wirklich lang sein können. Als Stefania wieder zu sprechen anhebt, scheint sie ein Dilemma gelöst oder zumindest eine Lösung gefunden zu haben.

»Die Ärzte meinten sofort, die Situation sei ernst, aber ich hätte gute Chancen. Ich habe nie gewusst, was ich eigentlich denken soll. Das heißt, manchmal glaubte und hoffte ich, es zu schaffen. Dann wieder war ich überzeugt, dass sie mich angelogen hätten, dass die Überlebenschancen minimal und die Versuche halbherzig wären und mir nur noch ein paar Monate blieben. Na ja, ich war überzeugt, ich würde sterben, und manchmal überkam mich die Angst, zusammen mit einer entsetzlichen Wut.«

»Wut?«

»Es erscheint einem so ungerecht. Man fragt sich, wieso muss ausgerechnet mir das passieren, man sieht die gesunden, *normalen* Menschen und beneidet sie mit aller Wut, die man im Leib hat. Aber ich habe die Ärzte nie gefragt: *Lügt ihr mich an? Ich sterbe, sagt mir die Wahrheit!* Mir fehlte der Mut, auch wenn ich meinte, die Antwort zu kennen.«

Einen Augenblick lang, einen entsetzlichen Augenblick lang, während du verstört und gequält ihren Schilderungen folgst, hast du die Vision – fast eine Halluzination – von Stefanias Körper, der sich verändert wie in diesen Filmen, die sich aus minütlichen Einzelbildern zusammensetzen und das Aufblühen einer Blume zeigen, als wäre es mit bloßem Auge zu beobachten. Nur, dass dein Film ungefähr ein Einzelbild pro Monat nimmt und keine erblühende Blume zeigt, sondern den Körper deiner Freundin seit ihrem sechzehnten Lebensjahr; er wächst, verändert sich, altert, verändert sich und verändert sich weiter wegen des Krebses, der sich darin eingenistet hat, und dann vergeht er zwischen Blut und Schmerz und Angst und chemischen Substanzen, die ihm in die Adern und Fasern, in den Bauch und ins Hirn gepumpt werden, und dann die Übelkeit, und obgleich die Krankheit besiegt ist, bleibt ihr Geist wie ein stummer, grausiger Wächter zurück.

»Scheiße. Entschuldige, aber das ist heftig…«

Sie schüttelt den Kopf, wie um zu sagen, du musst dich nicht entschuldigen. Sie weiß genau, wie heftig das ist.

»Dann gab es Momente, in denen sich die Panik seltsamerweise auflöste und ich meine Situation beinahe nüchtern analysieren konnte. Dann habe ich an all die Dinge gedacht, die ich nicht gemacht hatte, an all die vergeudete Zeit, und mich überkam eine entsetzliche Schwermut. Ich betrachtete mein Leben von meinem vermeintlichen Totenbett aus. Und irgendwie *war* es mein Totenbett. Das war meine Sicht, auch wenn ich nicht gestorben bin.«

»An was hast du gedacht?«

»Wie gesagt, an die vergeudete Zeit. An die Bücher, die ich nicht gelesen hatte, an die Dinge, die ich den Menschen, denen ich sie hätte sagen sollen, nicht gesagt habe. An die nicht gemachten Reisen und Spaziergänge. Einmal musste ich an einen Welpen denken, den mir jemand hatte schenken wollen. Ich hätte ihn gern genommen, aber dann habe ich überlegt, dass ich dafür ein Stück meiner Freiheit opfern müsste und solchen Mist, und habe es nicht getan. Auch das war eine Art Feigheit. Ich dachte an all die Risiken, die ich nicht hatte eingehen wollen. An meine Gleichgültigkeit. Genau. Ich dachte, wenn ich die Zeit zurückdrehen könnte – wohlgemerkt: Ich dachte nicht, *wenn ich überleben würde*, denn daran glaubte ich nicht –, würde ich weniger gleichgültig sein. Ich würde weniger an mich denken, weniger *zaghaft* sein, mehr wagen, statt jeden Schritt abzuwägen, voll vermeintlicher Spontaneität, die ich nie hatte.«

Hätte dich vorher jemand gebeten, eine spontane Person zu nennen, wäre dir selbst nach so langer Zeit als Erstes Stefania eingefallen. Doch ihren eigenen Aussagen zufolge hast du dich wie in so vielen Dingen auch darin geirrt. Du greifst nach der Weinflasche und verteilst den Rest auf die beiden Gläser. Dann leerst du deines in einem Zug. Ohne genau zu wissen, was du eigentlich denkst, geht dir durch den Kopf, dass du nicht weißt, wie du nach einer weiteren Flasche fragen kannst, ohne schlecht dazustehen.

»Wollen wir noch eine bestellen?«, fragt Stefania. Du sagst Ja und fragst dich, ob sie Gedanken lesen kann oder auch nur Lust auf ein weiteres Gläschen hat.

»Vor der Krankheit habe ich felsenfest an die Tugenden des gesunden Lebens geglaubt. Also vegetarische Bio-Ernährung, Nahrungsergänzungsmittel – Omega-3-Fettsäuren, grüner Tee, Kurkuma, Papaya –, Yoga, kein Alkohol, keine Zigaretten. Natürlich habe ich ausgerechnet Lungenkrebs gekriegt. Das Leben kann ganz schön zynisch sein. Inzwischen bin ich, sagen wir, weniger dogmatisch.«

Sie hebt die leere Flasche und winkt damit dem Wirt, damit er eine neue bringt.

»Na ja, all diese Dinge gingen mir eben durch den Kopf. Vor allem vor dem Eingriff, aber auch während der ersten Phase der Chemo. Dann haben die Ärzte mir gesagt, alles laufe gut, besser, als man je vermutet hätte, und ich habe ganz verblüfft gedacht, dass ich vielleicht doch noch nicht sterben sollte. Und weißt du, was komisch ist?«

»Was denn?«

»Ich habe mich nicht so gefreut, wie man vermuten würde. Ich war... verwirrt, weil ich vor einer Verantwortung stand, mit der ich nicht gerechnet hatte.«

»Nämlich?«

»In den Wochen zuvor hatte ich mir immer wieder gesagt, wie dumm ich gewesen war, dass ich mein Leben vergeudet hatte und alles anders machen würde, wenn es ein Zurück gäbe. Und nun *gab* es ein Zurück, und ich hatte die Chance, doch das bedeutete auch eine Verantwortung.«

Während Stefania redet, durchzuckt dich das Wort *Rekonvaleszenz*. Sofort beginnt der Ellenbogen zu schmerzen, aber längst nicht so stark wie sonst. Du bekommst ein paar Sätze nicht mit, aber das merkt sie nicht.

»Eine Sache möchte ich klarstellen. Ich bin nicht zur Vorzeige-Genesenden aus dem Selbsthilfe-Ratgeber geworden, nach dem Motto ›Das Leben ist herrlich‹, ›Das Glück liegt in den kleinen Dingen‹, ›Genießt den Augenblick‹ und solche Scheiße. Entschuldige den Ausdruck.«

»Scheiße erscheint mir sehr treffend.«

»Nun gut, so bin ich nicht geworden. Aber vielleicht habe ich ein paar Dinge verstanden, und ich versuche, die Konsequenzen daraus zu ziehen.«

Während du zuhörst, denkst du an das, was gerade passiert ist. Bedeutet es etwas? Vor allem der Schmerz im Ellenbogen, so gedämpft, so anders als das übliche Stechen. Eine Weile sitzt ihr da, ohne zu reden. Ihr löffelt das Rote-Bohnen-Eis. Trinkt noch ein bisschen Wein. Verlegen lächelt ihr euch an und versucht diese neue und unerwartete Vertrautheit einzuordnen.

»Weißt du, dass ich dir einen Brief geschrieben habe, als dein erster Roman herauskam?«

»Hab ich nie bekommen, sonst hätte ich dir geantwortet...«

»Keine Sorge. Ich habe ihn nie abgeschickt. Es waren drei supereng beschriebene Seiten. Bevor ich ihn abschickte - ich wollte ihn an deinen Verleger schicken, weil ich deine Florentiner Adresse nicht hatte und deine E-Mail auch nicht -, war ich so geistesgegenwärtig, ihn noch einmal durchzulesen und festzustellen, wie viel Mist ich geschrieben hatte, also habe ich die drei Blätter sorgfältig zusammengeknüllt und weggeworfen. Ich habe fast alles von dem vergessen, was ich dir geschrieben habe, bis auf eines, was vielleicht doch nicht so blöd war.«

»Und jetzt wirst du es mir sagen, oder?«

»Es war so etwas wie: *Du schreibst, wie ich schreiben würde, wenn ich schreiben könnte.*«

Wieder der Ellenbogen, aber der Schmerz ist beinahe sanft, wie ein leichter Schwindel.

»Um das klarzustellen: Das war ein Kompliment.«

»Um das klarzustellen: Das hatte ich begriffen und war verwirrt.«

»Ich wünsche mir, dass du noch eins schreibst. Und da ich betrunken bin, sage ich dir auch, dass ich gern eine Figur darin wäre, in deinem nächsten Roman, wenn du ihn denn schreibst.«

»Abgemacht. Aber dann brauche ich ein bisschen Material von dir. Erzähl mir, wie wir als Kinder waren.«

»Ich hab keine Lust, dir zu erzählen, wie ich war, auch weil ich es nicht weiß. Du bist der Schriftsteller, du musst mich erfinden. Aber wenn du willst, kann ich dir was über den Gymnasiasten Enrico Vallesi erzählen.«

»In Ordnung. Erzähl mir von mir. Könnte ziemlich spannend sein.«

»Dass du ein bisschen doof warst, haben wir schon gesagt, oder?«

»Stimmt, das muss nicht extra betont werden, dahinter können wir einen Haken machen.«

»Eine Sache gefiel mir besonders. Du wirktest immer abwesend, als seiest du in Gedanken ständig woanders, aber wenn man mit dir redete, hörtest du zu. Du warst ein hervorragender Zuhörer, was unter Jungen dieses Alters ziemlich selten ist. Es ist überhaupt ziemlich selten. Wahrscheinlich wärst du ein guter Psychotherapeut geworden. Spielst du noch Gitarre?«

Du zuckst mit den Schultern.

»Nein. Und du, fotografierst du noch?«

»Aus Spaß, aber wie du siehst, ist keine Fotografin aus mir geworden.«

»Weißt du, was aus unseren Klassenkameraden geworden ist?«

»Nicht von allen. Die meisten haben die Vorhersagen erfüllt. Die Anwaltskinder sind Anwälte geworden, die Arztkinder Ärzte. Außer dir. Über wen willst du was wissen?«

»Keine Ahnung. Was macht zum Beispiel Mirenghi?«

»Er hat nie den Abschluss gemacht. Hat zweimal geheiratet. Er ist reich, ich glaube, er macht irgendwas mit Import-Export.«

»Die De Tullio?«

»Anwältin wie der Vater. Sie ist irre fett geworden, hundert Kilo. Guastamacchia ist Steuerberater und schwul.«

»Nein! War der nicht verheiratet?«

»Ja, verheiratet mit zwei Kindern. Vor ein paar Jahren ist er zu Hause ausgezogen und lebt jetzt mit einem Glatzkopf zusammen. Späte Wandlung, und die Frau hat's offenbar nicht gut weggesteckt.«

Du grinst. Sie grinst auch, doch nach ein paar Sekunden wird sie ernst, und noch ehe sie weiterredet, weißt du, was als Nächstes kommt. Unwillkürlich greifst du zum Rucksack, der neben dem Stuhl auf dem Boden steht.

»Hast du das von Salvatore Scarrone gehört?«

»Ja, ich hab's in der Zeitung gelesen.«

»Ist schon irgendwie komisch zu denken, dass jemand bei

uns in der Klasse war, der dann so ein Leben hatte. Ich hab nie genau verstanden, welcher Gruppe er eigentlich angehörte. Die Roten Brigaden waren es nicht, oder?«

»Nein, ich glaube nicht. Das war eines von diesen extremen Splittergrüppchen, Einheit kommunistischer Kämpfer oder so ähnlich. Ein paar von denen sind unter dem Vorwand des bewaffneten Widerstandes zu Banditen geworden.«

»Wer weiß, warum er nach Bari zurückgekehrt ist, um sich umbringen zu lassen.« Dann sagt sie: »Ganz schön bescheuerte Frage von mir. Woher sollte er denn wissen, dass er umgebracht wird. Er hat gedacht, er macht mal wieder einen Raubüberfall. Vielleicht hatte er schon welche in Bari verübt, und alles war glattgegangen.«

Ihr schweigt eine Weile. Du fragst dich, was man bei einem Raubüberfall empfindet. Was empfindet man, wenn man einem Kassierer oder einem Juwelier eine Knarre ins Gesicht hält und ihn zwingt, das Geld oder den Schmuck herauszugeben? Nach all den Jahren erinnerst du dich noch sehr gut an die Pistole – du erinnerst dich an *alles* –, aber dennoch kannst du dir nicht vorstellen, was es heißt, dieses Ding auf jemanden zu richten. Ist man von vornherein wild entschlossen, dem Kassierer oder dem Juwelier ins Gesicht zu ballern, wenn sie nicht sofort spuren und das Geld herausrücken? Ist einem klar, dass man an dem Tag sterben kann, wenn irgendetwas schiefläuft? Und was empfindet man wohl, wenn man das falsche Ende der Pistole sieht und angebrüllt wird, raus mit dem Geld oder dem Schmuck, sonst ballere ich dir ins Gesicht; wenn man angebrüllt wird, raus mit dem verdammten Geld, sonst bist du *tot.*

»Wie hast du ihn in Erinnerung? Fandst du, er sah gut aus?«

»Hässlich war er nicht, aber selbst wenn ich auf Jungen gestanden hätte, wäre er nicht mein Typ gewesen. Zu viel zu schwarzer Bart. Wieso fragst du mich das?«

»Nur so. Er war älter als wir, damals war ich mir sicher, dass die Mädels auf ihn stehen.«

Sie zuckt mit den Schultern, um das Thema zu beenden.

»Du hast mir nie gesagt, was wirklich zwischen euch passiert ist«, sagt sie nach einer Weile.

Du fährst dir mit der Hand übers Kinn; spürst die rauen Abendstoppeln; ein paar Sekunden lang hast du Lust, ihr alles zu erzählen.

»Ach, nichts. Eine dämliche politische Auseinandersetzung, die schlecht ausgegangen ist«, sagst du stattdessen.

Vielleicht glaubt sie dir, vielleicht nicht.

* * *

Als ihr das Restaurant verlasst, seid ihr beide leicht beschwipst. Stefania nimmt deinen Arm, und ihr schlendert die Straße hinunter.

»Dir ist natürlich klar, dass du das erste Mädchen warst, das ich geküsst habe?«

»Für wie blöd hältst du mich? Klar weiß ich das. Du hast einen Haufen Schwachsinn über deine Sommererfahrungen verzapft und dir ein Mädchen aus Sonstwo ausgedacht, das du in den Ferien kennengelernt haben wolltest und so was. Aber es war sonnenklar, dass es dein erstes Mal war.«

»Um der Wahrheit willen, dieses Mädchen hatte ich mir nicht ausgedacht. Ich hatte es wirklich in den Sommerferien davor kennengelernt.«

»Und hattest du was mit ihr?«

»Nein, aber in meiner Fantasie umso intensiver.«

»Eben.«

»Soll ich dich nach Hause fahren?«, fragt sie nach einer Weile.

»Nein danke. Heute bin ich bestimmt fünfzehn Kilometer gelaufen, da machen ein paar Hundert Meter auch nichts mehr aus. Außerdem muss ich den Wein abbauen.«

Sie holt ein Päckchen aus der Tasche und hält es dir hin.

»Das Parfum aus meinem Laden. Damit du an mich denkst, wenn du es zu Hause riechst. Und wehe, du schenkst es irgendeiner Freundin, verstanden?«

»Ich hab doch gesagt, ich habe keine«, sagst du und nimmst es.

»Ja, du hast es gesagt. Ich habe auch seit einer ganzen Weile keine Freundin mehr. Aber das habe ich dir auch schon gesagt. Krebs zu kriegen macht viele Gewissheiten und fast alle Beziehungen zunichte. Vergiss nicht, dass du mir was versprochen hast.«

»Was denn?«

»Ich werde eine Figur in deinem nächsten Roman.«

»Ah, klar. Abgemacht.«

»Also musst du ihn auch schreiben. Um dein Versprechen zu halten. Ich will aber eine nette Figur sein, vergiss das nicht.«

»Eine nette Figur. Völlig richtig.«

»Also gut, wir hören besser auf, Unsinn zu reden. Ciao, Vallesi.« Sie streichelt dir über die Wange, dann über den Nacken, zieht dich zu sich heran und drückt dir einen Kuss auf die Lippen. »Es war eine Freude, dich zu sehen. Wenn du Zeit und Lust hast, lass von dir hören. Meine Nummer steckt in der Parfumschachtel.«

»Ich schicke dir eine SMS, dann hast du auch meine.«

Sie will dir noch etwas sagen, aber dann überlegt sie es sich anders, und ein unerwarteter, rätselhafter Ausdruck tritt auf ihr Gesicht. Das Adjektiv *rätselhaft* war dir stets zu flach, ein Hilfsmittel, um sich der Pflicht der Präzisierung zu entziehen. Doch diesmal kommst du um seine Verwendung nicht herum. Stefanias Ausdruck ist wirklich rätselhaft, undurchschaubar, verschlossen, sibyllinisch. Stefania kennt ein Geheimnis, von dem du nichts weißt. Mag sein, dass es sie nicht glücklicher macht, das ist sogar sehr wahrscheinlich, aber es macht sie dir überlegen und ihren Ausdruck *rätselhaft*. Er bleibt dir auch dann noch im Kopf, als sie schon längst im Auto sitzt und in der Nacht verschwindet.

Enrico

Die Besetzung schleppte sich ihrem Ende entgegen. Die Schüler aus der Dreizehn hatten Prüfungen und waren im Kopf schon ganz woanders; nach der anfänglichen Begeisterung war der Gegenunterricht immer schlechter besucht; kaum noch einer kam in die Schule; die *antifaschistische Nachtwache* hatte sich aufgelöst, und es schien nur noch eine Frage der Zeit zu sein, bis unsere Revolution vom vernichtenden Strudel der Normalität verschluckt würde.

Es passierte von einem Tag auf den anderen, aber genauso wenig, wie ich mich an den Anfang erinnern kann, habe ich das Ende vor Augen. Jedenfalls waren wir seit mindestens einer Woche in unsere Klassen zurückgekehrt, und die Besetzung erschien ewig weit weg, als plötzlich das Gerücht umging, Segantini sei genesen und käme zurück. Eine mitunter geradezu panische Unruhe erfasste mich. Ich hätte gern mit Celeste geredet, doch jedes Mal, wenn ich mir die Situation ausmalte, war ich wie gelähmt und hatte nicht mehr den leisesten Schimmer, was ich ihr hätte sagen sollen.

Abgesehen davon verlief mein Leben in vermeintlich ruhigen Bahnen. Ich war noch immer kaum zu Hause – ich kann mich an keine einzige Unterhaltung mit meinen Eltern oder meinem Bruder erinnern, vorausgesetzt, es gab überhaupt welche. Ich trainierte weiterhin mit Salvatore, auch wenn ich nicht mehr so besessen war wie in den ersten Monaten. Ich traf mich mit Stefania, der ich mich gern anvertraut hätte, doch mir fehlte der

Mut. Ich schrieb, aber ein paar Monate später sollte ich alles in einem Anfall verzweifelter Wut zerreißen und wegwerfen.

Eines Tages – ich drückte mich während der Reli-Stunde auf den Fluren herum – traf ich Salvatore, der meinte, er müsse mit mir reden. Über Politisches.

Wir setzten uns im Hof auf die Treppe neben dem Basketballplatz. Er bot mir eine Zigarette an, und wir rauchten einen Moment lang schweigend vor uns hin.

»Ich hab dich in den letzten Monaten viel beobachtet.«

Ich nahm einen Zug und sagte nichts. Abwartend saß ich da. Das erschien mir die richtige Haltung.

»Du gefällst mir. Du bist ein stiller Typ mit gesundem Menschenverstand, kein überdrehter Faxenmacher wie Alfonso zum Beispiel. Auf dich kann man sich verlassen.«

Ich hatte keine Ahnung, worauf er hinauswollte, aber seine Komplimente schmeichelten mir. Also hielt ich den Mund, um mein Image als verlässlicher Typ zu bestätigen.

»Es braucht Leute wie dich, die sich aus wohlüberlegter Überzeugung und nicht aus Lust auf Krawall zu einem radikalen revolutionären Handeln entschließen.«

Salvatore redete weiter, und ich schweifte mal wieder ab und dachte an anderes. Zum Beispiel daran, dass ich noch nie bei ihm zu Hause gewesen war, obwohl wir uns seit Monaten fast jeden Tag sahen, und er war noch nie bei mir gewesen. Ich dachte, dass ich nur ganz selten wirklich mit ihm *geredet* hatte und dass dies die längste und engagierteste Unterhaltung war – eigentlich war es ein Monolog –, seit wir uns kannten.

»Sag mir, wo du wohnst, dann hole ich dich heute Nachmittag gegen drei ab, und wir machen was zusammen.«

Ich gab ihm meine Adresse, ohne Fragen zu stellen. Das, was er gesagt hatte – und *wie* er es gesagt hatte –, hätte mich vielleicht hellhörig werden lassen sollen, aber ich war in erster

Linie geschmeichelt. Es gefiel mir, ein verlässlicher Typ zu sein und kein Faxenmacher wie Alfonso, der Houdini der Supermärkte, der Bob Dylan unter den Rülpsern.

Es gefiel mir, auserwählt worden zu sein.

Kurz nach drei klingelte es, und ich stürmte runter. Er war mit einer Benelli 125 gekommen, und es war das erste Mal, dass ich ihn auf einem Motorrad sah. Er trug einen Integralhelm und hatte einen zweiten für mich dabei. Ich setzte ihn kommentarlos auf, auch wenn es mühsam war – er war ein wenig zu klein für mich –, stieg auf, und wir fuhren los.

Salvatore fuhr sehr ruhig, er hielt an den Ampeln und respektierte die Vorfahrt. Kurz darauf waren wir auf der Via Bruno Buozzi im Industriegebiet der Stadt; wir passierten die Stanic-Raffinerie, von der riesige weiße Rauchwolken aufstiegen, verlassene Fabrikanlagen, brach liegende Felder und Industriehallen. Als wir die Stadt hinter uns gelassen hatten, ging mir auf, dass der Frühling kam: Die Mandeln blühten, und vom dahinrasenden Motorrad aus sah die Landschaft aus wie von einem rosafarbenen Schauder durchlaufen. Wir kamen zum Abzweig nach Bitonto, folgten ihm, und nach ein paar Hundert Metern bog Salvatore in eine schmale, von Gestrüpp und wilden Oliven halb überwucherte Seitenstraße ein. Nach ein paar Kilometern verwandelte sich die Straße in einen Schotterweg, und schließlich tat sich ein riesiger Steinbruch vor uns auf. Heiße Panik durchzuckte mich: Salvatore bremste nicht ab, und es schien, als raste er direkt auf den Abgrund zu. Als rasten *wir* direkt auf den Abgrund zu. Erst im letzten Moment sah ich, dass ein Pfad sich steil in den Steinbruch schlängelte, den wir, eingehüllt in eine spektakuläre gelbe Staubwolke, hinunterfuhren. Als der Motor verstummt war und wir die Helme abnahmen, umgab uns eine übernatürliche, fühlbare Stille. Ringsherum erhoben sich riesige ockerfarbene Stufen, ein Falke kreiste am blauen Himmel, weit und breit war nichts zu sehen, das auf menschliches Leben hindeutete.

»Und was machen wir hier?«

Salvatore antwortete nicht. Er knöpfte die Jacke auf und zog den Pullover hoch. Aus seinem Hosenbund lugte der Knauf einer Pistole hervor. Er zog sie heraus und hantierte sie routiniert wie im Film.

»Was machst du mit der?«

»Fürs Erste machen wir ein bisschen Sportschießen.«

»Ist das nicht strafbar, mit so einer herumzulaufen?«

»Und das, was wir im Supermarkt gemacht haben, ist nicht strafbar, oder was?«

Dem ließ sich schwer etwas entgegensetzen, dazu weckte es mein schlechtes Gewissen. Also sagte ich nichts. Salvatore öffnete das Gepäckfach des Motorrads und holte zwei Schachteln Patronen hervor. Er drückte mit dem Daumen auf den Griff, ließ das Magazin herausgleiten und fing an, es zu befüllen. Währenddessen redete er.

»Das ist eine halb automatische Pistole Kaliber 7,65. Sie hat ein siebenschüssiges Magazin, plus ein Schuss, der direkt in die Patronenkammer eingeführt werden kann. Ist 'ne gute Waffe, auch ziemlich treffsicher, zumindest auf kurze Distanzen.«

Er hatte das Magazin befüllt, schob es mit einer knappen Bewegung in den Griff, zog den Schlitten zurück und legte einen Schuss in den Lauf.

»Jetzt ist sie schussbereit«, sagte er, rastete den Hahn ein und steckte die Waffe in den Gürtel zurück. Dann kramte er einen Wattebausch aus der Tasche, teilte ihn und gab mir die Hälfte.

»Für die Ohren. Es knallt ganz schön.«

Während ich mir Watte in die Ohren stopfte, fing mein Herz an, laut und heftig zu rasen. Bis zu diesem Moment war mein

Leben nur ein Spiel gewesen, eine Posse, ein Bluff, aber jetzt wurde plötzlich alles wahr und beängstigend.

»Tritt ein paar Meter zurück.«

Ich tat es. Breitbeinig und mit lockeren Knien stellte er sich der am weitesten entfernten und höchsten Steinbruchwand gegenüber. Er zog die Pistole hervor, griff sie mit beiden Händen und schoss los. Es war, als würden die Schüsse, die von den Wänden des Steinbruchs widerhallten, die Luft zerreißen; aus dem Pistolenlauf blitzten kurze, wütende Flammen hervor; die messingfarbenen Hülsen spritzten durch die Luft und fielen mit einem hellen Klimpern zu Boden.

Nach dem letzten Schuss drehte Salvatore sich um und sagte, jetzt sei ich dran. Er zeigte mir, wie man das Magazin füllte, ließ es mich in den Knauf zurückschieben und wies mich an, wie man den Schuss in den Lauf setzte, mit Daumen und Zeigefinger den Schlitten zurückzog und ihn wieder losließ. Meine Hände zitterten heftig. Sie zitterten so sehr, dass ich die Ellenbogen gegen den Körper drücken musste, um die Pistole einigermaßen ruhig zu halten und die Handgriffe auszuführen. Salvatore zeigte mir, wie man sie hielt - linke Hand gewölbt, rechte Hand mit der Waffe auf die linke gelegt -, ließ mich die richtige Haltung einnehmen, trat ein paar Schritte zurück und sagte, ich könne loslegen. Das Zittern wurde noch stärker, wenn das überhaupt möglich war; ich schloss die Augen und drückte den Abzug. Beim Knall einer Pistole macht es einen riesigen Unterschied, ob jemand anderes schießt - auch wenn man direkt danebensteht - oder man selbst. Ist man es selbst, durchdringt einen die Explosion auf Zwerchfellhöhe, als wäre man ein obszönes Eins mit der Waffe, dem Feuer, dem Knall.

Ich schoss langsam, die herausgeschleuderten Patronenhülsen sausten dicht an meinem Gesicht vorbei, und während sich das Magazin leerte, ließ das Zittern allmählich nach. Als ich fertig war, blieb nur ein dünner Rauchschleier und der beißende Geruch nach Schießpulver in der Luft, den ich bisweilen noch heute in der Nase habe, wenn ich an jene Ereignisse zurückdenke.

Wir schossen weiter abwechselnd und benutzten Steine und Blechdosen als Ziele, bis wir fast die gesamte Munition aufgebraucht hatten. Binnen einer halben Stunde war meine Angst verflogen, die Sache hatte angefangen, mir Spaß zu machen, und es tat mir leid, dass wir jetzt zurückmussten. Salvatore lud die Pistole zum letzten Mal und steckte sie in den Gürtel zurück, aus dem er sie vor einer halben Stunde hervorgezogen hatte.

»Muss ich es dir sagen?«

»Was?«

»Dass du niemandem von diesem Nachmittag erzählen darfst?«

»Nein.«

»Gut. Kannst du das Ding fahren?« Er nickte in Richtung Motorrad.

»Ja, aber vielleicht nicht auf dieser Schotterpiste«, antwortete ich.

»Na schön, ich bringe es rauf, und wenn wir auf dem Asphalt sind, bist du dran.«

Gesagt, getan, und kurz darauf fuhren wir den Weg zurück, den wir gekommen waren. Ich steuerte mit einer Lässigkeit, die mir angesichts meiner nicht vorhandenen Motorraderfahrungen nicht zustand, und ein absurdes, gefährliches, an Allmacht grenzendes Hochgefühl erfüllte mich.

»Lass uns eine Runde durchs Zentrum drehen«, sagte Salvatore, als wir am Friedhofseingang vorbeifuhren. Wir erreichten die Via Brigata Regina, überquerten sie und fuhren die Via Dante hinunter.

»Fahr Richtung San Ferdinando.«

Die Ecke an der Kirche San Ferdinando war der Treffpunkt der Faschos und wurde von allen nur Schwarzer Platz genannt. In jenen Jahren war dieser Ort berüchtigt. Die Linken – von den Jungen Kommunisten bis zu den Autonomen – machten einen großen Bogen darum. Ebenso wenig wagten sich die Faschisten auf den Roten Platz, also in den Park auf der Piazza Umberto vor der Uni. Es klang ungut, dass Salvatore mit einer geladenen Pistole im Hosenbund zum Schwarzen Platz wollte. Doch ich stellte keine Fragen und wagte nichts einzuwenden.

Wir waren schon auf der Via Abate Gimma, fast vor der Mondadori-Buchhandlung – ein Lieblingsort meiner Kindheit, wo ich Disney-Sammelbände gekauft und meine Mitgliedschaft im *Mickymaus-Klub* verlängert hatte –, also nur wenige Meter von der Ecke vor San Ferdinando entfernt, als Salvatore mir erregt zuraunte, langsamer zu fahren.

»Wieso?«

»Fahr langsam, schau nach vorne und stell keine blöden Fragen.«

Ich drosselte die Geschwindigkeit und blickte starr geradeaus, anstatt, wie es normal gewesen wäre, nachzusehen, was Salvatores Aufmerksamkeit erregt hatte.

Wir passierten die Via Sparano, und hinter der nächsten Ecke ließ Salvatore mich rechts ranfahren. Er stieg ab, stellte sich vors Motorrad und packte den Lenker mit beiden Händen. So erregt hatte ich ihn noch nie gesehen.

»Aldobrandi ist da.«

»Und wer soll das sein?«

Er zögerte kurz, als hätte er mit meiner Reaktion am allerwenigsten gerechnet. Es war klar, dass ich hätte wissen müssen, wer Aldobrandi ist.

»Ein brutales Faschoschwein, ist vor zwei Jahren nach Bari

gekommen. Er hat einen Haufen Genossen gekillt. Einer der Schlimmsten: Schläger und Messerstecher. Der ist immer bewaffnet.«

Ich blickte ihm aus meinem Helm heraus ins Gesicht und versuchte den Rest zu erahnen, was leider nicht sonderlich schwer war und keinerlei Interpretationsspielraum ließ.

»Wir drehen um und fahren noch mal vorbei. Wenn er noch da ist, steige ich ab, schieß ihm in die Beine, und dann hauen wir ab.«

Ich konnte seinen leicht keuchenden Atem hören.

»Kriegst du das hin?«

Ein paar endlose Sekunden vergingen. Ich hatte keine Ahnung, was ich antworten sollte. Mein Hirn war leer, ich konnte keinen noch so simplen Gedanken fassen. Ich weiß nicht, was es schließlich war, das mich entschlossen nicken ließ, als wollte ich sagen: Okay, los geht's, ballern wir dieses Arschloch nieder und dann ab nach Hause.

Jedenfalls waren wir kurz darauf wieder in Bewegung. Ich erreichte die Via Piccinni und bog links ab; ich erreichte die Via Andrea Da Bari und bog links ab; ich erreichte die Via Abate Gimma und bog links ab. In dem zu engen Helm spürte ich das Blut in den Schläfen pochen. Salvatore stieg ab und gebot mir, ihm langsam zu folgen und hinter der Ecke Via Sparano auf ihn zu warten.

Ich sah, wie er sich die Jacke aufknöpfte und ungerührt losschlenderte.

Als ich mich ebenfalls wieder in Bewegung setzen wollte, sah ich zwei Carabinieri. Sie hätten Vater und Sohn sein können: der eine blutjung, der andere alt. Sie traten aus einem Hauseingang, und der Alte zündete sich eine Zigarette an.

Kurz vor dem Abgrund blieb die Welt stehen.

Ich weiß nicht, ob ich nach Salvatore rief oder ihn einholte und irgendwelche Handbewegungen machte. Jedenfalls blieb er stehen, sah die Carabinieri, blickte wieder zu mir und winkte mir zu, als hätten wir uns gerade zufällig getroffen. Dann kam er immer noch ganz ruhig auf mich zu, stieg auf, und ohne ein Wort zu sagen, fuhren wir davon.

An der Ecke stand ein gedrungener Kerl mit Allerweltsgesicht und rauchte gelassen vor sich hin. Ich fragte mich, ob er wohl einen Schauder verspürte, ohne zu wissen, warum.

13

Als du nach Hause kommst, ist es nach Mitternacht. Du ziehst den gelben Umschlag, den dir Ciliberti gegeben hat, aus dem Rucksack und öffnest ihn. Darin sind rund zwanzig Blätter – offenbar Fotokopien alter Akten –, die du erst einmal ungelesen aufs Bett legst. Du fragst dich, weshalb du die Sache wohl so hinauszögerst, während du dir die Zähne putzt und dich ausziehst.

Zehn Minuten später liegst du in Unterhosen und T-Shirt im Bett – wie es scheint, ist der Moment gekommen. Die ersten und chronologisch jüngsten Akten sind nicht besonders interessant. Wie Ciliberti bereits erwähnt hatte, gibt es darin nichts über den im tödlichen Schusswechsel geendeten Überfall. Cilibertis Bereitschaft, dir – genauer gesagt, deinem Bruder – einen Gefallen zu tun, ging nicht so weit, gegen das Ermittlungsgeheimnis zu verstoßen.

Es sind Akten des Strafvollstreckungsgerichtes – du fragst dich flüchtig, was genau ein Strafvollstreckungsgericht eigentlich ist – und nahezu unlesbare Briefe aus Gefängnissen in halb Italien. Aus diesen Unterlagen kann man die Geschichte eines wegen schwerer Verbrechen – Überfälle, Waffenbesitz, versuchter Mord, bewaffnete Gruppierung – Verurteilten rekonstruieren, der nach Jahren hinter Gittern Hafturlaub und schließlich die Genehmigung zum »offenen Vollzug« bekommt. Interessantes Konzept, der offene Vollzug. Man kann dem schon fast etwas Philosophisches abgewinnen, unabhängig von den Straftaten und Strafen, um die es in dieser Bürokratenmakulatur eigentlich geht. Deine Gedanken klingen, als würdest du eine Vorlesung oder ein Seminar an der Uni halten und nicht in deinem neurotischen, quälenden inneren Selbstgespräch verhaftet sein.

Wie auch immer, während des Hafturlaubs und des darauffolgenden offenen Vollzugs wurde Salvatore regelmäßig von der Polizeisondereinheit DIGOS kontrolliert und zeigte »korrektes Verhalten, hielt sich an die Vorschriften und gab keinerlei Anlass zur Beanstandung«. Angesichts der Tatsache, dass Salvatore während des offenen Vollzugs offenbar weiterhin Kontakt zu Vorbestraften pflegte und Überfälle plante, lässt die Kompetenz der DIGOS bei der Feststellung unkorrekten Verhaltens wohl ein wenig zu wünschen übrig.

Nach einer Weile fangen diese alles in allem ziemlich monotonen Akten an, dich zu langweilen. Du blätterst noch ein wenig weiter, und plötzlich tut sich eine Zeitkluft auf. Da ist ja das, was du vielleicht gesucht hast, denkst du, auch wenn du gar nicht weißt, was du gesucht hast. Jetzt hast du Berichte, Protokolle und vertrauliche Briefe von vor über dreißig Jahren in der Hand. Aus deiner Schulzeit. Die Erstellungsdaten dieser Unterlagen faszinieren dich. Als die unbekannten Polizisten diese surreale Prosa auf ihren Schreibmaschinen zusammentippten, warst du fünfzehn, sechzehn Jahre alt.

Legt man die Dokumente nebeneinander, entsteht der verschwommene und seltsam beklemmende Effekt eines alten Schwarz-Weiß-Dokumentarfilms.

Die Straftaten sind immer die gleichen: Körperverletzung – die häufigsten Vermerke in den angehängten medizinischen Befunden sind: *multiple Abschürfungen der Nasenpyramide sowie Prellungen der Kopfhaut* –, unerlaubter Waffenbesitz, Freiheitsberaubung, erschwerte Bedrohung, Teilnahme an nicht genehmigten politischen Kundgebungen, Beleidigung und Widerstand gegen die Staatsgewalt. Die unbekannten Polizeibeamten ergehen sich mit einer grammatikalisch faszinierend verrenkten Prosa in der *bereits aktenkundigen kriminellen Persönlichkeit des Salvatore Scarrone, bekanntes Mitglied linksautonomer Studentenorganisationen, extrem gefährlich, zu körperlicher Gewalt neigend* (dort steht tatsächlich: neigend), *verantwortlich für wiederholte Angriffe auf gegenparteiische Altersgenossen* und so weiter und so fort...

Einer der Berichte macht dich besonders neugierig. Die Überschrift lautet: *Von jugendlichen Gruppen gegnerischer politischer Lager ausgelöste Zwischenfälle nahe des Orazio-Flacco-Gymnasiums,* also deiner Schule. Wieder hat die Prosa ihre schaurig faszinierende Schönheit. Hat man einmal angefangen zu lesen, kann man kaum aufhören.

Am 28. Oktober dieses Jahres um 8:25 Uhr wurde der örtlich zuständigen Polizeiwache gemeldet, dass in den Straßen um das Orazio-Flacco-Gymnasium Jugendliche entgegengesetzter politischer Lager, mit Tüchern und Schalmützen vermummt und mit Eisenstangen, Ketten und Steinen bewaffnet, aufeinander losgingen, einander jagten und zweifellos als »Raufereien« zu bezeichnende Handgemenge vom Zaun brachen, die ihre eigene Unversehrtheit ebenso gefährdeten wie die der Passanten.

Zweifellos als »Raufereien« zu bezeichnende Handgemenge. Wer das geschrieben hat, ist ein Genie. Du liest es zwei- oder dreimal und meinst den Grund seiner stilistischen Wahl aus diesem sinnentleerten Text herauszuspüren, und in einem unbegreiflichen und absurden Kurzschluss überfällt dich ein paar Sekunden lang das brennende Verlangen zu schreiben, hier und jetzt wieder damit anzufangen. Als es verebbt, bleibt ein schmerzliches Gefühl der Leere zurück, das du unterdrücken musst, um überhaupt weiterlesen zu können.

Du überprüfst das Datum und die Tatzeit. In dem Jahr warst du in der Zehnten und kanntest Salvatore noch nicht, und an dem Tag um 8:25 Uhr standst du bestimmt vor der Schule, warst gerade eingetrudelt: Du hättest also mitkriegen müssen, was los war. Aber du erinnerst dich an nichts. Vielleicht warst du krank oder aus irgendeinem anderen Grund nicht da. Oder vielleicht sind diese Ereignisse, wie so vieles damals und in den Jahren danach, einfach an dir vorbeigerauscht. Das einzige Jahr auf dem Gymnasium, an das du einigermaßen klare, chronologisch ansatzweise folgerichtige Erinnerungen hast, ist die elfte Klasse, in der dein Lebensweg sich mit denen von Salvatore und Celeste kreuzte.

Dann fällt dir der Bericht zu dem Überfall in die Hände. Nicht der letzte, sondern der vor dreißig Jahren. Salvatore Scarrone wird des Verbrechens gemäß Artikel 110 und 628 des Strafgesetzbuches angezeigt: schwerer Raubüberfall mit Beihilfe Unbekannter gegen Sabino Lattarulo, Juwelier.

Das Ermittlungsprotokoll ist interessant, geradezu mitreißend. Du hast noch nie besonders viel von Polizisten und Carabinieri gehalten, auch wenn du noch nie einen gekannt hast und deine schlechte Meinung, ehrlich gesagt, vor allem ideologische Gründe hat. Ein gewisser Maresciallo Coppolecchia, der sein Fach offenbar verstand, war für die Ermittlungen verantwortlich. Wer weiß, ob der noch lebt, denkst du. Im Dienst ist er auf keinen Fall mehr. Er war vor über dreißig Jahren schon Polizeimeister, und Polizeimeister sind nicht jung. Vielleicht war er um die fünfzig, vielleicht älter, also ist er jetzt alt oder tot.

Es braucht einen Moment, bis die Unerquicklichkeit dieser Überlegung zu dir durchdringt wie ein lästiges Hintergrundgeräusch oder ein unangenehmer Geruch. Der Polizeimeister Coppolecchia, den du dir vorstellst, hatte also mehr oder weniger dein jetziges Alter. Nun ist er alt oder tot, sagst du dir noch einmal, ehe du dich wieder ans Lesen machst und beschließt, diesen Gedanken nicht weiter nachzugehen. Sie führen in Gefilde, auf deren Erforschung du getrost verzichten kannst.

Du zwingst dich zum Lesen dieser Geschichte, die dir die Fotokopien alter Akten und die von gewagter Syntax und Ausdrücken wie *beschreiten, gemeingültig, es wird darauf hingewiesen, »antwortet auf Nachfrage«, angestrebte Identifizierung, stationiertes Fahrzeug* durchzogene Sprache erzählen. Natürlich soll das geparktes Fahrzeug heißen. Gibt es das Verb stationieren überhaupt?, fragst du dich, als würdest du den Text eines unbedeutenden Autors aus dem siebzehnten Jahrhundert analysieren. Du befragst das Wörterbuch deines Handys und stellst fest, ja, es existiert, bedeutet aber: jemanden, besonders Soldaten, an einen bestimmten Ort bringen. Wie abgefahren surreal, diese Verdrehung der Sprache, diese tatsächliche Neuschöpfung einer Sprache. Wenn man den Mut hätte, könnte man darüber einen Roman schreiben.

Der Überfall wurde am Abend während der Ladenschließzeit begangen. Die Täter waren zu zweit, beide waren mit Nylonstrümpfen maskiert – *vermummt,* steht im Bericht. Sie ließen sich Geld und Schmuck aushändigen, stopften alles in einen olivgrünen Rucksack und flüchteten zu Fuß. Trotz der *Vermummung* hatte der Juwelier angeben können, dass einer der beiden einen Bart trug.

Unweit des Tatorts hatte ein Passant einen jungen Mann mit dichtem schwarzen Vollbart gesehen, der mit einem Rucksack auf dem Rücken davonrannte.

Ein Vertrauter der Polizei – im Bericht heißt es: *inoffizielle, jedoch absolut vertrauenswürdige Quelle* – hatte dem Polizeimeister Coppolecchia erzählt, in den darauffolgenden Tagen habe ein junger Mann, dessen äußerliche Merkmale mit denen von Salvatore Scarrone übereinstimmten, den örtlichen Hehlern Schmuck angeboten.

Daraufhin hatte die Polizei Salvatores Wohnung durchsucht und den olivgrünen Stoffrucksack sowie *verschiedene Unterlagen subversiven Inhalts* sichergestellt. Unter anderem ein Heftchen, in dem es um die Schulung und Ausbildung zur städtischen Guerilla der revolutionären Avantgarde ging. Es enthielt Tipps, wie man einer möglichen Verfolgung entgeht, der Polizei bei Straßenschlachten erfolgreich Paroli bietet, einen traditionellen Molotowcocktail und sogar einen *zeitgemäßen* Molotowcocktail aus Phosphor und Seife, Waschmittel, Benzin und Äther baut. Der Äther, habe der Verfasser dieses Handbüchleins mit schulmeisterlichem Unterton angemerkt, sorge für eine tödliche, dem Napalm sehr ähnliche Durchschlagskraft.

Dazu gab es hektografierte Flyer mit politischen Analysen und Strategien. Die PCI wurde beschuldigt, einer unterdrückerischen Sozialdemokratie Vorschub geleistet und sich vollkommen dem repressiven Apparat des imperialistischen Staates und der Weltkonzerne verschrieben zu haben. Die imperialistische Unterdrückung und Ausbeutung hätten zu einer vermehrten Randgruppenbildung geführt, die dank der Autonomen in revolutionäre Kraft umschlagen könne. Und vor allem wurden die Juweliere als »Agenten des Kapitalismus« beschimpft und Solidarität mit den Aktionen der Kleinkriminalität bekundet, die »mit ihren Überfällen die Notwendigkeit der berechtigten Wiederaneignung von Einkommen sowie der Arbeitsverweigerung verdeutlichten«.

Für den Verfasser des Berichts bestand kein Zweifel über die schwerwiegenden Indizien zu Lasten des *Verdächtigen*, der linken terroristischen Kreisen auch anderer Regionen notorisch nahestand und der skrupellos, entschlossen und trotz seines jungen Alters äußerst kaltschnäuzig war, bereit zu jedweder Aktion einschließlich des Gebrauchs von Schusswaffen. *Um dessen Gefährlichkeit und kriminogene Neigungen zu bannen, ersuchen wir Euer Ehren* – der Bericht ist an den Untersuchungsrichter gerichtet –, *einen Haftbefehl gegen Salvatore Scarrone aufgrund der verzeichneten Straftaten sowie sämtlicher im vorangegangenen Bericht als solche erachteter zu erlassen.*

Dir entweicht ein Pfiff. Du gehst zur ersten Seite zurück, liest das Datum noch einmal, und ein Schauder rieselt dir über den Rücken.

Dann blätterst du weiter durch die Unterlagen. Es sind nur noch ganz wenige übrig, es scheint nichts Interessantes mehr dabei zu sein, und gerade willst du alles wieder in den Umschlag stopfen, als dein Blick – just auf der allerletzten Seite der Akte – auf eine bekannte Wortfolge fällt.

Das Schreiben nennt sich Dienstbericht und spricht von einem Observationsposten unweit des Italienisch-Kubanischen Kulturvereins, notorischer Versammlungsort der radikalen Linken. Während du anfängst zu lesen, spürst du deinen Herzschlag schneller werden. Die Polizisten hatten sich mehrere Stunden unweit des Vereins postiert, jeden fotografiert, der rein- und rausging, und diese Personen anschließend identifiziert.

Du gehst zu der Liste der an jenem Tag fotografierten und identifizierten Personen und findest deinen Namen. Enrico Vallesi, Schüler, nicht vorbestraft, Geburtsdatum, Wohnort, also die Adresse, an der du vor wenigen Stunden vorbeigegangen bist. Dort, wo sie jetzt Gehaltsabrechnungen schreiben. Sonst steht da nichts, und dennoch kommen dir diese beiden polizeilichen Zeilen wie eine überwältigende Offenbarung vor – sie sind es auch irgendwie –, wie das Wahrhaftigste, was jemals über dich gesagt oder geschrieben wurde. Ein elementarer, gleißend heller Splitter Wahrheit: Enrico Vallesi, Schüler, nicht vorbestraft. Es ist, als wäre plötzlich ein schmales, grelles Schlaglicht aufgeflammt und würde dich als Junge beleuchten und alles sagen, was zu sagen ist, ohne ein Wort zu viel.

Du liest die Namen der anderen Identifizierten. An ein paar erinnerst du dich, andere sagen dir nichts. Was wohl aus ihnen geworden ist? Du würdest gern das Foto sehen – oder eher *die Fotos* –, denn wer weiß, wo die lauernden Polizisten dich geknipst haben. Wieder blätterst du durch die Unterlagen und suchst nach fotokopierten Fotos, aber umsonst.

Vielleicht gab es auch über dich eine Akte. Vielleicht hast du sogar einen Eintrag ins Polizeiregister gekriegt. Du fragst dich, was wohl in deiner Akte stand, wenn es denn eine gab. Vielleicht wussten sie alles über dich, und der Gedanke ist dir nicht zuwider. Es wäre schön, wenn es jemanden gäbe, der alles über dich wüsste, dann könntest du ihm ein paar Fragen stellen.

Und auch wenn es keine Akte gab – ein überraschend bedauerlicher Gedanke –, wie viele Splitter Wahrheit über dich schlummern verstreut in anderen alten Unterlagen? In Papieren, Zeugnissen, Anträgen, Verträgen, Fahrscheinen, Sonstigem. Die Vorstellung deines zu Staubkörnern zermahlenen Ichs beschert dir eine fast psychedelische Erfahrung, ähnlich der genau genommen halluzinogenen von vor vielen Jahren. Ein Mädchen hatte dich LSD probieren lassen. Irgendwann hatte die Flasche, die auf dem Tisch stand, angefangen sich zu verformen, als wäre sie aus Knetgummi, und sich dann in eine Teilchenwolke aufgelöst, in harmlose Partikel, die dir in bunten Wirbeln um den Kopf kreisten und ab und zu kitzelnd übers Gesicht strichen. Dann wieder nahmen sie Formen an, wurden zu schwebenden Bildern, von denen du zugleich sowohl die vollendete Oberfläche als auch die versteckte Botschaft zu sehen meintest. Als würde man dicht an einen Wandteppich herantreten, seine Rückseite betrachten und feststellen, dass hinter den bunten Punkten, aus denen sich das Bild zusammensetzt, lange Fäden stecken, die auftauchen, verschwinden und nach einer unterirdischen Strecke an einer ganz anderen Stelle abermals an die Oberfläche kommen.

Jetzt empfindest du etwas Ähnliches. Dir ist plötzlich, als wären die tausend, zehntausend, hunderttausend Splitter Leben, die du in deinen achtundvierzig Jahren ausgestreut hast, die Eindrücke, die andere von dir haben, die zig Versionen deiner selbst aus der Sicht der anderen nichts anderes als die Punkte eines Wandteppichs, die plötzlich von versteckten Fäden hervorgebracht werden, Fäden, die lange, verborgene Wege zurückgelegt haben. Es ist, als würdest du eine Ordnung, einen roten Faden, einen Sinn erkennen. Doch dann lösen sich die Visionen wieder auf wie damals beim LSD, und die eben noch sinnerfüllten Bilder werden wieder zu strudelnden Funken.

Funken.

You can't start a fire without a spark – kein Feuer ohne einen Funken. Das stammt aus *Dancing in the Dark*, der Single, die du dem bärtigen Anarcho abgekauft hast. Jetzt scheint es, als wäre der Kauf dieser Platte kein Zufall gewesen. Du machst den Computer an, findest den Songtext und liest ihn wie eine Offenbarung. *I'm sick of sitting 'round here trying to write this book* – ich bin es leid, hier rumzusitzen und zu versuchen, dieses Buch zu schreiben. Reglos hockst du vor dem pulsierend leuchtenden Bildschirm. Du würdest jetzt gern etwas trinken – oder seien wir ehrlich, schließlich ist dieses Gespräch vertraulich, du brauchst jetzt echt einen Drink. Normalerweise müsste man nur die Minibar aufmachen und zwei oder drei kleine Fläschchen kippen.

Aber dies ist ein Bed and Breakfast, kein Hotel, also gibt es keine Minibar. Du schlüpfst in deine Hose und schleichst in die Küche, vielleicht findet sich da etwas Trinkbares. Doch wie zu erwarten, gibt es nichts außer Milch, Kaffee, Marmelade, Keksen und Biskuit. Du überlegst, vor die Tür zu gehen und dir eine Bar zu suchen, auch wenn es schon nach zwei ist, aber in der Altstadt sind bestimmt noch eine Menge Kneipen offen. Du trinkst nur einen Rum, höchstens zwei, grade genug, um wieder runterzukommen, und dann gehst du schlafen. Denn einen Rum oder höchstens zwei hast du jetzt echt nötig, um gegen diese entsetzliche Traurigkeit anzukommen, die wie eine Überschwemmung über dich hereinschwappt.

Dann lässt dich etwas in der Tür innehalten. Es passiert, ohne dass du es wahrnimmst; oder vielleicht ist es das erste Mal nach langer Zeit, dass du überhaupt etwas von dir wahrnimmst. Du hast gerade die Jacke angezogen, als du anfängst zu weinen, als hätte jemand auf einen lautlosen Schalter gedrückt. Zuerst weinst du leise in dich hinein, wie um niemanden zu stören. Dann immer heftiger, bis Schluchzer dich schütteln und die Verzweiflung über deine Einsamkeit und dein Scheitern und dein So-tun-als-wäre-nichts und deine verlorene und nicht wiedergefundene Liebe und deine Mutter und deinen Vater, die du nie wirklich gekannt hast, und nun ist es zu spät, und dein ganzes Leben, das an dir vorbeigerauscht ist und das du nicht zu leben verstanden hast, weil du es nur erzählen wolltest, und nicht einmal das hast du fertiggebracht.

All dieses Leben, das irgendwann endet, eines ganz normalen Morgens oder Abends wie jeder andere. Es endet, und du musst feststellen, dass du ihm immer ausgewichen bist.

Es endet mit den Funken, die spurlos in der Luft verglühen, ohne ein Feuer zu entzünden.

Enrico

Schließlich kam die offizielle Bestätigung: Segantini würde nach Ostern zurückkehren. Nur selten habe ich jemanden so glühend gehasst wie den alten Lehrer, als ich die Neuigkeit erfuhr. Wieso musste er überhaupt noch zurückkommen? Bis zum Schuljahresende waren es kaum mehr als zwei Monate, das ergab keinen Sinn. Er würde uns beurteilen, ohne uns zu kennen, ohne zu wissen, was wir und wie wir es durchgenommen hatten. Das war kein besonders seriöses Verhalten, und diese Geschichte, Segantini wäre ein großartiger Lehrer und ein außergewöhnlicher Mensch, war ein Märchen, ein Gemeinplatz, ein Scheißdreck. Verdammt! Unnötig zu sagen, dass es mir bei meinem zornig-verzweifelten inneren Selbstgespräch kein bisschen um didaktische Fragen oder deontologische Ethik ging. Der einzige Grund, weshalb ich Segantini aus tiefstem Herzen hasste, war, dass er mir durch seine Rückkehr Celeste wegnahm.

Als sie die Klasse betrat, erschien sie mir verändert. Ihre Augen strahlten nicht wie sonst, und ihr Haar, das sie fast immer offen trug, war zusammengebunden, was ihr etwas Ernstes und Distanziertes verlieh. Ich sah sie an und spürte, wie meine Seele zusammenschrumpfte, und zum ersten Mal in meinem Leben empfand ich die Beklommenheit eines unmittelbaren und endgültigen Verlusts.

»Wie ihr vielleicht schon wisst, ist das heute meine letzte Unterrichtsstunde bei euch. Eigentlich sollten wir Geschichte machen, aber da wir mit beiden Lehrplänen ziemlich gut in der

Zeit liegen, machen wir heute zum Abschied ein bisschen was anderes.«

Sie machte eine lange Pause, ehe sie eine Plastiktüte und einen roten Hefter aus der Tasche zog. Wortlos blickten wir sie an. Es herrschte eine für einen Klassenraum unwirkliche Stille. Celeste nahm ein großes, gefaltetes Blatt Papier aus dem Hefter, schlug es auf dem Pult auf und kippte den Inhalt der Plastiktüte darauf aus. Viele von uns standen auf, um zu sehen, dass dort Zigarettenkippen, abgebrannte Streichhölzer, Papierschnipsel, Glasscherben und Asche lagen.

»Wenn wir das, was ich hier draufgekippt habe, mit einem einzigen Wort beschreiben wollten, könnten wir sagen: Müll oder Abfall oder Unrat. Wertloses Zeug zum Wegwerfen. Doch jetzt seht euch das an.« Sie zog ein weiteres gefaltetes Blatt aus dem Hefter. Es war ein Poster, und als sie es öffnete und mit gestreckten Armen hochhielt, entlud sich vor unseren Augen eine berauschende Farbexplosion. Auf dem Bild ließ sich nichts erkennen, es sah aus, als hätte jemand die Farben zufällig auf die Leinwand gespritzt. Doch schien aus der chaotischen Zufälligkeit eine höhere Ordnung zu sprechen, etwas, das weit jenseits der einfachen Abbildung eines physischen Gegenstandes aus der realen Welt lag.

»Hat jemand von euch schon einmal etwas von Jackson Pollock gehört?«

Niemand antwortete: Der Name war uns neu.

»Jackson Pollock war ein amerikanischer Maler und ein – vielleicht der bedeutendste – Hauptvertreter des abstrakten Expressionismus. Von ihm stammt das Bild auf diesem Poster. Hätten wir das Original vor uns, das in dem amerikanischen Museum hängt, wo ich dieses Plakat gekauft habe, würden wir feststellen, dass sich unter der Malerei Gegenstände und Materialien erkennen lassen. Pollock breitete die Leinwand zum

Malen auf dem Boden aus. Als Erstes warf er Dinge wie diese darauf: Zigarettenkippen, Nägel, Sand, Papierschnipsel. Dann bedeckte er sie mit Pinselspritzern oder ließ die Farbe direkt auf die Leinwand tropfen. Am Ende wurde der Abfall zum wesentlichen – und notwendigen – Bestandteil seiner Gemälde, die zu den Meisterwerken zeitgenössischer Kunst zählen.«

Sie legte das Poster, das sie bis dahin hochgehalten hatte, auf das Pult. Irgendjemand neben mir – vielleicht Silvestrini, vielleicht Cornetta – fragte mich, ob ich was kapieren würde, und ich gab ihm mit einem Handzeichen und einem Kopfnicken zu verstehen, er solle abwarten: Bestimmt würde gleich alles klar. Aber ich war ebenfalls ratlos, ich hatte keine Ahnung, worauf Celeste hinauswollte. Unterdessen hatte sie sich zwischen die Bänke gestellt und redete weiter.

»Dies ist keine Stunde in Kunstgeschichte, und ich werde auch keine Interpretation dieses Gemäldes von euch verlangen oder seine Technik erklären oder euch sagen, welche Bedeutung Jackson Pollock für die zeitgenössische Kunst hat, das steht mir gar nicht zu. Ich erzähle euch von ihm, weil ich, als ich seine Bilder das erste Mal in New York sah, etwas gedacht habe, das sehr viel mit dem zu tun hat, was ich euch heute sagen will. Betrachtet man Pollocks Bilder aus nächster Nähe – und das Gleiche gilt auch für zahlreiche andere Meisterwerke –, stellt man fest, dass die Dinge nicht so offensichtlich sind, wie sie erscheinen. Der Inhalt eines Aschenbechers wird Teil eines Meisterwerkes, auch wenn es für uns selbstverständlich gewesen wäre, ihn in den Müll zu kippen. Behaltet den Ausdruck *selbstverständlich* im Kopf.«

Sie trat an De Filippis Tisch, nahm sich sein Snoopy-Kalenderbuch – es war doppelt so dick wie zu Beginn des Jahres, vollgestopft mit Bildchen, Karten, Fotos, Aufklebern – und hielt es hoch.

»Wie viele von euch haben diesen Kalender?«

Viele meldeten sich, der Snoopy-Kalender war damals sehr angesagt, und auch ich hatte mir zum Jahresanfang einen gekauft, nach ein paar Monaten jedoch aufgehört, ihn zu benutzen.

»Viele von euch mögen Snoopy und seine Freunde, vielleicht sogar die, die keinen Kalender haben. Ich mag sie auch sehr. Aber was haben sie mit Philosophie zu tun?«

Wir hatten keine Ahnung, was dieser uns unbekannte Maler, der Kippen und verkohlte Streichhölzer unter seinen Farben begrub, mit Philosophie zu tun hatte. Und noch weniger, welche Verbindung es zwischen Platon, Aristoteles und Charlie Brown geben könnte. Wie gern hätte ich mich mit einem Geistesblitz gemeldet – es blieb nur noch so wenig Zeit dafür –, aber mir wollte nichts Gescheites einfallen. Also hielt ich einsam und verzagt den Mund.

Celeste wartete, bis das verwunderte Gemurmel verebbte, blies sich die Strähne aus der Stirn, die auch der Zopf nicht hatte zurückhalten können, und fing an, von Snoopy, Charlie Brown und den anderen zu reden, als wollte sie uns eine Stunde in Comicgeschichte geben. Sie erzählte uns, wie sie entstanden und zum beliebtesten Comicstrip der Welt geworden waren und von einem Professor, dessen Namen ich damals zum ersten Mal hörte – Umberto Eco hieß er –, und dem, was er über den Erfinder der Peanuts, Charles Schulz, genannt Sparky, geschrieben hatte.

»Schulz besaß die Gabe, Gefühle fasslich zu machen, seine Comicstrips sind eine Art Poesie, sagt Umberto Eco. Aber nicht nur das, behaupte ich. In diesen Cartoons steckt noch sehr viel mehr, und für mich ist Schulz ebenso Philosoph wie Dichter. Er ist Philosoph, weil er mit dem Blick einer Gruppe Kinder und eines vermenschlichten Hundes die Probleme des menschlichen Seins benennt – ohne zu urteilen, wohlgemerkt, und das ist wichtig. In seinen Comics findet man jeden Tag aufs Neue einen Gedanken dazu, wie wir unser Leben auf dieser Erde leben, allein und in Gemeinschaft mit anderen. Ihr glaubt, ich übertreibe?«

Die Frage zielte nicht auf eine Antwort ab, und keiner sagte etwas. Ich warf einen Blick auf die Uhr, um zu sehen, wie viel Zeit uns noch blieb. Wie viel Zeit *mir* noch blieb. Bis zum Klingeln waren es noch zwanzig Minuten, und ich musste mir einen Ruck geben, um dem dumpfen Grundrauschen zu entkommen, das allmählich in mir anschwoll.

Celeste kehrte zum Pult zurück, zog ein drittes Blatt aus dem roten Hefter und zeigte es uns. Es war die vergrößerte Fotokopie eines Peanuts-Cartoons mit Snoopy, Lucy und Charlie Brown. Auf den ersten drei Bildern redeten Snoopy und Lucy, und Charlie Brown hörte schweigend zu.

»In Fahrstühlen kriege ich Platzangst«, sagte Lucy.

»Ich in kleinen Räumen«, sagte Snoopy.

»Ich in Räumen mit vielen Menschen«, gab Lucy zurück.

»Ich in manchen Städten«, entgegnete Snoopy im dritten Bild.

Im vierten Bild schaltete sich Charlie Brown ein, die Ellenbogen auf dem Mäuerchen, das Kinn in die Hände gestützt, den betrübten Blick geradeaus gerichtet.

»Ich in der Welt.«

Jemand kicherte, aber Celeste hatte uns mit dem Comic nicht zum Lachen bringen wollen.

»Ich weiß nicht, ob ihr in der Dreizehn den Existentialismus durchnehmen werdet, eine philosophische Strömung, oder genauer gesagt, eine Reihe philosophischer, literarischer und künstlerischer Einstellungen, die sich in der ersten Hälfte unseres Jahrhunderts gebildet haben. Ganz knapp zusammengefasst kann man den Existentialismus als allgemeine Reflexion über das Individuum, seine Flüchtigkeit und seine Einsamkeit in der Welt bezeichnen. Über den Sinn des Lebens. Findet ihr nicht, ein Satz wie *Ich kriege Platzangst in der Welt* – ein geniales Paradoxon – ist ein guter Ansatz, um über diese Themen nachzudenken?«

Sie atmete tief durch, als wollte sie Kraft sammeln und zum wichtigsten Teil ihres Vortrages kommen.

»Für uns war es selbstverständlich, dass das nur Comics sind. Aber sie sind auch Poesie, Philosophie und noch vieles mehr. Für uns war es selbstverständlich, dass das Zeug auf dem Pult nichts als Müll ist, dabei kann es Teil eines Meisterwerkes der Malerei sein. Vielleicht fragen sich manche von euch, wieso man überhaupt Philosophie studiert, ein Fach, das auf den ersten Blick keinerlei praktischen Nutzen hat. Nun, die Philosophie ist dazu da, *nichts für selbstverständlich zu nehmen*. Nichts. Die Philosophie ist ein Werkzeug, um das, was um uns ist, zu verstehen – um zu verstehen, was in uns ist, ist die Literatur vielleicht besser geeignet –, aber das, was um uns ist, können wir erst wirklich begreifen, wenn wir das, was jemand anderes für wahr erklärt, nicht für selbstverständlich nehmen. Zu philosophieren – also zu denken – bedeutet, sich und der Welt Fragen zu stellen. Keine Angst vor neuen Ideen zu haben. Nicht an der Oberfläche haltzumachen. In der Lage zu sein, denen, die uns ihre Sichtweisen und Ansichten überstülpen wollen, Nein zu sagen. Also denen, die das Denken für uns übernehmen wollen.«

Sie hielt inne, und ein verdrossener Zug stahl sich in ihr Gesicht, als hätte sich ein leidiger Gedanke in ihre Überlegungen gedrängt, den sie erst verscheuchen musste, ehe sie weiterredete.

»Bestimmt haben viele von euch von *Moby Dick* gehört, einem der Meisterwerke der amerikanischen Literatur.«

Ich fuhr zusammen. *Moby Dick* war eines meiner Lieblingsbücher, ich hatte es zweimal gelesen, einmal in der gekürzten Kinderfassung und dann, ohne alles zu verstehen, in der Originalversion.

»Sein Autor, Herman Melville, hat noch andere, weniger bekannte Werke geschrieben. Darunter eine Erzählung, die in meinen Augen genauso bedeutend ist wie *Moby Dick*. Sie heißt *Bartleby, der Schreiber*, und ich erwähne sie, weil sie eine großartige Abhandlung über die Fähigkeit ist, Nein zu sagen, eine der wesentlichen Handlungen, in denen sich der Freiheitsgedanke manifestiert.«

Wieder blickte ich auf die Uhr. Es blieben nur noch wenige Augenblicke. Sofort danach und in für mich geradezu quälendem Einklang tat Celeste das Gleiche.

»Wer will, kann sie ja mal lesen«, sagte sie und zuckte mit den Schultern. Sie kehrte zum Pult zurück, leerte die Kippen, die Asche, die Papierschnipsel und alles andere in den Papierkorb, faltete das Blatt, das Poster und den fotokopierten Cartoon zusammen und schob sie in den roten Hefter. Dann steckte sie den Hefter und die jetzt leere Plastiktüte in die Tasche. Ein trauriges Gleichmaß lag in ihren Bewegungen. Vom Pult aus sah sie uns einen nach dem anderen an. Mir war, als ruhte ihr Blick auf mir eine Spur länger, doch womöglich bildete ich mir das nur ein. Schließlich griff sie ihre Tasche und stieg vom Podium herunter. Ich dachte, sie würde ohne ein weiteres Wort davongehen, und konnte die Augen nicht von ihr losreißen. Am liebsten hätte ich die Zeit angehalten, wusste aber leider nicht wie.

Zwischen der Tafel und der Tür blieb sie stehen.

»Tja, danke euch allen. Es wird mir nicht leichtfallen, diese Monate mit euch zu vergessen.«

Wieder folgte ein zögerliches Innehalten, das mir das Herz zerriss. Dann ertönte die Klingel, Celeste öffnete die Tür, verharrte einen Augenblick im Türrahmen und verschwand.

Enrico

Die Osterferien jenes Jahres gehören zu den traurigsten und einsamsten Momenten meines Lebens. Stefania war mit ihren Eltern zu Verwandten nach Rom gefahren. Salvatore war ebenfalls weg, ich wusste nicht mit wem und wohin. Er hatte mir nur gesagt, dass es eine Trainingspause gebe und wir nach Ostern weitermachen würden und er dann mit mir reden müsse. Die Sache ließ mich kalt: Celeste war fort, und mir war alles egal, Salvatore und seine Geheimnisse inbegriffen.

Ich hatte zu nichts Lust. Nicht einmal zum Gitarrespielen, Schreiben oder Lesen. In verbitterter, bisweilen von Wahnsinn durchzuckter Traurigkeit lag ich auf meinem Bett und starrte die Zimmerdecke an. Wenn das Telefon klingelte, glaubte ich, es könnte Celeste sein. Sie hatte sich meine Nummer besorgt – so schwer war das schließlich nicht – und rief mich an. Wieso nicht? Es tue ihr sehr leid, dass wir uns nicht verabschiedet hätten, sie wollte mir noch so viel sagen. Wenn ich Lust hätte, könnten wir uns vielleicht treffen, ein paar Schritte gehen, eine Pizza essen und ein bisschen über uns und alles Mögliche quatschen.

Manchmal tauchte meine Mutter in meinem Zimmer auf und fragte, ob alles in Ordnung sei. Alles bestens, murrte ich dann, ich bräuchte nur meine Ruhe. Eines Nachmittags kam auch mein Vater herein, was außergewöhnlich war, weil er sonst nie mein Zimmer betrat. Ich lag auf dem Bett, und er setzte sich auf meinen Stuhl, was mir extrem gegen den Strich ging. Das war *mein* Stuhl, und das war *mein* Zimmer, und er trug die unverzeihliche Schuld, mein Vater zu sein. Er hatte sich das Jackett ausgezogen und trug noch seinen Schlips; ich konnte den Rest seines Eau de Cologne riechen, das er morgens vor der Arbeit aufgelegt hatte. Ich hasste seine Eitelkeit, und eine unbändige und unerbittliche Feindseligkeit stieg in mir auf.

»Wir zwei müssen uns mal unterhalten.«

Schweigen.

»Deine Mutter macht sich Sorgen. Was ist los?«

»Nichts, was soll los sein?«

»Du hast Ferien, du könntest machen, was du willst, und stattdessen hockst du den ganzen Tag hier drinnen und liegst auf dem Bett. Aber nicht nur das, du machst auch nicht deinen üblichen Kram. Was ist das Problem?«

Vielleicht war es die Art, wie er *deinen üblichen Kram* sagte. Als hätte er gesagt: deinen üblichen verhaltensgestörten Schwachsinn. Als hätte er gesagt: Ich habe zwei Söhne gezeugt, der eine ist ganz normal und gut gelungen und der andere – da haben wir ihn – leider nicht ganz so.

»Das Problem ist, dass ich verdammt noch mal in Frieden gelassen werden und in meinem Scheißzimmer meinen eigenen Scheiß machen will, ohne dass mir jemand auf die Eier geht. Ist das verdammt noch mal zu viel verlangt?«

Ich war immer lauter geworden, und zum Schluss schrie ich fast. Mein Vater starrte mich mit einem Gesichtsausdruck an, den ich noch nie bei ihm gesehen hatte. Normalerweise hätte er wütend werden müssen, stinksauer sogar, aber meine jähe und unvermutet heftige Reaktion machte ihn sprachlos. Das Schema F, nach dem er die Beziehung zu seinen Söhnen und insbesondere zu mir stets bemessen hatte, war jäh außer Kraft gesetzt. Und während ich anfing, das Gesagte zu bereuen, trat etwas Schreckliches in sein Gesicht, eine Art unerwartete, schonungslose Erkenntnis. Plötzlich wirkte er um zehn Jahre gealtert und hilflos. Seine verschmitzte Überheblichkeit, die ich stets gehasst hatte, war verschwunden. Er stand auf und verharrte reglos neben meinem Bett, als wüsste er nicht, was er sagen oder auch nur denken sollte. Ich hätte mich gern entschuldigt, aber mir fehlte der Mut.

Schließlich ging er wortlos aus dem Zimmer und zog sacht die Tür hinter sich zu.

* * *

Dann, am Ostermontag, schmiedete ich einen Plan. Ich würde ihr ein Buch kaufen, irgendwie ihre Adresse herausbekommen und so lange dort warten, bis wir uns träfen. Dann würde ich sagen, dass ich zufällig in der Gegend sei oder – sollte sie am Stadtrand wohnen – dass ich in der Gegend einen Freund besuchen wollte, wir würden ein wenig plaudern, und ich würde ihr das Buch geben, ohne zu sagen, dass ich es für sie besorgt hatte. Zufällig sei ich gerade in der Buchhandlung gewesen und hätte es mir gekauft, aber jetzt würde ich es ihr gern schenken. Wie es dann weitergehen könnte, blieb im Dunkeln, aber einen Plan zu haben – der mir überdies ziemlich clever erschien – hob meine Stimmung merklich. Als Erstes machte ich mich daran, nach ihrer Privatadresse zu forschen. Dem Telefonbuch nach gab es in Bari vier Belfortes, aber keine Celeste. Ich ließ mich nicht entmutigen. Celeste war blutjung, ihr Vertretungsunterricht war ihre erste Stelle nach dem Uniabschluss gewesen, und es war möglich, sogar wahrscheinlich, dass sie noch bei ihren Eltern lebte. Mir kam der lästige Gedanke, Celeste könnte in irgendeinem Provinzkaff wohnen, was meinen Plan zweifellos zunichtegemacht hätte. Doch dann sagte ich mir kurzerhand, dass das unmöglich sei und dass ich mir später darüber den Kopf zerbrechen würde, nachdem ich die vier Adressen überprüft hatte.

Damals konnte man noch von jedem x-beliebigen Telefon

aus überall anrufen, ohne befürchten zu müssen, identifiziert zu werden, und als ich allein zu Hause war, nahm ich mir die vier Nummern vor.

»Guten Tag, hier ist das Sekretariat des Orazio-Flacco-Gymnasiums, könnte ich bitte mit Celeste Belforte sprechen?«

»Da haben Sie sich verwählt.«

Tonfall, Akzent und Höflichkeit – oder Unhöflichkeit – wechselten, doch die Antwort war stets die gleiche. Jetzt kannte ich also vier Adressen, bei denen ich auf keinen Fall nach Celeste suchen musste. Als ich schon glaubte, sämtliche Telefonbücher der umliegenden Provinznester durchgehen zu müssen, kam mir eine andere Idee.

Als am Mittwoch die Schule wieder losging, suchte ich das Sekretariat auf. Nur die alte Sekretärin war da, von der niemand wusste, wie sie hieß, und die von allen aus unerfindlichen Gründen nur Marietta genannt wurde.

»Guten Tag«, sagte ich so freundlich wie möglich. Sie drehte sich langsam um, musterte mich grimmig und nickte mir dann unwillig zu.

»Signora Belforte, unsere Vertretungslehrerin für Geschichte und Philosophie, hatte mir ein Buch geliehen. Sie ist jetzt weg, und ich konnte es ihr nicht zurückgeben. Ich würde es ihr gern schicken, könnte ich vielleicht ihre Adresse haben?«

»Nein.«

»Und wieso nicht?«

»Weil wir Lehreranschriften nicht rausgeben.«

»Und was soll ich jetzt mit dem Buch machen?«

Sie kniff die Lider zusammen und starrte mich feindselig an. Allmählich ging ich ihr auf die Nerven.

»Für so was sind wir nicht zuständig. Aber wenn du willst, steckst du's in einen Umschlag, schreibst ihren Namen drauf und lässt es hier. Sollte sie vorbeikommen, geben wir es ihr.«

Ich wollte etwas antworten, um sie umzustimmen. Doch dann beschloss ich, dass es keinen Sinn hatte, und ging.

Weil ich meinen Plan nicht aufgeben wollte, entschloss ich mich zu einem riskanten Schachzug: Ich wollte mit Stefania reden, ihr die Geschichte mit dem geliehenen Buch weismachen und hoffen, dass sie vielleicht etwas von Celeste wusste. Natürlich bestand die Gefahr, dass sie misstrauisch wurde und Fragen stellte, auf die ich keine Antwort aus dem Ärmel schütteln konnte. Also legte ich mir meine Geschichte minutiös zurecht, in der Hoffnung, ihren möglichen Reaktionen zuvorzukommen, und sprach sie vor der Schule an.

»Du weißt nicht zufällig, wo die Belforte wohnt?«

»Die Belforte? Wieso willst du das wissen?«

»Während der Schulbesetzung hatte sie mir ein Buch geliehen und mich gebeten, es ihr auf jeden Fall wiederzugeben, weil sie sehr daran hängt. Dann hab ich vergessen, es mitzubringen, und sie ist gegangen, und jetzt ist mir das total unangenehm, und ich würd's ihr gern schicken oder vorbeibringen.«

»Wieso hat die Belforte dir ein Buch geliehen?«

»Erinnerst du dich an den Kurs während der Besetzung?«

»Über die Stellung der Frau?«

»Genau. Erinnerst du dich noch, dass sie von Hannah Arendt gesprochen hat, die mit dem Buch über den Eichmann-Prozess und die *Banalität des Bösen*?«

»Klar doch.«

»Ich hab gesagt, ich würd's gern lesen, und da hat sie's mir am nächsten Tag mitgebracht. Sie meinte, normalerweise verleiht sie keine Bücher, aber bei mir würde sie eine Ausnahme machen.«

»Keine Ahnung, wo die Belforte wohnt. Ich weiß auch nicht, wer das wissen könnte. Wieso fragst du nicht im Sekretariat?«

»Hab ich schon, die meinten, sie dürfen die Adressen von Lehrern nicht rausgeben.«

»Ach, warte mal. Frag doch Scarrone.«

Es folgte ein kurzes Schweigen. Wieso, um alles in der Welt, sollte ich Scarrone fragen?

»Wieso ausgerechnet den?«

»Ich hab sie mal zusammen auf dem Motorrad gesehen, am Schultor. Vielleicht weiß er, wo sie wohnt.«

* * *

Zwei Tage vergingen, ohne dass ich etwas unternahm. Ich wusste nicht, wie ich mit Salvatore reden, was ich ihm sagen, wie ich die Sache ansprechen sollte. Zu erfahren, dass er und Celeste etwas miteinander zu tun hatten, geradezu eng miteinander waren – sie waren sogar zusammen Motorrad gefahren, näher konnte man sich kaum sein –, hatte mich verwirrt.

Vielleicht hatte Salvatore die Information, nach der ich suchte, aber ihn anzusprechen erschien mir heikel, als müsste ich in unbekanntes Terrain vordringen, dessen Koordinaten ich nicht kannte und in dem es gefährlich war, einen falschen Schritt zu tun und fadenscheinige Lügen zu erzählen.

Außerdem war da noch der richtige Zeitpunkt. Die Möglichkeit, ihn vor oder nach einem Training im Italien-Kuba-Verein anzusprechen, verwarf ich sofort. Da waren zu viele Leute, es war unmöglich, ihn wie nebenbei zu fragen, ohne dass jemand hellhörig wurde. Auch der Vorschlag, zusammen einen trinken zu gehen, kam mir blöd vor. Das war nur ein einziges Mal passiert, und es war seine Idee gewesen. Allein die Tatsache, ihm etwas Derartiges vorzuschlagen, hätte dem Ganzen zu viel Gewicht und einen peinlichen Beigeschmack gegeben. Das Gleiche galt für die Schule, denn wir waren noch nie nach dem Unterricht zusammen weggegangen.

Ich kam zu dem Schluss, es wäre das Beste, wenn ich ihm wie zufällig in der Schule über den Weg lief, ihn ganz nebenbei ansprach und, sobald ich wusste, was ich wissen wollte – vorausgesetzt, er konnte es mir sagen –, das Thema schnellstens wieder fallen ließ.

Es passierte während der Stunde von D'Addario, die für lange und ungestörte Flurspaziergänge wie gemacht war. Salvatore ging raus, und eine Minute später – ich zählte im Geist von eins bis sechzig, damit es nicht zu früh, aber auch nicht zu spät war – folgte ich ihm. Er lehnte auf einem Fensterbrett, blickte auf den Hof und rauchte eine Zigarette.

»Hast du 'ne Zigarette für mich?«

Er hielt mir eine hin, ich zündete sie mir an und lehnte mich ebenfalls aufs Fensterbrett.

»Ich frag mich, was aus der Belforte geworden ist.«

»Wie meinst du das?«

»Na ja, ich meine, keine Ahnung, vielleicht macht sie ja irgendwo anders Vertretung. Vielleicht in irgendeinem Kleinstadtgymnasium. Ich weiß nicht mehr wer, aber irgendjemand hat mir mal gesagt, sie wäre nicht aus Bari.«

»Dann hat er dir Scheiße erzählt. Sie wohnt in Bari.«

»Und woher weißt du das?«

»Weil ich schon bei ihr zu Hause war.«

Mir stockte der Atem. Ich versuchte, an der Zigarette zu ziehen, aber meine Kehle war wie zugeschnürt. Ich hustete. »Wieso?«

Ein untypischer Ausdruck trat auf Salvatores Gesicht, und ich meinte, eine Spur Traurigkeit darin zu sehen.

»Wir hatten 'ne kleine Affäre«, sagte er, nachdem er den Rest seiner Zigarette bis zum Filter inhaliert hatte.

Wir hatten 'ne kleine Affäre. Es war, als hätten sie meinen Kopf mit Elektroden verkabelt und unter Strom gesetzt, um meine Seele gnadenlos zu verbrennen.

»In... inwiefern?«

»Was ist denn das für 'ne Scheißfrage? Was soll das heißen: inwiefern? 'ne kleine Affäre halt, wir sind ein Weilchen zusammen gewesen und Schluss. Ende. Ist doch nicht so schwer zu verstehen.«

Ich spürte, wie meine Knie nachgaben, und fast musste ich mich am Fensterbrett festhalten, während Salvatore drauflosplauderte, als hätte er nur darauf gewartet. Als hätte er es *nötig*. Alles hatte damit angefangen, dass er sie kurz vor der Schulbesetzung ein Stück auf seinem Motorrad mitgenommen hatte. Celeste lebte allein, und nach jenem Morgen hatten sie sich oft bei ihr getroffen. Es war ein paar Wochen gegangen, und dann hatte sie ihm gesagt, dass sie sich nicht mehr sehen sollten. Sie sei mit jemandem zusammen, mit einem Uniprofessor, und außerdem sei Salvatore ihr Schüler, und wenn die Sache – eine Liebschaft zwischen einer Lehrerin und einem Schüler – herauskäme, wäre der Teufel los.

»Und was hast du ihr gesagt?«, fragte ich und schluckte mühsam.

»Dass sie schon vorher gewusst hat, dass ich ihr Schüler bin, und dass sie eine Scheißspießerin sei.«

Ich weiß nicht mehr, wie die Unterhaltung endete, und auch nicht, wo ich danach hinging und wie.

Das Nächste, an das ich mich erinnere, ist, wie ich mit abgeschlossener Zimmertür auf meinem Bett liege und in mein Kopfkissen weine.

Die Tage danach waren grässlich. Ich wachte frühmorgens panisch auf und *musste* aufstehen, es war unmöglich, im Bett zu bleiben.

Es war sechs Uhr oder manchmal auch früher, und um die Zeit totzuschlagen, ging ich in die Küche und aß etwas, auf das ich keinen Appetit hatte. Dort fand mich meine Mutter, die mich gehört hatte und sich wunderte, dass ich so früh auf war. Sie machte sich Sorgen, hatte aber nicht den Mut nachzufragen und schaute mich nur mit stummem, traurigem Gesicht an, das mir Jahre später wieder im Traum erscheinen sollte.

Ich war nie ein glücklicher Teenager gewesen – wer ist das schon? –, aber in jenen Tagen kam mir das Leben wie ein Abgrund der Verzweiflung vor, dem man nicht entkommen konnte. Im Unterricht zu sitzen war unmöglich, und mindestens zwei- oder dreimal am Tag war ich kurz davor, in Tränen auszubrechen, und musste übermenschliche Kräfte aufbieten, damit die anderen nichts davon mitbekamen. In Wirklichkeit achtete aber niemand auf mich, außer Stefania.

»Was ist mit dir los?«

»Nichts, bin in letzter Zeit nur schlecht drauf.«

»Und warum?«

»Keine Ahnung. Kommt vor. Bis du nie ein bisschen down?«

»Ja, aber nie ohne Grund.«

Ich ging an die Uferpromenade, wanderte auf und ab und zählte wie ein Bekloppter die gusseisernen Straßenlaternen. Hin und wieder schossen mir grausame Bilder durch den Kopf und zerrissen mir die Seele: Salvatore und Celeste, die sich küssten, sich nackt auszogen und miteinander schliefen. Ich meinte, vor Schmerz und Schmach durchdrehen zu müssen.

Was hast du denn geglaubt, du dämlicher Hosenscheißer?

Du armer Volltrottel wolltest ihr ein Buch bringen und dann mit ihr spazieren gehen und quatschen und so weiter. Und während du dir diesen Schwachsinn zusammenfantasiert hast, hat er sie gefickt.

Warum, warum?, flüsterte ich vor mich hin, schluchzte in mich hinein und schluckte die Tränen hinunter.

Elende Nutte, wieso hast du mir das angetan?

Wieso hast du mir das angetan, Geliebte?

14

Als du am nächsten Morgen aufwachst, traust du deinen Augen nicht. Du bist in Jacke und Schuhen und mit dem Kissen im Arm eingeschlafen. Du fährst mit den Fingern über die Stelle, auf der dein Gesicht lag, und spürst, dass sie feucht ist. Das letzte Mal, dass du völlig neben der Spur und ohne es mitzukriegen eingeschlafen bist, war als Kind.

Der Gedanke jagt dir einen geradezu schmerzhaft euphorischen Schauder durch die Glieder. Unmöglich, nichts zu tun und Zeit zu verlieren. Seltsame Redewendung: *Zeit verlieren*, sagst du dir, während du unter der Dusche stehst. Als könnte man etwas dagegen unternehmen. Man verliert sie so oder so. Was wäre der richtige Ausdruck? Zeit vergeuden? Verplempern? Zeit. Zeit brauchen. Zeit totschlagen. Noch so eine dämliche Redensart. Zeit gewinnen. Zeit sparen. Alles sinnentleerte Floskeln, sagst du dir, als du aus der Dusche trittst. Was soll's, denkst du, gut gelaunt wie ein kleiner Junge am Morgen des letzten Schultages.

Du schaltest den Computer ein, startest eine schnelle Recherche, findest fast sofort, was du gesucht hast, und schreibst dir etwas ins Notizbuch. Wieder Notizbücher zu benutzen ist eine gute Sache, denkst du und streichelst flüchtig über den rauen Einband, ehe du es in die Tasche steckst. Dann knüllst du die Jacke und die Hose von gestern zusammen, stopfst sie in eine Tüte und verlässt ohne zu frühstücken das Haus. Du hast ein paar genaue Vorstellungen, was du an diesem Morgen alles erledigen willst, und zwar der Reihe nach. Du beginnst mit der Suche nach einer Reinigung. Als du eine gefunden hast, lässt du die Jacke und die Hose dort, was dir das entspannende Gefühl gibt, eine erste Aufgabe erfüllt zu haben.

Nicht weit von der Reinigung ist eine Bäckerei, aus der es nach frischem Brot, Focaccia und Kuchen duftet. Du gehst hinein und kaufst dir ein noch warmes Hefebrötchen, genau so eines, wie du sie als Kind mit in die Schule genommen hast. Du hast nicht den leisesten Schimmer, wann du das letzte Mal so ein Brötchen gegessen hast. Mit dem lauwarmen, eingepackten Gebäck in der Hand gehst du in eine Bar, bestellst einen Cappuccino zum Mitnehmen und setzt dich in dem kleinen Park unweit des Teatro Margherita auf eine Bank, um zu frühstücken.

Wenn man eine Idee nicht zu fassen kriegt und sie nicht konkretisieren kann – wieder musst du ans Zeitverlieren denken –, bleibt einem vielleicht nur, sich klarzumachen, was diese Idee nicht ist. An einem Frühlingstag auf einer Parkbank zu sitzen und dieses himmlische Hefebrötchen zu essen ist beispielsweise *keine* verlorene Zeit, sagst du dir. Dieser Gedanke, der dich nicht gerade per se in die Riege der großen Denker unserer Zeit katapultiert, verschafft dir eine geradezu übertriebene Befriedigung. Du musst lächeln und hast das Gefühl, deine Gesichtsmuskeln wieder zu spüren. Ist schon eine ganze Weile her, dass du von selbst gelächelt hast. Ob in Gesellschaft oder nicht, macht zwar keinen riesigen Unterschied, aber na ja, du weißt schon, was du meinst.

Als du das Hefebrötchen aufgegessen hast, suchst du einen Friseur – oder besser, einen *Barbiersalon*, wie du gestern Abend in einer der Akten gelesen hast. Noch so ein banaler Gedanke, aber vielleicht auch nicht: Gestern Abend erscheint ewig lang her. So lang, dass du die Möglichkeit in Betracht ziehst, nicht nur eine Nacht, sondern mehrere Tage geschlafen zu haben.

Du ziehst die Möglichkeit in Betracht, eine Raum-Zeit-Barriere durchschritten zu haben und nun auf einer anderen Seite zu sein. Das denkst du wortwörtlich, auch wenn du nicht genau weißt, was dieser Satz bedeuten soll. Was nicht unbedingt schlecht ist: Nicht zu wissen, was ein Satz, den du geschrieben oder gesagt hast, bedeuten soll. Bittet einen Dichter, die Bedeutung eines Verses oder eines einzigen Wortes zu erklären, und ihr habt das Gedicht getötet.

Der Barbier hat zurückgestriegeltes Haar und ein fast glühend rotes Gesicht, als hätte er zu viel Sonne abbekommen. Er rasiert gerade einen Herrn um die siebzig, der entspannt und mit geschlossenen Augen dasitzt, als bekäme er eine Massage. Du hast dich erst zwei- oder dreimal im Leben vom Barbier rasieren lassen. Manche Leute machen das jeden Tag.

Als du an der Reihe bist, lässt dich der Barbier Platz nehmen und legt dir mit einer ausholenden, leicht selbstgefälligen Geste das Handtuch um den Hals, ähnlich wie diese Pizzabäcker, die den Pizzateig in die Luft wirbeln oder als Scheibe auf dem Finger kreiseln lassen.

»Was darf's für Euch sein, Dottore? Rasur, Haarschnitt oder beides?«

Der Barbier sagt *Ihr* statt *Sie*. Aus irgendeinem Grund macht ihn das sympathisch.

»Eine Rasur, danke.«

»Kein Problem«, sagt er mit ernstem, konzentriertem Tonfall. Als hättest du ihm gesagt, er solle eine Not-OP am offenen Herzen durchführen, und er hätte dich beschwichtigt: Ganz ruhig, mein Lieber, da bist du bei mir genau richtig.

Dann fängt er an, mit einer kreisenden, selbstzufriedenen Handbewegung den Rasierschaum mit dem Pinsel in einem Schälchen aufzuschlagen. Natürlich muss man nicht so lange schlagen, um die Creme schaumig zu kriegen. Aber aus irgendeinem geheimnisvollen Grund scheint diese rituelle Handlung unerlässlich zu sein. Nach ein paar Minuten behutsamen, raschen Schlagens fängt er an, den Schaum auf deinem Gesicht zu verteilen.

»Ihr seid nicht von hier, nicht wahr, Dottore?«

»Ich bin aus Bari, lebe aber schon seit Jahren in Florenz.«

»Kann es dennoch sein, dass ich Euch schon einmal gesehen habe?«

Du lächelst mit einem Ausdruck, der bedeuten soll: Ich wüsste nicht wo. Vielleicht hat er dich mit jemandem verwechselt. Oder er hat dein Foto in irgendeiner Zeitung gesehen, im Feuilleton, vor ein paar Jahren, aber das ist nicht sehr wahrscheinlich. Ein leicht rassistischer Gedanke, sagst du dir sofort. Wieso sollte ein Barbier nicht das Feuilleton lesen? Aber du merkst, dass dich die Frage nicht sonderlich interessiert.

»Haben Sie viele Kunden, die regelmäßig zu Ihnen kommen, um sich rasieren zu lassen?«

»Wir sind mitten in der Krise, Dottore. Früher waren es mehr, aber ein paar kommen noch immer, mal mehr, mal weniger.«

»Aber kommen die, weil sie sich selbst nicht rasieren können?«

»Nein, Dottore. Natürlich können sie sich rasieren. Sie kommen, weil es sie entspannt, sich rasieren zu lassen. Wie soll ich sagen, es geht gar nicht so sehr um die Rasur selbst. Es ist alles zusammen.«

»Und schütten sie Ihnen ihr Herz aus?«

»Sagen wir, sie wollen reden. Manche wollen auch ihr Herz ausschütten. Die Kinder, die Frau, die Krankheiten, die Arbeit. Wenn keine anderen Kunden da sind, vertrauen mir manche auch intimere Dinge an. Die Geliebte und so etwas.«

»Und wieso reden sie mit Ihnen?«

»Wie soll ich sagen, Dottore, es ist eine Frage der Einsamkeit. Aber nicht nur das. Ich weiß nicht, wie ich es erklären soll…«

»Vielleicht, weil sie sich nicht beurteilt fühlen?«

»Richtig, ganz genau. Ihr habt das Wort gefunden, das mir fehlte. Weil sie sich nicht beurteilt fühlen.«

Als du wieder draußen bist, fällt dir dieser Satz wieder ein: *Ihr habt das Wort gefunden, das mir fehlte.* Genau darin sollte die Arbeit eines Schriftstellers bestehen: Worte finden, die den anderen fehlen.

In dem Moment fällt dir auf dem gegenüberliegenden Bürgersteig ein junger Mann auf. Er ist um die fünfundzwanzig und bewegt sich ein wenig eigenartig, irgendwie krumm, humpelnd und mit schiefen Schultern. Er ist unrasiert und sieht nicht besonders sauber aus, auch wenn du nicht sagen könntest, wie du aus einem Dutzend Meter Entfernung darauf kommst. Er klopft auf sein linkes Handgelenk und fragt eine Frau nach der Uhrzeit, doch sie schüttelt den Kopf und sagt, sie habe keine Uhr. Kurz darauf fragt er einen Typen in Anzug und Krawatte mit Aktentasche. Der schüttelt wortlos den Kopf. Als Nächstes fragt er ein junges Mädchen, das angezogen ist, als wäre es unterwegs zu einer Party. Sie hat auch keine Uhr und kann – oder will – ihm nicht sagen, wie spät es ist. Eine bizarre Szene. Vielleicht ist der Junge verrückt. Neugierig überquerst du die Straße und gehst an ihm vorbei. Er fragt auch dich nach der Uhrzeit. Du hast ebenfalls keine Uhr – du trägst seit einer Ewigkeit keine mehr –, aber du holst dein Handy raus und antwortest ihm. Er bedankt sich und will davongehen.

»Entschuldige, aber warum fragst du alle nach der Uhrzeit?«

Der Junge sieht dich an, vielleicht ist er unsicher, was er machen soll. Dann richtet er sich auf, die Schultern werden gerade, sein bis eben ein wenig wirrer Gesichtsausdruck wird normal. Du bemerkst, dass er sich wohl Ruß ins Gesicht geschmiert hat, um schmutzig auszusehen.

»Ich mache eine Art Experiment. Wenn ich mit diesem Aussehen nach der Uhrzeit frage – krumm und schief und so –, antwortet mir einer von zehn. Auch weniger, in dieser Runde sind Sie der Vierzehnte. Wenn ich mit meinem gewöhnlichen Aussehen frage, antworten fast alle.«

»Und wieso machst du diese Art Experiment?«

Er scheint sich zu fragen, wer du bist, warum du ihn das fragst und ob er dir antworten soll. Ob er dir trauen kann. Dann entscheidet er sich dafür.

»Ich schreibe einen Roman. Es hilft mir bei der Entwicklung einer Idee. Die Hauptfigur macht diese Recherche für einen Uniprofessor, einen Psychologen. Er wird nach Kontakten bezahlt, also nach Personen, die er nach der Uhrzeit gefragt hat. Natürlich muss er sich die Antworten notieren. Auf diese Weise trifft er einen Menschen, Dinge passieren, na ja, das ist der Ausgangspunkt der Geschichte.«

»Du schreibst einen Roman?«

»Ja, ich versuch's.«

»Wie alt bist du?«

»Siebenundzwanzig.«

»Und was machst du sonst noch? Arbeiten oder studieren?«

»Arbeiten. Abends jobbe ich als Barmann, und tagsüber gebe ich Privatunterricht.«

»Privatunterricht? In was?«

»Hey, wer sind Sie überhaupt, die Finanzpolizei? Das ist ja ein Verhör.«

Er sagt das gar nicht aggressiv, einfach so, wie eine Feststellung. Du verhörst ihn tatsächlich. Ergeben hebst du die Hände. Du bist nicht die Finanzpolizei und auch sonst nicht gefährlich und wolltest nicht aufdringlich sein. Du bist nur neugierig.

»Entschuldige, du hast recht. Ich war indiskret. Viel Erfolg und viel Glück.«

»Latein und Griechisch.«

»Wie bitte?«

»Ich gebe Privatunterricht in Latein und Griechisch.«

»Latein und Griechisch. Hast du Philologie studiert?«

»Ja.«

»Und du willst schreiben.«

»Ja.«

»Hast du schon versucht, was zu veröffentlichen?«

»Ein paar Kurzgeschichten in Zeitschriften. Ich glaube, die haben höchstens zehn Leute gelesen. Meine Familie inbegriffen.«

»Und wie viel hast du von dem Roman?«

»Rund fünfzig Manuskriptseiten. Zweitausend Anschläge pro Seite.«

»Weißt du schon, wo du ihn hinschickst, wenn du fertig bist?«

Der Junge schüttelt verunsichert den Kopf. Fast schüchtern. Er fragt sich, wer du bist, und weiß nicht, was er von dir halten soll.

»Ich gebe dir meine Kontaktdaten. Wenn du deinen Roman beendet hast – falls du ihn beendest –, schickst du ihn mir. Wenn er gut ist, kann ich dir vielleicht helfen, einen Verleger zu finden.«

»Wer sind Sie?«

Du antwortest nicht. Du reißt eine Seite aus dem Notizbuch, das du wie einen Talisman in die Hosentasche gesteckt hast, als du losgegangen bist, und schreibst deine E-Mail-Adresse und deine Telefonnummer auf. Dann hältst du sie dem Jungen hin.

»Melde dich, wenn du fertig bist. Das ist eine Chance, vertue sie nicht.«

Du gehst davon und denkst, dass du so etwas noch nie gemacht hast. Du kannst angehende Schriftsteller nicht leiden. Dich nervt der anmaßende Ton, den sie gern an den Tag legen.

Dich nervt, dass die meisten es für überflüssig halten zu lesen, ehe sie sich ans Schreiben machen. Und vielleicht hast du immer gefürchtet, dass einer von ihnen tatsächlich gut sein könnte und in dem gnadenlosen Rennen, das nur wenige durchhalten, unverhofft an dir vorbeiziehen könnte. Und viele von ihnen haben dich überholt, während du schlappgemacht hast und am Pistenrand zusammengebrochen bist.

Warum also hast du diesem Jungen gesagt, er soll sich melden, wenn er mit seinem Roman fertig ist?

Enrico

Ich hörte auf, zum Italien-Kuba-Verein zu gehen, suchte mir in der Klasse einen anderen Platz, um möglichst weit weg von Salvatore zu sitzen, und machte mich nach der Schule sofort aus dem Staub. Ich wollte jedes Zusammentreffen vermeiden, und sei es nur zufällig. Die Vorstellung, mit ihm zu reden, seine Stimme zu hören, seine Hände, seinen Bart, seinen Mund, seine muskulösen Arme zu sehen und zu wissen, was passiert war, war mir unerträglich. Ich fürchtete, mich nicht beherrschen zu können, ich fürchtete, Dinge zu sagen, die ich nicht sagen durfte, Fragen zu stellen, die ich bereuen würde.

Natürlich kriegte Salvatore es mit, und eines Tages während der Sportstunde forderte er mich auf, ihm zu folgen, wir müssten reden. Inzwischen war es Frühling geworden, die anderen spielten Basketball im Hof, und wir setzten uns wieder auf die Treppe. Er zündete sich eine Zigarette an und hielt mir das Päckchen hin. Ich schüttelte den Kopf. Ich wollte seine Zigaretten nicht.

»Wieso nicht?«

»Hab keine Lust.«

»Was ist los mit dir?«

»Was meinst du?«

»Spiel nicht den Trottel. Du kommst nicht mehr zum Training, wenn du mich auf dem Flur siehst, weichst du mir aus, und jetzt stellst du dich doof. Was ist los?«

»Ich hab zu tun und kann nicht mehr zum Training kommen.«

»Und was hast du zu tun?«

»Ist doch wohl meine Sache, was ich zu tun habe.«

Er sah mich ein paar Sekunden lang an, dann atmete er tief durch, als wollte er Ruhe bewahren, und nickte schließlich drohend. Er stierte geradeaus auf die Wand, und ich tat es ihm gleich. Ich konnte seinen Bart riechen, sein ungewaschenes Haar, die vielen Zigaretten, die er an diesem Morgen schon geraucht hatte. Am liebsten wäre ich weggerannt, aber ich konnte nicht. Es verging vielleicht eine Minute, vielleicht weniger. Er rauchte seine Zigarette auf, drückte den Stummel auf der Stufe aus und schnippte ihn weg.

»Du hast dich doch wohl nicht mit den Bullen eingelassen?«, sagte er, ohne mich anzusehen.

»Mit den Bullen? Spinnst du?«

»Die Typen von der Polizei, die vor der Schule rumlungern, haben dich also nicht nach mir gefragt, und du hast ihnen nicht von der Pistole erzählt?«

»Du hast sie nicht mehr alle.«

»Wenn du ein Spitzel bist, solltest du's mir sagen. Immer noch besser, als wenn ich es von selbst herausfinde.«

Ich sprang auf und ging ein paar Meter Richtung Basketballfeld.

»Du hast sie nicht mehr alle«, sagte ich noch einmal und tippte mir an die Stirn.

Er sprang ebenfalls auf, kam mir nach und packte mich beim Arm.

Der Bewegungsablauf, der folgte, kam absurd selbstverständlich. Er zog mich, und ich leistete keinen Widerstand. Vielmehr folgte ich der Bewegung, genau so, wie er es mir einmal erklärt hatte – *du musst dir die Kraft des Gegners zunutze machen: Wenn sie dich ziehen, drückst du, wenn sie drücken, ziehst du* , geschmeidig schnellte ich vor und verpasste ihm einen Kopfstoß auf die Nase.

Es war keine Absicht. Ich *beschloss* nicht, ihn zu treffen. Es passierte einfach.

Er zog mich, und ich ließ mich ziehen, und alles andere passierte, weil es unausweichlich war.

Er stieß einen bestialischen Schrei aus, schlug sich die Hände vors Gesicht und riss sie blutüberströmt zurück. Er konnte mich nicht sehen, er selbst hatte es uns während des Trainings x-mal erklärt: Wer einen Kopfstoß auf die Nase kriegt, sieht nichts mehr und ist unfähig weiterzukämpfen. Das ist der Moment, um ihn fertigzumachen.

Ich machte ihn nicht fertig. Eine Weile, die mir rückblickend wie eine Ewigkeit erscheint, aber wohl nur ein paar Sekunden dauerte, stand ich wie angewurzelt da. Ich hörte Stimmen, Rufe, hastige Schritte. Dann versuchte jemand, Salvatore zu Hilfe zu kommen, und besudelte sich mit Blut, während jemand anderes mich in die Schule zerrte und mir sagte, ich solle abhauen.

Ich rannte nach Hause und verbrachte den restlichen Morgen damit, mich zu fragen, was morgen mit mir geschehen würde oder dann, wenn Salvatore und ich uns wieder über den Weg liefen. In Wirklichkeit war die Antwort auf diese Frage sehr einfach: Salvatore würde mir die Seele aus dem Leib prügeln, und von seinem Standpunkt aus mit Recht. Ich überlegte, dass ich vielleicht nicht mehr zur Schule gehen sollte - zu *dieser* Schule -, dass ich in eine andere Stadt ziehen müsste oder vielleicht zur Polizei gehen, um alles zu erzählen und Salvatore auf diese Weise loszuwerden.

Als der Vormittag und der Unterricht vorüber waren, kam Stefania vorbei und brachte mir die Jacke und die Bücher, die ich in der Klasse gelassen hatte.

»Was, zum Henker, hast du angestellt?«

Ich zuckte mit den Schultern. Ich wusste einfach nicht, was ich sagen sollte.

»Was ist denn passiert?«, bohrte sie.

»Wir haben uns gestritten, Kleinscheiß, echter Kleinscheiß, es wurde ein bisschen laut, er hat mich gezogen, und ich hab ihm, ich weiß nicht wie, einen Kopfstoß verpasst.«

»Du hast ihm einen *Kopfstoß* verpasst? Bist du irre? Nein, du bist nicht irre, du bist ein Krimineller. Wie kannst du so was machen? Da zieht einer ein bisschen, und er verpasst dem einen *Kopfstoß*... Und wenn er dich ein bisschen fester gezogen hätte, was hättest du dann gemacht, ihn erschossen?«

»Wissen die, dass ich es war?«

»Alle wissen es, ist doch klar. Aber der Direx hat nicht die Polizei gerufen. Zumindest noch nicht. Er meinte, solange niemand zu ihm kommt und offiziell sagt, was vorgefallen ist, ist für ihn nichts vorgefallen, und deshalb gibt es keinen Grund, die Polizei zu rufen.«

»Von wem hast du das?«

»Ich hab zwei Lehrerinnen aus der A vor dem Direktorenbüro reden hören.«

»Und Salvatore?«

»Der ist auch nicht zurück in die Klasse gekommen. Keine Ahnung, ob ihn jemand begleitet hat, wahrscheinlich ist er zur Notaufnahme gegangen. Ich hab ihn nicht gesehen, aber es hieß, sein Hemd sei voller Blut gewesen.«

Eine Weile sagten wir nichts. Ich hörte, wie die Wohnungstür sich öffnete und wieder zufiel und dann die Schritte meiner Mutter im Flur. Für einen kurzen Moment überfiel mich eine irrwitzige, überwältigende, geradezu quälende Sehnsucht. Ich wünschte mir, Mama würde in mein Zimmer kommen, mich in den Arm nehmen wie als Kind und mich sacht im Nacken kraulen. Ich wünschte mir, ich könnte die Zeit zurückspulen und alles, was früher einfach war, würde wieder einfach.

»Was hast du jetzt vor?«, fragte Stefania.

»Keine Ahnung. Meinst du, ich sollte mit jemandem darüber reden?«

»Wenn du mich fragst, nicht. Jedenfalls nicht sofort. Erst mal abwarten. Glaubst du, Salvatore könnte dich anzeigen?«

Ich versuchte zu grinsen, doch es gelang mir nicht. Die Vorstellung, Salvatore könnte zur Polizei oder zu den Carabinieri gehen, war ziemlich unwahrscheinlich.

»Bestimmt nicht. Das ist nicht das Problem.«

Das Problem war das, was passieren würde, wenn wir uns wieder über den Weg liefen. Das wusste auch Stefania.

»Vielleicht solltest du zu ihm gehen und dich entschuldigen.«

Ich schüttelte den Kopf. Das hätte nichts genutzt, und außerdem hatte ich nicht die geringste Lust dazu, doch das sagte ich Stefania nicht.

»Okay, ich bin weg. Willst du heute Nachmittag zu uns kommen?«

»Nein, besser nicht. Ich bleib hier.«

»Willst du, dass ich komme?«

»Nein, danke. Wir sehen uns morgen.«

»Okay, dann komme ich morgen früh um Viertel nach acht und hole dich ab.«

»Wieso?«

»Dann gehen wir zusammen zur Schule.«

Ich wusste nicht, was ich sagen sollte. Die Sache war klar: Sie kam mich abholen, um mir Geleitschutz zu geben, und dem war nichts hinzuzufügen.

Ich verbrachte einen seltsamen, unwirklichen Nachmittag. Ich wusste, dass ich in Gefahr war, aber gleichzeitig kam es mir vor, als wäre das nicht mein Problem. Ich fühlte mich wie in einer Blase, mittendrin und doch isoliert. Hin und wieder dachte ich an Celeste, aber sie war fern, als wären die Ereignisse der letzten Wochen Jahre her. Ich las einen Roman – *Das*

Tal der Angst von Arthur Conan Doyle – von Anfang bis Ende durch. Ich aß ein Brötchen und ging gleich darauf mit einem anderen Buch ins Bett, fest davon überzeugt, dass ich keinen Schlaf finden und die ganze Nacht lesen würde. Stattdessen fiel ich sofort in Tiefschlaf und wachte neun Stunden später ganz benommen wieder auf.

Stefania kam pünktlich, und wir machten uns schweigend auf den Weg zur Schule.

»Wenn wir Scarrone vor der Schule sehen, wechseln wir die Straßenseite. Wenn er uns nachläuft, rennst du weg, und ich halte ihn auf und versuche, mit ihm zu reden«, sagte Stefania, während wir nebeneinander hergingen.

»Wenn er uns nachläuft, renne ich weg, aber du hältst niemanden auf. Salvatore ist gefährlich, und ich weiß nicht, was er tun würde, auch wenn du ein Mädchen bist.«

»Ich habe bestechende Argumente.«

»Was soll das heißen?«

Im Gehen zog Stefania ein großes Klappmesser hervor, zeigte es mir und ließ es wieder in der Tasche verschwinden.

»Was hast du damit vor? Bist du irre?«

»Nur eine Vorsichtsmaßnahme.«

Ich blieb stehen und nahm sie bei den Schultern.

»Hör mir mal zu. Was du da machst, ist ganz toll, fantastisch, ich werd's dir nie vergessen. Aber lass uns bitte versuchen, nicht noch mehr Scheiße zu bauen, meine hat gereicht. Gib mir das Messer.«

»Tolle Idee, ich geb's dir. Nachdem du gestern gezeigt hast, wie prima du dich unter Kontrolle hast, bist du genau der Richtige dafür.«

Schweigend setzten wir uns wieder in Bewegung. Meine Sinne waren aufs Äußerste geschärft: Die Farben waren leuchtender; ich hörte die Straßengeräusche, alle zusammen und zugleich jedes für sich; ich spürte ein elektrisches Kribbeln in Rückgrat und Nacken. Ich hatte Angst, keine Frage, aber dazu gesellte sich eine Wahrnehmung, die ich nie zuvor empfunden hatte. Das Gefühl, genau hier zu sein, in genau diesem Moment und nicht allein zu sein.

Als wir zur Schule kamen, merkte ich, dass viele mich anglotzten und tuschelnd ihren Nebenmann anstießen. Ich konnte mir denken, was sie einander sagten: War das wirklich *der da,* der Scarrone eins aufs Maul gegeben hat?

Wir drängelten uns hastig durch die Jungen und Mädchen, die bis zum Klingeln warteten, ehe sie hineingingen. Salvatore war nicht da, auch nicht in der Klasse. Niemand wusste etwas Genaues, auch wenn gemunkelt wurde, er sei ins Krankenhaus eingeliefert und operiert worden, wegen seiner gebrochenen Nase.

Die gesamten fünf Stunden über hockte ich, ohne ein Wort zu sagen und ohne dass jemand mich ansprach, auf meinem Platz. Es war, als wären um mich herum unsichtbare und zugleich unüberwindliche Mauern gewachsen: Ich konnte die anderen sehen, die anderen konnten mich sehen – und sie *glotzten* geradezu, wenn sie glaubten, ich merkte es nicht –, aber wir konnten nicht miteinander kommunizieren. Wir waren am selben Ort, einander ganz nah und unendlich fern. Nach jeder Unterrichtsstunde fragte ich mich, ob jemand kommen und mich zum Direktor rufen würde. Doch nichts geschah, und nach der Schule begleitete Stefania mich nach Hause, derweil mir alles – das, was in den letzten Monaten, und das, was in den letzten Tagen und Stunden passiert war – allmählich niederschmetternd unsinnig vorkam. Während wir schweigend nebeneinander hergingen, fuhr ein Polizeiauto mit Sirene und Blaulicht an uns vorbei, und für den Bruchteil einer Sekunde überkam mich die irrwitzige Angst, sie suchten mich.

Salvatore kam auch am nächsten Tag nicht zur Schule, auch den darauffolgenden nicht, und in mir begannen sich eine Art Widerwillen und die Vorahnung einer drohenden Katastrophe zu rühren. Es war Samstag, und Stefania fragte mich, ob ich am Nachmittag mit ihr ins Kino gehen wolle.

»Nein, danke. Ich fühl mich nicht so toll.«

»Das sieht man. Ein bisschen Ablenkung wäre vielleicht nicht schlecht. Komm schon, lass uns *Der Stadtneurotiker* sehen.«

»Mir ist nicht danach. Ich bleib lieber ein bisschen für mich.«

Sie wollte nachlegen, aber dann merkte sie wohl, dass es keinen Zweck hatte.

»Okay, ich geb auf. Ruf mich an, falls du's dir anders überlegst. Und auch, wenn du morgen Lust hast, was zu machen. Und auch, wenn du mir erzählen willst, was wirklich zwischen dir und dem Typen vorgefallen ist – du hast mir noch kein bisschen davon erzählt.«

Aber dann rief sie am nächsten Morgen an.

»Hast du die *Gazzetta* gelesen?«

»Nein, wieso?«

»Da steht, Scarrone ist verhaftet worden.«

»Was?«, sagte ich und stützte mich unwillkürlich – fast Halt suchend – auf das Telefontischchen.

»Wegen eines Überfalls.«

Lange sagte ich nichts, und eine unkontrollierte Flut von Bildern, Stimmen, Geräuschen und Gerüchen schoss mir durch den Kopf. Ganz besonders der Schießpulvergeruch im Steinbruch an jenem Nachmittag, an dem ich etwas Unumkehrbarem gefährlich nahe gekommen war.

»Bist du noch da?«, fragte Stefania.

»Wann hat er diesen Überfall denn begangen? Lag er nicht im Krankenhaus, wegen der gebrochenen Nase?«

»Der Überfall ist vor ein paar Monaten gewesen, aber gestern haben sie ihn verhaftet.«

»Wieso gestern?«

»Woher soll ich das wissen? Sie haben wohl ermittelt, festgestellt, dass er es war, und ihn geschnappt.«

Als wir aufgelegt hatten, ging ich mir die *Gazzetta del Mezzogiorno* kaufen und schloss mich in mein Zimmer ein, um den Artikel zu lesen. Es war eine kurze, anonyme Meldung, in der lediglich stand, ein junger Linksextremer mit Vorstrafen wegen Körperverletzung und politischer Gewalt sei wegen eines bewaffneten Raubüberfalls von der Polizei verhaftet worden. Das Opfer sei ein Juwelier aus dem Viertel Libertà, der Komplize des mutmaßlichen Täters konnte nicht identifiziert werden. Mehr stand da nicht, doch ich weiß nicht, wie oft ich diese Meldung durchlas, als suchte ich nach einer versteckten Bedeutung. Das Gefängnis war etwas Abstraktes, Abwegiges für mich, wie zum Mond fliegen oder Filmstar sein. Das Gefängnis existierte in den Zeitungen und in den Fernsehnachrichten, aber nicht in der wirklichen Welt. Nicht in *meiner* wirklichen Welt.

Salvatores Schicksal bestürzte und verwirrte mich; da war ein ungutes Gefühl, das ich nicht zu benennen wusste. Erst als mich jähe, heiße Scham durchfuhr, wurde mir klar, was es war.

Es war Erleichterung.

Denn – so ging mir in dem Moment auf – wenn Salvatore Scarrone im Knast saß, war ich sicher.

* * *

Zwei Monate später war das Schuljahr vorbei. Zum ersten und letzten Mal in meinem Leben bekam ich ein Mangelhaft – in Griechisch – und musste den ganzen Sommer für die Nachprüfung büffeln. Ich durfte mich nicht beklagen, und ich tat es auch nicht: So wenig wie ich in dem Jahr für die Schule getan hatte, war eine Nachprüfung in einem einzigen Fach noch eine allzu milde Strafe.

Salvatore blieb sitzen. Ich erfuhr, dass er ein paar Wochen nach Ende des Schuljahres auf Kaution freigekommen war und Bari verlassen hatte.

Ich sah ihn nie wieder.

15

Laut den Auskünften auf der Uni-Website hat Professoressa Celeste Belforte heute Morgen Prüfungen. In welchem Raum, verrät die Seite nicht, aber das sollte herauszufinden sein.

Du sitzt auf einer Parkbank ein paar Schritte von der Uni entfernt - das mit den Parkbänken scheint zu einer Gewohnheit zu werden - und rufst im Sekretariat des Fachbereichs an, dessen Nummer du dir in dein Notizbuch geschrieben hast. Eine ungewöhnlich freundliche Mitarbeiterin meldet sich: Sie informiert dich, wo die Prüfungen in Sprachphilosophie abgehalten werden, und erklärt dir, wie du hinkommst.

Und nun sitzt du noch immer auf dieser Bank ein paar Schritte von der Uni entfernt, mit dem Unterschied, dass du jetzt weißt, dass euch nur ein paar Dutzend Meter trennen.

Du hast die physische Empfindung - eine geradezu schizophrene Anspannung der Muskeln –, in zwei entgegengesetzte Richtungen gezogen zu werden. In das Unigebäude, um zu beenden, was du angefangen hast - was auch immer das ist. Oder in die andere Richtung, zur Stadt, fort von dieser absurden Idee, der Vergangenheit nachzulaufen. Ein vor Jahren gelesener Satz kommt dir in den Sinn: *Schaut nicht zurück, dort wart ihr schon.* Damals hattest du das ziemlich geistreich gefunden. Ein bisschen New Age vielleicht, aber geistreich. Jetzt fragst du dich, ob es stimmt, dass wir schon dort gewesen sind. Da bist du dir gar nicht so sicher, du wüsstest nicht, was dich dort erwartet.

Im nächsten Moment steigst du die Treppe zum Unigebäude hinauf und findest erstaunlich problemlos den Weg zum Seminarraum, den die freundliche Sekretariatsmitarbeiterin dir erklärt hat. Du gelangst zu einer geschlossenen Milchglastür, die aussieht wie aus einem alten Schwarz-Weiß-Film. Ein paar Studenten stehen auf dem Flur herum, unterhalten sich gedämpft, blättern in Büchern und gehen mit besorgten Gesichtern ihre Notizen durch.

»Finden hier die Prüfungen in Sprachphilosophie statt?«, fragst du, um ganz sicherzugehen und auch um Zeit zu schinden, denn du hast nicht die leiseste Ahnung, was du als Nächstes machen sollst.

Ein Mädchen sieht von seinem Heft auf und starrt dich an, als hättest du Chinesisch geredet. Dann scheint sie zu verstehen, macht eine Kopfbewegung Richtung Glastür und vertieft sich wieder in ihr Heft.

Was hast du früher vor einer Uniprüfung gemacht? Du erinnerst dich nicht, und eine leise Panik steigt in dir auf. Du kennst diese Panik, sie kommt immer, wenn du merkst, dass dir ganze Teile deines Lebens verschüttgegangen sind. Du erinnerst dich nicht mehr, wie du gelernt oder was du vor den Prüfungen, geschweige denn, was du nach den Prüfungen empfunden hast. Du versuchst, dieses Thema, in das du unversehens hineingestolpert bist, aus dem Kopf zu kriegen. Eine Panikattacke wäre jetzt keine gute Idee.

Du hast gelernt, dass man sich in solchen Fällen auf etwas aus der Umwelt konzentrieren soll, etwas, das die Sinne beansprucht. Also fängst du an, geradezu minutiös deine unmittelbare Umgebung in Augenschein zu nehmen. Der Flur ist breit und hell, die Wände sehen alles in allem sauber aus. Als du zur Uni gegangen bist, waren die Wände mit Sprüchen und Kritzeleien vollgeschmiert. Aber das war die Uni Florenz, vielleicht ist es da heute noch so. Allerdings sehen die hier so aus, als wären sie erst kürzlich gestrichen worden. Es gibt zwei mit Zetteln und Mitteilungen gespickte Pinnwände. Du stellst dich davor und liest hier und da einen Aushang. Das meiste sind WG-Angebote für Auswärtsstudenten oder selbst gemachte Flyer, die für Filmklubs, Unterricht in Englisch oder anderen Sprachen, Theaterworkshops, Thai-Chi-Kurse und Yoga werben. Ein Zettel ist darunter, der nichts mit den anderen zu tun hat. Es ist ein aus einem Notizbuch ausgerissenes Blatt mit wenigen, mit Füller geschriebenen Worten: *Für Maya*, und dann, ein paar Zeilen tiefer: *Unser Interesse gilt dem gefährlichen Rand der Dinge.* Sonst nichts. Du kennst diesen Satz gut, aber sosehr du dich auch bemühst, der Name des Autors will dir einfach nicht einfallen. Schließlich gibst du auf und siehst wieder zu den Studenten hinüber, die auf ihre Prüfung warten. Niemand scheint auf dich zu achten, aber du fühlst dich dennoch beobachtet. Du verspürst den Drang, irgendetwas zu tun, was deine Gegenwart an diesem Ort rechtfertigt oder sie zumindest weniger verdächtig macht. Du fängst an, den Flur hinunterzuschlendern, wirfst einen Blick auf die Namensschilder neben den Türen, spähst völlig grundlos in den Hof hinunter und wanderst wieder zum Prüfungsraum zurück.

Dann denkst du, dass es gut wäre zu fragen, wie viele Studenten noch geprüft werden. Um die Wartezeit abzuschätzen oder eher um zu entscheiden, ob du diese absurde Idee fallen lassen sollst, die womöglich nur für Wehmut und Beklommenheit sorgt. Für Panik gar. Denn jetzt ist der Moment gekommen, in dem du dich fragen musst, was du eigentlich wirklich hier willst.

Du antwortest dir, dass du einer abgeschmackten literarischen Eingebung gefolgt bist.

Du sagst dir, es war Schwachsinn hierherzukommen oder

noch schlimmer: Es war das Ergebnis kranker Neugier. So etwas tut man nicht. Du musst gehen, und Schluss. Ganz ruhig und unauffällig. Zum Glück ist noch genug Zeit, um dem Strudel aus Peinlichkeit, Enttäuschung und Schwermut zu entgehen, der dich – der *euch* – erfassen würde, wenn du nicht unverzüglich abhaust.

Du musst gehen, und Schluss. Jetzt murmelst du es, und wenn jemand dich sehen würde, würde er denken, du redest mit dir selbst. Genauer gesagt: Er würde *merken,* dass du mit dir selbst redest. Du machst dich möglichst unauffällig auf den Weg zur Treppe und fragst dich immer noch, wie du überhaupt darauf kommen konntest: einer Vertretungslehrerin aus der elften Klasse nachzurennen, einer lächerlichen Teenagerverknalltheit.

Du bist so erleichtert darüber, den Irrwitz deines Vorhabens noch rechtzeitig erkannt zu haben, dass du sie erst bemerkst, als sie ganz dicht bei dir ist. Genau genommen bemerkst du sie, weil sie dich ruft. Beim Namen, zurückhaltend, aber bestimmt.

»Enrico?«

Die Stimme eines Menschen bleibt also auch nach dreißig Jahren die gleiche. Das ist dein erster Gedanke. Der zweite ist eine dämliche Frage: Wie kann es sein, dass sie sich noch an mich erinnert?

Celeste sieht noch schöner aus als damals. Wenn du das überhaupt beurteilen kannst, schließlich hast du dich an ihr Gesicht nie mehr richtig erinnern können. Aber der Blick ist derselbe, ein bisschen von oben nach unten – also, im übertragenen Sinne – und leise herausfordernd. Bei mir weißt du nie genau, woran du bist, schien er damals zu sagen. Fühl dich bloß nicht zu sicher. Jetzt kannst du das sagen, weil du seitdem ein bisschen wortgewandter geworden bist, und außerdem hat er sich nicht verändert. Fühl dich bloß nicht zu sicher. Es ist gut, sich nie wirklich sicher zu fühlen, denkst du.

»Wie hast du mich erkannt?« ist das Einzige, was du herausbringst. Sie deutet ein Lächeln an, ein ganz kleines nur, damit du dich nicht zu sicher fühlst. Dieses kleine Lächeln sagt Verschiedenes, unter anderem, dass du gerade eine dämliche Frage gestellt hast und deshalb keine Antwort bekommst. Schweigend steht ihr da und schaut einander an. Schließlich gibt sie nach und blickt sich um, um sicherzugehen, dass ihre Studenten sich nicht für diese Begegnung interessieren.

»Das wundert mich gar nicht, dich hier zu treffen, weißt du? Als ich von Salvatores Tod gelesen hatte, wollte ich deine Adresse ausfindig machen, vielleicht über deinen Verlag, und dir schreiben.«

»Was ... was hättest du mir geschrieben?«

»Keine Ahnung. Deshalb hab ich's auch noch nicht getan.«

»Ich weiß auch nicht, wieso ich hier bin.«

»Vielleicht hätte ich damit angefangen, dir zu erzählen, wie ich deinen Roman in der Buchhandlung entdeckt habe. Das muss rund zehn Jahre her sein, oder?«

Du nickst. Ja, stimmt, rund zehn Jahre.

»Ich hab ihn lange im Regal angesehen, ehe ich ihn in die Hand genommen und darin geblättert habe. Es war nicht leicht, ihn zu berühren, es passiert nicht oft, dass man plötzlich vor einer wahr gewordenen, besser gesagt, dinglich gewordenen Prophezeiung steht.«

Du nickst und versuchst vergeblich, den Mund zu einem Lächeln zu verziehen. Also schweigt ihr wieder. Doch die Zeit in diesem Korridor ist knapp, die Prüfungen warten. Alles wartet.

»Hör mal, ich muss die Prüfungen zu Ende machen, ich brauche noch eine Stunde oder ein bisschen länger. Wenn du willst, treffen wir uns in anderthalb Stunden hier unten vor dem Haupteingang. Dann können wir was essen gehen und ein bisschen quatschen. Was meinst du, hast du Lust?«

»Browning.«

»Wie bitte?«

»Ach nichts, entschuldige. Mir ist plötzlich der Name des Verfassers einer Gedichtzeile eingefallen, Robert Browning.«

»Welche Gedichtzeile?«

»*Unser Interesse gilt dem gefährlichen Rand der Dinge.*«

Sie kneift die Lider zusammen. »Der gefährliche Rand der Dinge«, wiederholt sie, und plötzlich wird dir alles klar und verständlich, es ist, als wäre der lange Weg hierher unumgänglich gewesen und als würde die Zeile dieses Gedichtes allem einen Sinn geben. Ja, sagst du, du hast Lust, mit ihr etwas essen zu gehen und ein bisschen zu quatschen. *Große* Lust, aber das denkst du nur.

»Dann treffen wir uns in anderthalb Stunden hier.« Sie kehrt zu ihren Prüfungen und Studenten zurück, und als du sie davongehen siehst, spielen Erinnerung und Wahrnehmung dir einen weiteren Streich, und du siehst – *tatsächlich* –, wie die junge Frau von vor dreißig Jahren den Klassenraum der I E verlässt und die verzweifelten und unüberwindlichen Träume eines Jungen mit sich nimmt, der Schriftsteller werden wollte.

Als du auf der Treppe bist, fällt dir ein, dass du in drei Tagen Geburtstag hast und dass du seit Jahren nicht hier in der Gegend am Meer warst und dass es einen Grund geben muss, weshalb du vor der Abfahrt die Badehose eingepackt hast. Du überlegst, dass es keinen Grund gibt, nach Florenz zurückzukehren, niemand wartet dort auf dich, um mit dir zu feiern. Du sagst dir das ohne Selbstmitleid – das war mal anders, zugegeben –, sondern mit einem freudigen Schauder. Als böte dir jemand – *jemand*, schönes Wort – gratis eine neue Chance.

Wer weiß, was passiert, nachdem ihr geredet habt.

Nach der letzten Seite, wenn der Roman zu Ende ist.

Quellennachweise

Joseph Conrad, *Schattenlinie*. Übers. v. Heinz Piontek © Insel Verlag, Frankfurt und Leipzig 1999

Hermann Hesse, *Demian. Die Geschichte von Emil Sinclairs Jugend*, in: ders., Sämtliche Werke in 20 Bänden. Herausg. v. Volker Michels, Band 3 © Suhrkamp Verlag, Frankfurt am Main 2001. Alle Rechte bei und vorbehalten durch Suhrkamp Verlag, Berlin

Charles Dickens, *Eine Geschichte aus zwei Städten* © Insel Verlag Berlin, 2011

F. Scott Fitzgerald: *Der Knacks*. Übersetzt von M. Ott und W. Schürenberg, Merve Verlag, Berlin 1984

A. Schopenhauer: *Aphorismen zur Lebensweissheit*, Nikol Verlag, Hamburg 2010

Robert Browning, *Poesie*. Herausg. v. Angelo Righetti, Mursia 1990